AF280474

Über den Autor

Norbert Klugmann (geb. 1951), Schriftsteller und
Journalist, lebt mit seiner Tochter in Hamburg und hat
bisher 60 Romane veröffentlicht, leider nur einen einzigen
über Katzen und keinen über Hunde.

Norbert Klugmann

Revier im vierten Stock

Bekenntnisse einer Hauskatze

Für meine Mutter

Bibliografische Information der Deutschen Bibliothek:
Die Deutsche Bibliothek verzeichnet diese Publikation
in der Deutschen Nationalbibliografie; detaillierte Daten
sind im Internet über http://dnb.de abrufbar.

Titelbild: „Von Josie (erschaffen im Alter von 5)"

Nele@martinahomann.de

Erstmals erschienen 1987 bei Rowohlt
© 2008 Martina Homann
Herstellung und Verlag: Books on Demand GmbH, Norderstedt

ISBN 978-3-8334-8891-7

Zu schnaufen beginnen sie im zweiten Stock, nicht eher und nicht später. Ihre Geräusche zwischen dem zweiten und dem dritten Stock möchte ich als «angespannt» bezeichnen. Auf der Plattform im dritten Stock droht jedesmal der Zusammenbruch. Franz-Joseph reißt sich ja noch zusammen. Vielleicht liegt das daran, daß er kräftiger ist, aber Ute:

«Franzi, warum wohnen wir nicht im dritten Stock? Die letzten Stufen sind einfach zuviel.» Dazu lautes Stöhnen. Ein Wunder, daß die aus dem dritten Stock sich nicht längst über das Gestöhne vor ihrer Reviertür beschwert haben. Wenn sie im zweiten Stock sind, kriecht mich ihr Näherkommen durch alle Sinne an. Im Verlauf der folgenden Treppenstufen richte ich mich auf ihre Ankunft ein. Sollte ich mich unternehmungslustig fühlen, komme ich in die Senkrechte und mache die unerläßlichen Streckbewegungen (anderenfalls würde ich in der Mitte durchbrechen). Wenn sie mich in einer köstlichen REM-Phase erwischen, falle ich als Begrüßungskomitee aus.

Es dauert keine zehn Minuten, dann hat einer von ihnen den Schlüssel gefunden. Wenn diese zwei Aufrechten durch irgendwas auf der Welt außer durch ihren Vertrag zusammengehalten werden, dann durch ihre gemeinsamen Unfähigkeiten. Sie besitzen Dutzende davon. Das Nichtfinden des Schlüssels ist eine der harmloseren.

Trotz ihrer Erschöpfung erinnern sie sich an die Lebensweisheit, daß man den Schlüssel zu einer bestimmten Seite drehen muß, wenn sich die Tür öffnen soll. Die Tür schwingt mit einem Quietschen auf, das sie noch nie gehört haben, weil ihre Ohren mit meinen Ohren lediglich die Anzahl (zwei) gemeinsam haben. Die Tür schwingt bis zum Kleiderständer. Ich – das Türschwingen weise voraussehend – habe mich zwei Zentimeter außerhalb ihres Schwenkbereiches plaziert.

Und da stehen sie: ein Bild des Jammers. Franz-Joseph trägt schwer an vier Plastiktüten. Ute, neben deren nicht übertrieben zierlichen Füßen sage und trage zwei zusammengesackte, halbvolle Tüten stehen, lehnt sich an ihren Gatten oder gegen das Treppengeländer.

«Hallo Nele. Du weißt gar nicht, wie gut du es hast, daß du eine Katze bist.»

Nach solchen Begrüßungen frage ich mich, warum ich überhaupt aufgestanden bin. Alles nur, weil mich meine Instinkte erbarmungslos im Würgegriff halten. Die Aufrechten nennen es Neugier und kommen sich wunder wie witzig dabei vor. Ich nenne es normale Funktionsweise einer leicht überdurchschnittlichen Katze. Damit komme ich der Wahrheit nicht nur näher. Ich liege auf ihr drauf wie auf meiner Lieblingsdecke. Das ist die mit den Maschen, die gerade so groß sind, daß ich meine Krallen hineinklinken kann, ohne abzurutschen. Irgendwo in der Decke muß eine Klingel versteckt sein. Denn kaum widme ich mich der notwendigen Pflege meiner Krallen, kann ich darauf wetten, daß Sekunden später Ute oder Franz-Joseph neben mir stehen und zetern, als ob ich mich in ihren Rücken gekrallt hätte.

Mit dem letzten Rest ihrer Kraft quält sich Ute in die Senkrechte zurück. Ihr Reviernachbar läßt ihr als Kavalier den Vortritt. Sicherheitshalber gehe ich eineinhalb Schritte zur Seite, damit Ute, sollte sie eines Tages vor Schwäche aus dem Gleichgewicht kommen, wenigstens nur in den Wandspiegel fällt und nicht auf mich. Ich halte zwar viel aus: Sie können mich biegen und kugeln, herumschleudern und auf den Fußboden fallen lassen – alles halte ich aus. 130 Pfund Mensch aber (das sind über die Kralle 80 große Dosen Futter) würde ich nur mit Mühe überleben.

Während Ute sich sechs Meter bis zur Küchentür schleppt,

bleibt Franz-Joseph hinter ihr und paßt auf, daß er ihr nicht in die Hacken tritt. Kurz vor Weihnachten hat er sie mit der allervordersten Spitze seiner Gesundheitsschuhe erwischt. Es lag nur an dem ausufernden Streit zwischen den beiden, daß Ute vergaß, den angeblich unbedingt notwendigen Notarzt herbeizutelefonieren. Mit den Füßen haben sie es überhaupt. Als sich bei Franz-Joseph kurz nach meiner Ankunft plötzlich die Zehennägel hochstellten oder jedenfalls wacklig wurden, hielt sie es kaum noch aus, mit ihm in einem Bett zu schlafen. Und als ein Arzt bei Benny auf einen Schlag Senk-, Spreiz-und Plattfüße feststellte, sah es einen Tag lang so aus, als ob das arme Kerlchen einen Satz neue Treter brauchen würde. Benny ist vier. Ich bin eineinhalb, also in einem Entwicklungsstadium, wo dieses Kerlchen in 20 Jahren sein wird.

Ute erreicht die Küchentür. Sie läßt die Tüten fallen und vollführt eine Bewegung, die zu den zwei oder drei Fertigkeiten gehört, für die ich Menschen neidlos bewundere: Sie legt eine Hand auf den sogenannten Türdrücker, drückt (sic!) ihn herunter und zwingt damit die Tür, sich zu öffnen. Das bringe ich nicht, ich habe es monatelang trainiert – ohne Erfolg. Ich habe die Versuche erst eingestellt, als Ute mir auflauerte und mich für eine angeblich meterlange Schramme am Lack der Küchentür mit einem schrillen Schrei, einem zwei Stunden dauernden Entzug von Streicheleinheiten sowie dem Öffnen einer entsetzlichen Dose bestrafte. Diesen Fraß kann man vielleicht Hunden vorwerfen, aber nicht mir. Die Dose war ein Sonderangebot, sie hatte die stinkende, klebrige Masse tonnenweise ins Haus geschleppt. Ergebnis: ein verbissen geführter Psychokrieg, in dessen Verlauf ich gefährlich abnahm. Sie wollten mich zwingen, den Brei wegzumampfen. Ich wollte sie dazu bringen, mit dem grausamen Spiel aufzuhören und wieder auf bewährte Markenprodukte zurückzugreifen. Mein Magen sprach eine deutliche Sprache. Ich verlasse mich in allen Fragen, die im weitesten Sinn mit Ernährung zusammenhängen, auf meinen Magen. Der Rest meines Körpers (mengenmäßig immerhin die Mehrheit und optisch eine Freude) schließt sich in diesen Fällen den Entscheidungen meines Magens vollinhaltlich an.

Der Kampf mit den Aufrechten war entwürdigend. Als ich nach 36 Stunden, in denen sie sich von brutaler Unnachgiebigkeit gezeigt hatten, meine Schnauze versuchsweise über den Napf hielt (ich wurde fast ohnmächtig davon), fielen sich die Aufrechten um den Hals, weil sie sich bei mir eine «klare Linie» (Zitat Ute) getraut hatten, die ihnen – wären sie damit ihrem Sohnemann gekommen – den Kinderschutzbund ins Haus gebracht hätte.

Beide betreten die Küche. Eine Hundertstelsekunde später sind sie zu dritt. Es liegt an der Atmosphäre dieses Raums. Mein Revier besteht aus reichlich Zellen. Wenn ich das halbe Zimmer für voll nehme und die Butze für die Waschmaschine auch, dann sind es elf: Eßzimmer bzw. Musikzimmer (grauenvoll), Wohnbereich (Stichwort Velours!) mit Balkontür, die nie geöffnet wird, Schlafzimmer (mit eigenem Fernseher und Videogerät), Nummer vier: Flur. Der ist sehr praktisch, weil er aus einer insgesamt neun Meter langen Geraden besteht, auf der ich Höchstgeschwindigkeit erreiche. Es folgen Küche (ein Wort, eine Verheißung) mit mickrigem Balkon, Badezimmer, ein Klo (für Menschen), Waschmaschinenraum, Bennys Dreckstall, der «Kiosk» (Franz-Joseph nennt es «Archiv») sowie ganz hinten mit Balkon das Mittelding aus Arbeitszimmer, Gästezimmer und Standort einer Nähmaschine. Die Aufrechten erlauben mir den Aufenthalt in allen Räumen – bis auf die Küche. Dabei würde ich freiwillig für den Rest meiner Tage darauf verzichten, vier bis sieben dieser Räume zu betreten, wenn sie mir nur erlauben würden, bisweilen (mit zehnmal pro Tag wäre ich hochzufrieden) in der Küche vorbeizuschauen. Was soll ich mit einer Liberalität anfangen, auf die sie so stolz sind, wenn ich nichts davon habe?

Ich verlange doch nicht einmal, daß sie vergessen, den Kühlschrank zu schließen.

Vielleicht würde ich auch nicht auf den Tisch springen. Oder auf die Regale. Oder auf die Kunststoffplatte neben dem

Herd, auf der sie immer das Fleisch klopfen und würzen und wenden und würzen und liegenlassen und aus der Küche gehen und mich warnen: «Nele!», weil ich bescheiden auf dem Küchenstuhl sitze und Giraffen um ihren Hals beneide. Wenn es nämlich schon unnatürlich ist, etwas sehen zu können und nicht essen zu dürfen, ist es geradezu katzenfeindlich, wenn ich das Zeug, das ich nicht essen darf, noch nicht einmal sehen kann, sondern nur riechen. Dabei kann ich so gut riechen. Natürlich wissen meine Reviernachbarn seit dem Beginn unseres Nebeneinanderlebens, daß bei mir viel über die Nase läuft. Menschen bilden sich ja überhaupt eine Menge darauf ein, Kenner des Innenlebens von uns Katzen zu sein (über diese groteske Fehleinschätzung an geeigneter Stelle mehr). Ich lasse sie wenigstens darauf stolz sein. Allein schon wie ihre Nase aussieht. An der Nase sollst du sie erkennen. Und ich meine nicht die Nase von dem Vater von Bennys viertliebstem Freund Eugen, weil es unsachlich wäre, so einen Zinken als Beispiel zu nehmen. Meinetwegen können sie sogar eine solch zierliche Nase haben wie Franz-Joseph. Utes Nase ist auch nicht gerade ein Kolben. Doch welche Klobigkeit selbst dort. Und mitten im Gesicht! Da müssen gar nicht erst Haare aus den Löchern wuchern wie bei diesem Mann, zu dem sie damals so leidenschaftlich nett waren. Ich glaube, es war Franz-Josephs Chef. Da nützt auch das ganze Gesäusel von Sensibilität und Kultur und Essen und Zweierbeziehungen nichts, wenn Lebewesen mit einem Riechorgan ausgestattet sind wie die Menschen.

Und ich will noch nicht einmal behaupten, daß wir Katzen in puncto Ästhetik und Körperbau das Gelbe vom Ei sind. Obwohl ich schon finde: Die Eleganz der Bewegungen haben die Aufrechten nicht erfunden. Warum sonst würden sie beim Fernsehen immer spitze Schreie ausstoßen, nur weil einer beim Tanzen seine Knochen in ansehnlicher Art und Weise herumzuwerfen imstande ist? Bei Menschen läuft am meisten über ihre Augen. Obwohl natürlich auch meine Augen... aber da kommt man vom Hundertsten ins Tausendste, und in der

Zwischenzeit muß ich schlucken und schlucken, weil mich die geöffnete Kühlschranktür anlacht. Beide packen Plastiktüten aus. Franz-Joseph hält den Einkaufszettel in der einen und einen Kugelschreiber in der anderen Hand:

«Also ich finde schon, wir sollten das nachprüfen. Wenigstens hin und wieder.»

Franz-Joseph ist nämlich ein bißchen geizig und mißtrauisch obendrein. Die Aussicht, daß sie der Supermarkt, wo sie den Inhalt für ihre Plastiktüten einsacken, um 50 Pfennig (=⅓ kleine Dose) behumpst haben könnte, raubt ihm den Schlaf.

Ute ist da lockerer: «Quatsch.»

Manchmal sagt sie auch mehr, aber es läuft auf «Quatsch» hinaus. Franz-Joseph , der mehr ernsthaft veranlagt ist, findet das selten gut. Eigentlich kann ich mich nicht daran erinnern, daß er es jemals gutgefunden hat, wenn Ute «Quatsch» sagte.

Manchmal zetteln sie in der Küche einen gepflegten Streit an. Heute sind sie wohl zu schlapp oder heben sich den Streit für später auf. Jedenfalls stellt er den Kugelschreiber in den Becher auf dem Fensterbrett, wirft einen tragisch umflorten Blick auf den Kassenzettel und verbringt die folgenden Minuten damit, ihn gründlich zu zerknüllen. Da er dafür beide Hände braucht, kann er Ute nicht helfen, die Tüten auszupakken. Aber den Mund hat er frei:

«Sei nicht wieder so unsystematisch. Pack die Tiefkühlsachen erst auf einen Haufen. Dann brauchst du den Schrank nur einmal aufzumachen. Das ist praktisch und spart Energie.»

Für mich gibt es jetzt eigentlich keinen Grund mehr, länger in der Küche zu bleiben. Es ist kurz nach 16 Uhr 30. Meine Deadline liegt zwischen 18 Uhr (wenn ich Glück habe), und manchmal fast 20 Uhr (wenn sie auf meinen Hungertod spekulieren). Es wäre auch deshalb klug, sich zu verkrümeln, weil Ute auf dieses Bündel von Unterstellungen einfach etwas sagen *muß*.

Mit der unnachahmlichen Eleganz, die uns Katzen auszeichnet, springe ich vom Küchenstuhl auf die harten Fußbodenkacheln. Natürlich achtet keiner auf mich und freut sich über meine geschmeidigen Bewegungen. Da ich nichts mehr in dieser Richtung erwarte, kann ich auch nicht enttäuscht werden.

Dennoch ist jedesmal ein kleiner Pieks da. Wenn Bennys Stirn sich einen Tick anders anfühlt als sonst, bekommt er sofort unter Androhung von Stubenarrest ein Thermometer reingeschoben. Und wehe das Gerät klettert auf mehr als 36,9. Dann ist Sense mit draußen spielen, und zwei Minuten später brutzeln stinkende Hausmittel auf dem Herd. Mir ist schleierhaft, wie davon jemand gesund werden soll. Er hat genug damit zu tun, das Zeug zu überleben. Benny schreit jedesmal. Aber er wird gesund von dem Zeug. Vielleicht bleibt er von dem Zeug auch nur gesund, weil er gar nicht krank war. Ich habe auch Tage, wo sich meine Nase eine Winzigkeit feuchter anfühlt als an anderen Tagen. Als ich noch jung und unerfahren war (oh, ferne Jugend), unterstellte ich den Menschen in meinem Revier nur Gutes. Ich tat das bis zu dem Tag, an dem Ute plötzlich, statt mir auf Kopf, Hals, Rücken und Bauch herumzustreicheln, wozu ich sie schnell abgerichtet hatte, ohne Vorwarnung an meine Nase griff und sie so erschreckt zurückzog, als wenn ich gekratzt hätte, was ich damals bisweilen noch tat. Dann packte sie mit stählerner Hand zu und reichte mich an ihren Gatten weiter. Er lag im Sessel und hörte Musik, die er sich manchmal über Kopfhörer in die Ohren laufen läßt.

«Hier, fühl mal», sagte sie zu Franz-Joseph. Das war natürlich sinnlos, weil er ja Kopfhörer übergestülpt hatte. Als plötzlich ein niedliches Felltier in seinen Schoß fiel, kriegte er einen Schreck. Franz-Joseph schoß in die Höhe. Dabei kam ich auf seinem Schoß ins Rutschen und hakte mich an seinem Hosenbein fest. Daraufhin schrie dieser erwachsene Mann auf eine Art los, für die Benny eine Kopfnuß oder eine Ermahnung mit auf den Lebensweg bekommen hätte. Ich schlug heftig auf dem Spannteppich auf. Franz-Joseph tanzte auf einem Bein, verhedderte sich im Kabel des Kopfhörers, riß die Schnur aus dem Gerät, und plötzlich lärmten die Geigen und Pauken über Lautsprecher herum, Ute bekam einen Schreck, schrie ihren Mann an, der sie nicht verstand, weil die Musik so laut war, ich schleppte mich auf den rettenden Flur und erzähle das ganze nur, um einen Eindruck von der irren Stimmung zu geben, die in meinem Revier manchmal herrscht. An *mir* liegt das am allerwenigsten, obwohl sie immer so tun, als ob ich in der Lage wäre, Wände und Decken zum Einsturz zu bringen. Dabei bin ich maximal in der Lage, einige Muster in die Rauhfasertapete zu kratzen. Man mag das schön finden oder nicht (sie finden das nicht schön). Aber jeder hat was anderes, das ihm zusagt. Und ich finde, ein bißchen Offenheit und Toleranz zu verlangen, ist ja nun wirklich nicht unmenschlich.

Ich begebe mich ins Wohnzimmer – über Sofa, Sitzelement, Sitzelementlehne auf das Fensterbrett, um mich meinen speziellen Freunden, den Marienkäfern zuzuwenden.

Erst spielen die Biester Verstecken, dann lassen sich zwei gleichzeitig sehen. Einer sitzt ganz oben, fast an der Decke. Der andere ist mir näher. Er wird sofort zu meinem Lieblingskäfer. Ich lasse ihn krabbeln. Dann schnelle ich los und erwische ihn mit der rechten Pfote. Der Käfer fällt auf das Fensterbrett. Ich lege gleich die Pfote drauf, damit er weiß, woher der Wind weht. Weil ich unten voller Hornhaut bin, spüre ich nicht viel. Das ist günstig bei den harten Kacheln in der Küche. Es ist nicht so toll, wenn ich gerne das Zappeln des Käfers spüren würde. Ich muß die Pfote runternehmen, um zu gucken. Zack, macht er einen Satz – aber ich auch. Der Käfer ist gut in Form. Schade, daß er nur ein Käfer ist. Ich will nicht behaupten, daß für mich die Beute erst bei einer Maus anfängt. Ich falle aber auch nicht in tiefes Grübeln, wenn ich eine Maus sehen sollte (bisher waren es zwei. Oder drei, aber vielleicht war das damals auch nur ein Schatten). Mehr jagdbares Wild in meinem Revier wäre eine feine Sache. Ich weiß, es ist eine Frage der Vor- und Nachteile. Die vorgekauten, durch den Wolf gedrehten Mäuse oder toten Hunde, die in meinem Dosenfutter stecken, sind nicht zu verachten. Sicher ist es nicht die kernige alte Art. Aber wenn alle mit der Zeit gehen, kann auch ich die Vorteile getrost ausnutzen. Dadurch werde ich noch lange kein ferngelenktes Wesen.

Wichtig ist, daß wir Katzen unsere Souveränität behalten, diese Unnahbarkeit, die uns den Ruf eingebracht hat, den wir haben – und mit dem wir nicht schlecht fahren. Ich verweigere mich nicht den Segnungen eines engen Kontakts mit Zweibeinern. Solange man nur nicht selbst vermenschelt. Das wäre das Ende.

Ich habe mich gedanklich gehen lassen.

Hätte ich nur halb so intensiv darauf geachtet, den verdammten Marienkäfer zu bewachen, würde er jetzt nicht knapp außerhalb meiner Reichweite an der Scheibe sitzen. Ich schnelle hoch, einmal, zweimal. Dann lasse ich es sein. Ich bin beim drittenmal nie besser als bei den ersten Versuchen. Die eigenen Fähigkeiten solide einschätzen können – mit dieser Taktik kommst du gut durchs Leben, obwohl ein Versuch noch nie gescha... ha, ich hab ihn. Weil ich mich prinzipiell nur einmal veralbern lasse, beende ich das Unternehmen und gehe zum schwierigsten Teil über: den Winzling Richtung Speiseröhre zu befördern. Die besten Erfahrungen habe ich mit folgender Vorgehensweise gemacht: Du holst ihn dir unter die Pfote, hältst fest, konzentrierst dich und verstärkst den Druck (Gefühl ist alles) genau so, daß er noch japsen kann, aber nicht mehr losflattert. Am besten, du brichst ihm die Beine. Dann vorsichtig Pfote hoch, und wenn er verschwunden ist, unter die Pfote gucken, weil er da dranklebt. Abschütteln, Kopf seitlich rechts oder links geneigt neben den Kandidaten legen und ihn mit der Zunge ins Maul schaufeln. Das klappt beim ersten Mal nie. Dann gilt: nicht lockerlassen, weiterzüngeln, und da ist er schon. Gleich kommt das nächste Problem: ihn zerbeißen. Mein Gebiß ist nicht für den Verzehr von Insekten eingerichtet. Eher kann ich aus einem Elefanten ein Stück herausreißen. Hektisches hin und her mit Kopfbewegungen, Zunge nach hinten und nach vorne. Und wenn's dann endlich knackt und ich schlucke, spüre ich kaum, daß ich der Verdauung etwas Kalorienhaltiges zuführe. Wie viele Kalorien mag ein Marienkäfer haben? 2 bis 3, schätze ich.

«Guck mal, Franzi, Nele frißt schon wieder Marienkäfer.»

Sie müssen immer noch mit einem Satz bedenken, was sowieso schon klar ist. Franz-Joseph heißt «Franzi», sie mögen sich also. Ist nicht der schlechteste Start in ein Wochenende. Menschen bedeutet so ein Wochenende ungeheuer viel. Sie bleiben länger in ihrem Schlafraum. Menschen brauchen für jeden Lebensbereich ein Kästchen. Oder ein Zimmerchen. Oder ein Bett.

Auch ich lasse mich nicht einfach fallen und schlafe. Ich habe schon auch meine drei oder vier Plätze, die ich für meine Schlafphasen anlaufe (diese Geschichte, die man immer wieder zu hören bekommt: daß Katzen einen [1!] Schlafplatz hätten, stimmt nicht. So einen Unfug kann man Hunden befehlen, aber nicht uns). Benny kariolt auch am Wochenende zur gleichen Zeit aus dem Raum, in den sie ihm sein Bett gezwängt haben, obwohl es zwischen Schränken, Kommoden, Regalen und Bergen von Spielsachen kaum Platz hat. Ich erinnere mich noch genau, daß unsere Mutter damals mit uns Jungen zusammen schlief. Und solche Bauwerke wie Betten brauchten wir nicht. Bett war, wo ich mich niederlegte. Hier schlafe ich, hier ist Bett. Die ganze Welt stand mir als Bett zur Verfügung. Während meiner knapp eineinhalb Jahre im neuen Revier hatte ich ausreichend Gelegenheit, die Schlafengehen-Prozedur der Mitbewohner zu beobachten. Sie begehen ja schon unheimliche Verrenkungen, um alle Geschichten, die sie in wachem Zustand erledigen, auf die Reihe zu kriegen (allein, wie sie essen). Doch daß sie sich auch noch das schöne Schlafen so kompliziert machen...

Hinten brüllt die Klospülung, Franzi kommt ins Zimmer.

«Nele, laß das. Friß Fliegen. Aber laß die Marienkäfer in Ruhe!»

Das schon wieder. Ich gebe ihm eine faire Chance und ignoriere ihn. Er denkt nicht daran, irgend etwas zu erkennen.

«Nele!»

Ich wünsche mir, daß ich meine Ohren zuklappen könnte wie meine Augen. Und dann passiert wieder diese Peinlichkeit: Franz-Joseph versucht, sich an mich anzuschleichen. Bei jedem Schritt bebt der Fußboden, meine Ohren quellen über von seinen Geräuschen. Ich zeige, daß ich die Klügere bin, setze über zwei Blumentöpfe – «Nele! Paß auf!», setze auf Sofalehne und Fußboden, gehe nicht zu schnell und nicht zu langsam Richtung Tür. Das ist mein Friedensangebot. Franz-Joseph verzichtet auch darauf, mich zu jagen und sich erneut zu blamieren. Er muß nur noch unbedingt «Marienkäfer sind nützlich» rufen. Sie haben es mir einmal erklärt. Fliegen fliegen und sind nicht nützlich. Marienkäfer fliegen auch, kommen in meinem Revier hundertmal so häufig vor und sind nützlich. Warum bloß? Stopfen sie Strümpfe? Sorgen sie für frisches Wasser in meinem Napf, das regelmäßig viel zu spät gewechselt wird? Sorgen sie dafür, daß Benny vor 22 Uhr ins Bett abzieht? Nichts. Angeblich verspeisen Marienkäfer Tiere, die noch kleiner sind als sie: «Blattläuse». Unterstellt, das stimmt. In meinem Revier tun sie das nicht, weil es hier keine Läuse gibt. Also sind sie auch nicht länger nützlich. Also stehen sie moralisch (kalorienmäßig sowieso) auf dem gleichen Niveau wie Fliegen.

Zeit für einen Kontrollgang. Hinter mir scherzen und lachen sie und tun sehr kindisch. Wenn sie nicht damit rechnen müßten, daß Benny bald in die Wohnung poltert, würden sie sich vielleicht paaren. Vielleicht schläft Benny heute bei anderen Menschen (mir sagt ja niemand was), dann könnte es sein, daß sie sich doch paaren. In meiner Frühzeit habe ich mir ein paarmal diese hektischen Bewegungen angesehen. Sie kicherten albern, als sie mich entdeckten. Ich blieb sitzen, denn sie hatten diese Stimmlage, daß ich genau wußte: Die machen dich jetzt nicht an, die müssen mit sich selber fertigwerden. Ein paarmal habe ich mir ihre Übungen auch noch nach meiner Totaloperation angesehen. «Arme Nele, wirst ganz eifersüchtig jetzt», war ihr Kommentar, und sie guckten mich dabei an, als ob sie den Dosenöffner verlegt hätten. Aber sie wollten nur auf meine Operation anspielen.

Kontrollgänge sind wichtig. Für Außenstehende mag es wie sinnloses Herumlatschen aussehen. Mein Revier gehört zu mir wie mein Schwanz. Eine Katze ohne Revier ist nicht denkbar – jedenfalls nicht für Katzen. Ich bin auf der Welt, um ein Revier zu haben. Die Welt ist dazu da, um uns Katzen Reviere zur Verfügung zu stellen. Wir Katzen sind dafür da, damit es auf der Welt wenigstens eine Rasse gibt, die die doch recht weitläufige Welt sinnvoll und verantwortungsbewußt ausnutzt. Diese Bemerkung für diejenigen Leser, die meinen, wir Katzen würden in den Tag hineinleben und alle fünfe gerade sein lassen. Nur weil wir nicht so hektisch sind und heute das wollen und morgen ganz was anderes, sind wir noch lange nicht rammdösig. Das wünschen sich die meisten Menschen doch, etwas von unserer Ausgeglichenheit zu haben. Wenn ich Franz-Joseph richtig verstanden habe, leben in diesem Land seit kurzem mehr Katzen als Hunde. Warum dauerte es bis ins letzte Drittel des 20. Jahrhunderts, bevor meine Rasse die Bellos überholen konnte? Hätte man uns gelassen, wir hätten uns vermehrt, daß ihnen die Augen getränt hätten. Aber seitdem sie ihre Städte bauen, ihre Jäger ballern lassen und sich Hunderte von Tierärzten ihr Zweithaus mit den Honoraren für Katzenverstümmelungen zusammengeschnibbelt haben, wurde unsere natürliche Vermehrung auf unnatürliche Weise gebremst. Ich will auch gar nicht gegen Hunde polemisieren, nur weil ich zu einer anderen Fraktion gehöre. Aber allein schon ästhetisch: Nehmen wir mal einen Boxer und nehmen wir mich. Der Kläffer mag eine Seele von Hund sein und schon zweiundzwanzig ertrinkende Kinder gerettet haben. Tatsache bleibt doch: Er sieht aus wie ein Boxer. Wie kann man sich als Mensch sehenden Auges solch einen optischen Frontalangriff ins Leben holen? Ich belle nicht, und ich behalte beim Pinkeln alle Beine unten. Ich bin elegant, samtig, geschmeidig und leise. Ich bin klug. Ich schmeichle mich nicht mit Abschlecken und Hecheln ein. Ich sabbere nicht. Ich bin so stubenrein, da kommt Freude auf. Ich werfe keine Gegenstände um. Ich bin eine unaufdringliche, vornehme Erscheinung. Ich ruhe in mir selbst. Ein Bello ruht meistens auf karierten Decken (schauderhaft), wenn er nicht gerade hinter Bällen herwetzt, die genausogut die Menschen selber zurückholen können (kleiner Tip: gar nicht erst wegwerfen!). Hunde kommen mir vor wie ferngelenkt. Hunde können mit sich selbst nichts anfangen. Sie sind sich nicht genug. Sie sind erst dann vollständig, wenn sie einem Menschen den Hausschuh hinterhertragen dürfen. Übrigens schmatzen Hunde beim Fressen. Das einzige, was der Neid ihnen lassen muß: Sie haben die Menschen im Laufe der Zeit so diskret dressiert, daß sie sie morgens und abends auf die Straße führen können, ohne daß die Menschen das Gefühl bekommen, es würde jemand über ihr Leben bestimmen. Respekt. Aber mehr als Respekt habe ich nicht übrig.

Auf Höhe des Badezimmers überlege ich, ob es amüsant sein könnte, eine Wollmaus zu erlegen, die sich in diesem Raum aus Gründen, die keiner kennt, Tag für Tag neu bilden. Plötzlich Krach im Treppenhaus. Es ist Benny, und er hat etwas mitgebracht. Natürlich keine Dose oder auch nur einen Ast, an dem ich riechen oder ein Stück Borke, an dem ich mich schubbern könnte. Benny hat seine Spießgesellin Tanja im Schlepptau. Das bedeutet für die Statik der Wohnung höchste Alarmstufe. Für Ute und Franz-Joseph, wenn sie sich gerade paaren sollten, bedeutet es den schnellen Sprung in Hemd und Hose. Für den vernünftigsten Mitbewohner bedeutet es Rückzug in ruhige Gefilde. Benny allein ist schon schwer auszuhalten für jemanden, der nicht taub und sämtlicher schmerzübertragender Nerven beraubt ist. Benny in Begleitung eines anderen Kindes sind nicht einfach zwei Kinder. Es ist ein Kampftrupp mit dem Ziel: «Unruhe». Nebenziel: «Nele finden, Nele triezen». Ich bin Erwachsenen gegenüber nicht wehrlos. Abgesehen von den traditionellen, bewährten Mitteln Kratzen und Beißen, haben sich in geduldiger Kleinarbeit den Revierbewohnern auch die Reize meiner Körpersprache erschlossen. Kleinen Menschen allerdings fehlen die Antennen, um meine Ermahnungen zu begreifen. Sie nehmen sie überhaupt nicht wahr.

Zielstrebiger Trab Richtung Kiosk und – die Tür ist wieder angelehnt. Wie oft habe ich ihnen schon zu verstehen gegeben, sie sollen diese verdammte Tür katzenkopfbreit offenstehen lassen. Franz-Joseph geht kaum jemals freiwillig in sein Archiv. Ute hält sich hier überhaupt nur auf, wenn sie staubsaugt, und in letzter Zeit muß meistens Franz-Joseph staubsaugen. Benny läßt der kleine Raum mit den Tonnen von Papier bis auf den Grund seiner kleinen Seele kalt.

Da stürmen sie schon den Flur entlang. Die Erde bebt, der Lärm schwillt an. Ich drücke mit dem Kopf und drücke – nichts. Ich versuche doppelten Einsatz von Kopf und Pfote – überhaupt nichts. Mein Puls jagt.

«Nelchen! Wo ist mein Nelchen?» brüllt Benny.

Dafür bin ich ihm sehr dankbar. Denn diese unverblümte Ankündigung unmittelbar bevorstehender Würgereien (Bennennt das «Nele drücken» bzw. «Nele ganz doll liebhaben») verleiht mir das Fitzelchen Kraft, das mir noch gefehlt hat. Die Tür gibt die nötigen zwei Zentimeter nach, ich nichts wie durch. Kurze Spannung und mit einem Satz an den rechten Pfosten des Holzregals. Krallen raus, Krallen ins Holz und dann rhythmisch den Körperbau, die hinteren und vorderen Beine festsetzend, ins fünfte Regal von unten befördert. Kurzer Side-Step, ich befinde mich im Schatten des roten Lexikons.

Eigentlich dürften sie mich jetzt von unten nicht sehen können. Aber Benny wächst ja jeden Tag. Sicherheitshalber ducke ich ab. Zwischen mir und den Lärmquellen liegen fünf Regalbretter mit Büchern, Aktenordnern sowie Papierbergen aus Zeitungen und Zeitschriften. «Komm doch, hier ist die Katze nicht», sagt Tanja und wird mir sympathisch.

An dermaßen harmlose Kinder könnte ich mich gerade noch gewöhnen. Aber dann Benny:

«Die ist hier. Die ist immer hier. Die versteckt sich nur.»

Anstatt mein Ruhebedürfnis zu respektieren, nutzt er sein Wissen um meine Gewohnheiten erbarmungslos gegen mich aus. Da ist der Bengel schon unmittelbar rechts unter mir und klettert an den Regalbrettern hoch. Ich rücke im Schatten der Bücher ein Regalbrett weiter. Wenn er mit seinen kurzen dicken Fingern von unten auf die Kanten der Bretter patscht, kriegt er mich jetzt schon mal nicht zu fassen. Und höher als bis zum zweiten Brett hat er sich noch nie getraut. Benny ist zwar neugierig (an Intensität vergleichbar mit einem Gefühl namens Hunger). Aber Benny hat auch Höhenangst. Möge er sie nie verlieren. Meinetwegen kann sie sich ruhig noch ein wenig steigern.

Plötzlich – man glaubt es nicht – taucht der Kopf eines Mädchens auf.

«Benny! Hier ist sie.»

Ich habe gerade noch Zeit, Tanja aus der Liste der Menschen zu streichen, an die ich jemals ein versöhnliches Gefühl verschwendet habe, da höre ich schon, wie er den Stuhl vom Schreibtisch wegrückt und vors Regal schiebt. Ich hangele mich zwischen Regal und Wand ein Brett höher. Noch ein bißchen weiter, dann bin ich auf dem höchsten Brett. Ein Satz, ich sitze auf den weißen Ordnern aus Pappe.

«Guck mal, deine Katze! Gleich fällt sie runter!» schreit Tanja.

«Die fällt nicht», sagt Benny sauer.

Dieser Lümmel!

Benny klettert vom Stuhl, faßt mit beiden Händen das Regal und kriegt ein Gesicht, als wenn er auf dem Topf sitzt und es kommt nichts. Wahrscheinlich bildet er sich jetzt ein, daß er am Regal rüttelt.

«Ich krieg sie runter», keucht er.

Lachhaft. Hier oben spüre ich kein Rütteln. Von hier oben habe ich einen Blick über die Dächer der Nachbarhäuser und ein Stück des Innenhofes, der voller Bäume steht. Jeder Baum hat ein anderes Grün: von hell und zart bis zu satt dunkel, grünschwarz fast. Äste und Zweige geben jedem Baum ein anderes Gesicht. Da draußen habe ich meine ersten Tage verlebt. Wo ich herkomme, gab es mehr Wiesen als Bäume, mehr Kühe als Autos. Obwohl: Kühe sind noch das wenigste, dem ich nachtrauere. Kühe sind plump und bräsig. Kühe sind, wie sie aussehen. Wo eine Kuh hintritt, mögen hinterher noch Klee und Gras wachsen, eine kleine Katze von fünf Wochen hätte ihren Geist aufgegeben. Woher ich das weiß? Es war mein zweiter oder dritter Ausflug, der mich so weit von meiner Mutter entfernte, daß ich nicht mehr die Farbe ihrer Augen erkennen konnte. Hinterm Haus links rum, durch den Garten, zwischen Spargelbeeten und Komposthaufen durch den Zaun auf die Weide. Da standen die Kolosse. Zuerst dachte ich, die hätte einer hingestellt und nur vergessen abzuholen. Dann bewegten sich die Kolosse, vorne wenigstens. Hinterher erfuhr ich, daß es so aussieht, wenn Kühe kauen.

Ich spielte den kleinen Forscher, nagte kurz an einem Grashalm. Es riß mich nicht von den Beinen. Später milderte ich meine Abneigung. In meinem Revier stehen ungefähr 40 Pflanzen. Darunter sind ein paar, also die haben was. Ich kann davon keine Mengen reinschaufeln, aber ab und zu mal ein Blatt. Ich darf nur nicht an Kühe dabei denken, dann geht's nicht mehr.

Der Winz-Balkon vor der Küche befindet sich derzeit im Umbruch. Bisher standen nur leere Bier-und Brausekästen drauf und ein voller Müllsack. Seitdem es draußen wärmer wird, treiben die Aufrechten sich leidenschaftlich gern auf dem Balkon herum. Sie werfen liebevolle Blicke in Kästen und Töpfe. Auf dem Balkon wuchern zahlreiche Sorten Grünzeug, die ich nicht kenne. Und dann die Aufrechten: «Es wächst. Herrlich!», «Ist es nicht schön, wenn man sieht, wie Natur entsteht?», «Franzi, vergiß die Gewürzbretter bei Safeway. Wir gehen nur noch auf den Balkon.» Ich werde das Grünzeug im Auge behalten.

Wie sieht es inzwischen auf den unteren Etagen aus? Bennys Gesicht zeigt deutlich an, daß er das Interesse an mir zu verlieren beginnt. Er spielt wohl nur noch wegen Tanja ein bißchen den Zaubermeister. Soll er, wir waren alle mal jung (wenn auch nicht derart kindisch).

«Komm mit, ich zeige dir Veronika. Veronika läuft nicht weg wie Nele. Nele ist blöd.»

Benny versucht es mit Beleidigungen. Die laufen an mir ab wie Regentropfen an den doppelten Fensterscheiben meines

Reviers. In Bennys Zimmer steht auf einem der letzten freien Fleckchen eine Art Aquarium. Nur daß keine Fische drin rumschwimmen, und viel Wasser ist auch nicht drin. Dafür aber Veronika. Sie nennen das Wasserschildkröte, was Veronika darstellt. Ich nenne das Veralberung. Jedenfalls lebt dieses Ding, kann sogar schwimmen, ist bis heute nicht ertrunken. Vor allem hat das Ding ständig Hunger. Das macht sie mir nun wieder sympathisch. Natürlich kann Benny mit Veronika nichts anfangen, außer vor dem Becken zu sitzen und zuzusehen, wie Veronika schwimmt oder schläft. Sie hat ja nicht viele Möglichkeiten in dem kleinen Käfig. Wer weiß, wenn sie ordentlich Auslauf hätte (Badewanne, Meer), würde sie vielleicht aus sich herauskommen und tolle Kunststückchen hinlegen. Aber so...

Ich springe vom Ordner, kringele mich auf dem Regal zusammen, so daß ich nicht mehr aus dem Fenster sehen kann. Muß auch nicht sein. Ich habe genug Bilder im Kopf. Ein paar Tage, nachdem ich beinahe unter dem Fuß der Kuh in die Weide gerammt worden wäre: Wir hingen alle völlig groggy in den alten Säcken und Handtüchern, die sie meiner Mutter als Lager für den Nachwuchs zur Verfügung gestellt hatten. Neben mir ging das Gegrunze meiner Schwestern los, mit dem sie sich in den Schlaf sangen. Auch ich schlummerte ein wenig. Als ich wieder ein Auge öffnete, standen sie zu dritt vor unserer Kiste: Frau Gregorius, eine Frau und ein Mann. Der Mann stützte die Frau, weil sie unbedingt ohnmächtig werden wollte, als sie uns sah:

«Neihein! Das gibt's doch nicht! So was Niedliches. Franzi, die nehmen wir alle mit.»

Franzi setzte ihr dann auseinander, daß sie natürlich *nicht* alle mitnehmen würden, sondern – wie abgemacht – eine. An dieser Stelle ihrer Redereien war auch die letzte von uns aufgewacht. Nicht, daß wir Angst hatten. Aber es lag etwas in der Luft. Die Frau bückte sich und starrte uns an. Ich war noch nie so angestarrt worden. Die Gregorius-Leute und deren Kinder hatten sich nicht gerade übergeben vor Ekel, als wir auf einmal da waren. Sie fanden uns durchaus niedlich. Aber sie blieben auf dem Teppich, weil in dieser Gegend ununterbrochen neue Katzen ankommen.

«Welches von den kleinen Knäueln ist denn ein Junge?» fragte die Frau. «Wir wollen natürlich ein Männchen. Kater sind viel schmusiger als Frauen. Nicht wahr, Franzi?»

Das ging schon gut los damals. Bis zu dieser Sekunde war es nie ein Problem gewesen, daß wir vier Schwestern waren. Männerkatzen kannte ich bis dahin nur in Gestalt meines Vaters. Der kam ab und zu vorbei und guckte, ob wir wieder ein bißchen gewachsen waren. Er biß uns nicht oder scheuchte uns weg. Aber er kam auch nicht auf die Idee, uns etwas mitzubringen (eßbar oder zum Spielen). Allerdings wurde auch unsere Mutter nicht aufgeregt, wenn Vater hinter dem Gerätehaus auftauchte. Einmal hörte ich, wie sie sagte: «Ich kann mir auch was Schöneres vorstellen.» Dabei guckte sie den Katzenmann an, als ob er ein kaputter Autoreifen oder etwas ähnlich Unaufregendes war.

Mein Vater war die größte Katze, die ich je gesehen habe. Er hatte einen ungeheuren Kopf (wie ein Ballon). Sein Fell war rot und weiß und immer schmutzig. Auch stank er meistens nach Gülle. Ein Ohr hatte einen Riß, und im Gesicht prangten immer wieder neue Kratzer und blutige Schrammen. Mein Vater war ein richtiger Klopper. Er galt als streitlustig, aber auch als faul und liebebedürftig. Wenn die Gregorius-Leute draußen saßen, legte er sich sofort dazu. Er konnte nicht richtig schnurren, weil er sich bei irgendeiner Hauerei an der Schnurr-Stelle wehgetan hatte. Es klang mehr wie Piepsen. Das kümmerliche Geräusch paßte nicht zu dem Riesenkerl.

Mein Vater war rot und weiß. Meine Mutter war eine Mischung aus getigert und schwarz. Wir Kinder waren alle schwarz mit mehr oder weniger weiß.

«Franzi, welches ist denn ein Katerchen?» fragte die Frau, die uns immer noch anstarrte.

«Guck doch nach. Kennst doch die Unterschiede», sagte der Mann und grinste Frau Gregorius an.

Sie grinste zurück. Die Frau in der Hocke kriegte eine Stimme wie ein kleines Mädchen:

«Aber Franzi, Frau Gregorius ist doch dabei.»

«Die kennt die Unterschiede auch», antwortete der Mann, der immer bessere Laune zu kriegen schien.

«Sie müssen das so machen», sagte Frau Gregorius.

Ich sah die Hand kommen, im nächsten Moment wurde ich kopfüber nach oben in die Luft gezogen. So was war mir noch nie passiert. Als ich wieder gucken konnte, sah ich in Frau Gregorius' Gesicht.

Ich überlegte, ob ich sie anfauchen oder ablecken sollte, da warf mich die Frau auf den Rücken und popelte zwischen meinen Hinterbeinen herum.

«Mädchen», sagte sie und setzte mich wieder zwischen die Geschwister.

«Schade», sagte die Frau.

Mir hatte schon ihr Einführungssatz gereicht. Dieser jetzt war die Krönung. Ich sah nicht ein, warum ich noch weiter den Kasper spielen sollte und empfahl mich. Keiner hielt mich auf, mich nahm keiner ernst, so winzig wie ich war mit meinen sieben Wochen. Dabei hatte ich Milchzähne, mit denen ich jeden Grashalm ermorden konnte. Und Eierschalen knackte ich weg wie nichts. Bloß wenn's an die Knochen ging, mußte ich heftig ziehen, bevor ich was abkriegte.

Wo der Rasen in den Garten überging, machte ich halt und guckte zurück. Sie prüften meine Geschwister durch. Ich kehrte um, nachher verpaßte ich noch was.

Die Frau stand neben ihrem Mann und guckte uns an, als ob wir ihr an den Schuh gepinkelt hätten.

«Ach, das ist schade. Alles nur Mädchen. Dann nehmen wir keine, was, Franzi?»

Jetzt bückte sich Franzi. «Ich finde die alle, wie sie sind, niedlich. Pech, daß kein Kater dabei ist. So ist die Natur eben. Aber weil wir nun schon mal hier sind und uns den Katzenkoffer geliehen haben, nehmen wir auch eine mit.» Er blickte seine Frau an und sagte: «Ist jedenfalls meine Meinung.»

Die Frau begann an ihrer Unterlippe zu nagen.

«Lassen Sie sich Zeit», sagte Frau Gregorius und ging davon.

Sie schien sich genauso zu langweilen wie wir. Mir fiel wieder die Geschichte mit dem Anpinkeln ein. Ich mußte zwar nicht dringend. Aber für ein paar Tropfen würde es allemal reichen. Ich schlich mich an die Frauenschuhe. Während sie sich mit ihrem Mann darüber unterhielt, ob schwarze oder schwarzweiße Katzen schöner seien (ich bin weiß am Hals und sonst nirgendwo. Wenn die Sonne draufscheint, bin ich braun. Wenn sie in einem bestimmten Winkel draufscheint, bin ich braunschwarz mit schwarzen Streifen, jedenfalls am Schwanz), umschlich ich ihre gelblichen flachen Treter. Sie waren nicht höher als ein Kuhfladen. Vorne guckten ihre Zehen raus. Der größte war unheimlich dick. Er sah aus wie geschwollen (heute weiß ich, daß er nicht geschwollen war). Der zweite Zeh sah gefährlich dünn aus. Nummer drei und vier waren uninteressant. Fünf war mickrig und saß ganz verschreckt am vierten. Da ging es schon wieder los: Ich wurde gepackt und unternahm eine sausende Fahrt durch die Luft. Die Frau starrte mich an. Vielleicht war sie blind und konnte mich nur riechen, denn sie hielt mich ganz dicht vor ihr Gesicht.

«Na, Kleine, willst wohl gerne mitkommen mit Ute und Franzi?»

So ein Quatsch, daran hatte ich keinen Gedanken verschwendet. Ich wollte ihr an den Schuh pinkeln, und wenn sie nicht so komische Zehen gehabt hätte, wäre sie untenrum schon längst naß gewesen. Um das Mißverständnis aufzuklären, fauchte ich sie an. Einen folgenschwereren Fehler habe ich nie mehr gemacht. Sie preßte mich gegen ihre Wange, wie es Herr Gregorius morgens mit dem Rasierpinsel machte. So gesehen konnte ich der Frau noch dankbar sein, daß sie mich nicht vorher mit Seife einschäumte. Dabei hatte sie kaum Barthaare, nur zwischen Nasenlöchern und Mundloch ein paar. Aber die waren sehr dünn und auch noch blond, wie überhaupt die ganze Frau sehr blond war.

«Franzi, sie hat mich angefaucht. Ist das nicht süß? Ist schon eine richtige kleine Frau.» (Den tiefen Sinn dieser Sätze sollte ich erst einige Monate später verstehen).

«Aber sie ist nicht pechschwarz, wie du es gerne hättest». Franzi unternahm einen letzten Versuch, mich ihr zu vermiesen.

Sie guckte mich an, ich holte Luft. Dann preßte sie mich wieder gegen die Wange und schubberte mich mehrmals von vorn nach hinten und zurück. Ich sah schwarz.

«Warum nicht diese hier?» fragte der Mann.

Als ich die Augen aufmachte, stand er uns gegenüber und hielt eine Schwester in den Händen. Sie guckte genauso, wie ich mich fühlte. Wir wußten ja nicht, wer diese komischen Menschen waren. Von hier waren sie nicht. Manchmal kamen fremde Leute an die Tür und kauften Schinken, Eier oder Hühner, die Familie Gregorius für diese Zwecke immer auf Lager hatte.

«Deine hat mehr Weiß», sagte die Frau, «an den Pfoten und sogar am Bauch.»

«Deine ist kratzbürstiger», sagte der Mann.

«Das finde ich ja gerade so niedlich», hauchte die Frau und fing schon wieder an, mich durch ihr Gesicht zu schubbern.

Die Gelegenheit mußte ich ausnutzen. Ich begriff überhaupt nicht, warum ich nicht schon lange auf die Idee gekommen war. Krallen raus – ein Schrei. Sie warf mich in hohem Bogen von sich. Mein Glück, daß ich auf den Säcken landete. Ich rappelte mich hoch. Keiner sollte mich schwindelig sehen. Ich bemühte mich sehr, nicht zu wackeln. Die Frau hielt ein Taschentuch gegen die Wange gepreßt. Der Mann stand neben ihr und bat sie mehrere Male, das Taschentuch endlich wegzunehmen. Als seine Stimme schon ganz genervt war, nahm er ihr das Tuch weg und lachte.

«Sieht es sehr schlimm aus?» fragte die Frau ängstlich. «Wird eine Narbe bleiben?» Pause. «Werde ich entstellt sein?»

Er lachte und lachte. Ich war sauer, daß er meinen ersten vollwertigen Kralleneinsatz nicht ernst nahm.

«Wenn du dich beeilst und schnell vor einen Spiegel läufst, siehst du den Kratzer vielleicht noch. Wenn du langsam gehst, ist er vorher abgeheilt.»

Luftreise Nummer 3: Ich hing vor dem Gesicht des Mannes: «Du bist richtig. Du läßt dir nichts gefallen. Du kannst mir zu Hause helfen, aus der Defensive herauszukommen.» Ich verstand kein Wort. «Dann steht's fifty-fifty zwischen den Geschlechtern», sagte der Mann zur Frau. «Benny und ich gegen dich und die Katze.»

Natürlich hielt ich Benny für einen Kater. Die Frau wischte immer weiter an der Wunde herum, die ich ihr beigebracht hatte. Es war meine erste Wunde, und ich war dementsprechend stolz darauf. Hoffentlich hatte sie ein schlechtes Heilfleisch.

Sie teilten Frau Gregorius mit, daß sie mich ausgesucht hatten. Frau Gregorius wünschte ihnen viel Glück mit mir. Erst in dieser Sekunde wurde mir klar, daß ich meine Schwestern und meine Mutter und auch meinen dicken, gefräßigen Vater nie mehr wiedersehen würde.

Ein glockenhelles Geräusch aus der Küche sticht wie mit glühenden Nadeln in meinen Magen: Sie holen die Dose aus dem Kühlschrank! Dieser Tag ist gerettet. Kurze Überlegung, ob ich mich zwischen Regalbrettern und Wand herunterwinden oder vorn springen soll. Wenn ich springen muß, stoße ich mich nicht einfach Richtung Tiefe ab. Ich hangele mich so weit hinunter wie nur möglich, verrringere die zu überwindende Strecke um manchmal die Hälfte und springe erst dann. Besonders schön ist es, wenn ich mich an Holz oder Stoff (Velours! Ein Traum!) herunterlasse. Dort kann ich mich festkrallen, habe selbst im Rutschen noch Halt.

«Na, Nelchen, hast du die Kühlschranktür gehört?»

Franz-Joseph strahlt mich an. Ich mache mir nicht die Mühe, zurückzugucken. Die Leier ist zu alt. Ich weiß ja nun, daß zwischen Dose-aus-dem-Kühlschrank-Holen und Futter-in-den-Napf-Tun eine halbe Stunde liegt, in der das Futter angeblich «warm» werden muß. Sie benutzen dafür den Begriff

«Zimmertemperatur». Den hatten wir draußen auf dem Land nicht, und keiner hat sich je den Magen verdorben.

Zwischen dem Kühlschranktürgeräusch und der herrlichsten Sekunde des Abends kann ich mich auf nichts anderes mehr konzentrieren. In diesen Minuten schweifen meine Gedanken mit einer Hartnäckigkeit in Richtung Essen ab, daß es reine Vergeudung von Energie wäre, wenn ich versuchen würde, ein Spielchen zu spielen oder der Betrachtung über ein grundlegendes Problem meines Lebens nachzugeben. Statt dessen schlendere ich herum, lasse mich bei den Mitbewohnern sehen. Bei dieser Gelegenheit merke ich, daß heute etwas anders ist. Da ich Unklarheit schlecht ertrage, kehre ich in die Küche zurück. Dort stehen zwei Pappkartons, die vorhin noch nicht dastanden. Kurzer Blick über die Schulter, Sprung auf den Stuhl und von da über die Stuhllehne so hochgereckt, daß ich den Kartoninhalt erspähen kann: Lebensmittel für Menschen. Ein dermaßen langweiliges Thema, daß sofortiges Einschlafen die angemessene Reaktion wäre. Doch da nun auch noch Franzi, ein munteres, wenn auch schiefes Lied auf den Lippen, in die Gerätekammer geht und mit mehreren Weinflaschen herauskommt, reime ich mir den Rest zusammen: Sie erwarten andere Menschen, mit denen zusammen sie essen, trinken und «Humor» haben wollen. Also stimmt mein Gefühl mit dem sog. Wochenende. Solche Zusammenrottungen von fremden Menschen finden fast ausschließlich in diesem Zeitraum statt. Ich sehe Verwicklungen heraufziehen und reserviere mir für den Rest des Abends den Kiosk.

«He, komm da mal runter!» wirft mir Ute in den Nacken.

Mit unnachahmlicher Ruhe verlasse ich den Küchenstuhl. Aus meiner Geschwindigkeit schließen sie gerne auf mein Gewissen. Bin ich schnell, ist es angeblich schlecht, und sie hetzen mich, daß ich noch schneller werden muß. Dabei ist das nun wirklich eine der leichtesten Übungen: Menschen abzuhängen. Dazu muß ich kaum laufen, höchstens in einen gemächlichen Trab verfallen. Menschen mögen mit Dosenöffnern umgehen können. Sie gehen ja sogar aufrecht. Soweit ich festgestellt habe, tun das alle und nicht nur die in meinem Revier und der weiteren Nachbarschaft. Aber sie haben für diese feinen Fähigkeiten bitter mit ein paar Peinlichkeiten bezahlen müssen. Zum Beispiel sind sie nackt bis auf Ausnahmen, die aber nicht der Rede wert sind. Sie müssen einen ungeheuren Aufwand mit ihren diversen Ersatzfellen betreiben. Und sie sind langsam, unglaublich langsam, auch Benny. Bei dem sieht es nur flink aus, weil er so winzig ist. Und Ausdauer haben sie auch keine. Sie lassen sich deshalb klugerweise kaum auf Wettläufe mit uns ein. Sie machen es hintenrum – mit Auflauern, Türen zusperren, Rückzugswege abschneiden, alles Gemeinheiten also, auf die wir Katzen aus Fairneßgründen nie verfallen würden.

Noch ein Indiz: Ute kommt mit einem weiteren Karton in die Wohnung. Als sie mich sieht, macht sie schnell die Tür zu und sagt: «Damit du nicht auf dumme Gedanken kommst.»

Das schon wieder. Unter dummen Gedanken verstehen sie die Möglichkeit, daß ich eine offenstehende Wohnungstür dazu nutzen könnte, ins Treppenhaus zu gehen und mich aus dem Staub zu machen. Zwar will ich das überhaupt nicht (nicht mehr), aber sie brauchen die theoretische Möglichkeit für ihr kokettes Selbstbewußtsein. Menschen wollen nämlich genauso oft und gerne gestreichelt werden wie wir Katzen. Da sie aber nicht immer im richtigen Moment den richtigen Streichler auftreiben können, haben sie einen Trick erfunden: Sie schmeicheln sich selbst. Diese Bauchpinselei sieht in meinem Fall so aus: Wir haben eine Katze – Katzen lieben die Freiheit, sind nicht zu dressieren – eigentlich ist es ein Skandal, Katzen in einer Wohnung auf der Etage zu halten – Katzen verlieren nie die Sehnsucht nach der Natur. Sie nutzen jede Gelegenheit, ins Freie zu entwischen – deshalb müssen wir schweren Herzens aufpassen, daß das nicht geschieht. Capito? Sie unterstellen *uns* dieses Freiheitsgefühl, damit *sie* damit angeben können. Kompliziert? Gar nicht, nur menschlich. Man muß die Menschen im Stück mögen. Im Detail schafft man es nicht.

Natürlich war ich in jungen Jahren im Treppenhaus. Woher

sollte ich sonst wissen, wie es da aussieht? Als ich neu war bei
ihnen, ließen sie mich arglos aus der Tür. Zwar stand immer
einer unauffällig hinter mir. Aber sie mußten ja vor den
Nachbarn angeben und scheuchten mich immer dann aus der
Tür, wenn sie auf der Treppe Geräusche hörten. Da stand ich
armes Würmchen, geblendet vom gleißenden Licht, das
durch das Oberlicht (ein Dach aus Glas über dem Treppenhaus) fiel, neugierig auf die neue Umgebung, aber auch enttäuscht, weil Treppenstufen und Treppengeländer für Katzen
nicht viel hergeben. Reizvoller war da schon die Funktion,
die Treppen besitzen. Wenn man auf ihnen nach oben oder
nach unten entlanggeht, kommt man irgendwohin, wo man
noch nie war. Pferdefuß: Ich lasse Dosen, Dosenöffner (Gerät
und Bedienungspersonal) sowie Freßnapf hinter mir, ohne zu
wissen, was ich am Ziel meines Weges vorfinden werde.
Hätte mir jemand garantieren können, daß am Ziel freundliche Menschen funkelnagelneue Dosenöffner und taufrisches
Futter bereithielten, hätte ich die Treppenstufen vielleicht ein
wenig zügiger bewältigt. Im fünften, obersten Stockwerk
war ich mehrere Male. Es gibt dort keine Wohnung mehr.
Aber auf der anderen Seite gibt es einen Dachboden, und der
hat was – stelle ich mir jedenfalls vor. Denn ich konnte bisher
niemanden dazu bewegen, diese verdammte Tür für mich zu
öffnen. Ein Blick um die Ecke, damit wäre ich schon zufrieden gewesen, wenigstens fürs erste. Der Appetit kommt ja
beim Essen – eine der wenigen menschlichen Weisheiten, die
ich mir jederzeit über einen meiner Schlafplätze hängen
würde.

In der anderen Richtung war ich schon mal so weit unten,
daß ich die Galerie der Briefkäfige sehen konnte. Dann hatte
Ute mich eingeholt. Ihr Herz schlug schneller als meins, und
meins schlug schon schnell. Weil sie mich auf dem Weg zurück
ins Revier eng an sich drückte, konnte ich unsere Herzschläge
vergleichen.

«Das machst du aber nicht noch mal.»

Sie bat mich mehr darum, als daß sie es mir befahl. Ich weiß bis heute nicht, was es war, das mich damals die Treppenstufen hinunterzog. Es war ein starkes Gefühl.

Jetzt fängt auch noch Ute an, den Kleiderständer abzuräumen. Leider sitze ich darunter und muß schon wieder die Position wechseln. Langsam werde ich sauer. Dieses Revier ist so groß. Warum müssen sie sich immer da aufhalten, wo ich gerade meine Ruhe haben will? Den Kleiderständer räumen sie ab, wenn Fremde in ihre Wohnung einfallen. Menschen schmeißen ihre Felle nicht einfach auf den Fußboden, sie könnten ja einen Fussel abbekommen, und dann müßte das Fell generalüberholt werden. Sie essen auch nicht vom Fußboden, sondern bauen sich Gestelle mit hohen Beinen, um ihre Näpfe draufzustellen. Menschen haben das starke Bedürfnis, der Erde nicht zu nahe zu kommen.

Ich gehe unauffällig auf das Fensterbrett vorne und peile die Marienkäferlage. Oben sitzen schon wieder neue. Sie sind nicht zu bremsen, wunderbar. Das läuft alles in meinem Sinn. Was nun? Ich riskiere es, mich der Tür von Bennys Zimmer zu nähern. Tanja und er sitzen am Tisch und kritzeln auf Papier herum, vielleicht auch auf der Tischplatte. Sie sehen das locker, die Aufrechten sehen das verbissener. Am Ende der Strafpredigt steht Benny vor seinem Tisch und rubbelt mit verbissenem Gesicht auf der Platte herum, um die Schmierereien abzukriegen. Ute schiebt Tanja aus der Wohnung, obwohl sie noch gar nicht gehen wollte. Benny kehrt den Gastgeber raus und regt sich auf. Doch er wird nicht mehr ernstgenommen. Zur Abwechslung ist Benny mal wieder vier Jahre alt, und das zählt bei Menschen, wenn es hart auf hart kommt, nicht viel. Er quakt ein bißchen rum und beruhigt sich wieder.

Ute verschwindet im Badezimmer. Das tut sie immer, wenn sie den Kleiderständer leergeräumt hat. Franzi geht auf die Toilette, er hat eine Zeitung unterm Arm. Benny lümmelt sich im Wohnzimmer herum und blättert knallend die Seiten von Comicheften um. Ich sitze ganz hinten am Fenster und gucke raus. Warum kümmert sich keiner um mich? Mit mir können sie es ja machen. Ich bin ja nur eine Katze. Ich schnappe mir

Franzi, der die Scheißerei beendet hat und köpfele diskret gegen sein Schienbein. Genausogut könnte ich vor ihm ein paar Runden durchs Zimmer fliegen. Er sieht so aus, als ob er gar nicht wüßte, daß es mich gibt. Wollen sie mich aushungern? Haben sie keine Lust mehr auf mich?

Ich lasse Franzis Schienbeine sein und streiche ihm um die Waden. Er hat ziemlich stramme. Das sieht ulkig aus bei seinen kurzen Beinen. Ute läuft mit einem Handtuch auf dem Kopf durch die Gegend:

«Franzi, nun hilf mir doch mal. Du siehst doch, daß Nele Hunger hat.»

Ein warmes Gefühl für diese wirklich liebenswerte und sensible Frau durchströmt mich. Wenn sie mir jetzt auch noch das Futter in den Napf haut, wäre sie für den Rest des Abends meine unbestrittene Nummer eins.

«Das kann doch Benny machen. Sonst lernt der nie, Verantwortung für das Tier zu tragen.»

Ich springe einen Meter von Franzis Waden weg. Wie kann ein Mensch aus heiterem Himmel einen dermaßen haarsträubenden Blödsinn ablassen? Ist er betrunken? Dann neigen Menschen ja zu so was. Ist er krank? Dann muß er ins Bett und nicht hier rumsitzen und den Anzeigenteil der Tageszeitung lesen.

«Benny gibt der Katze immer zu viel», sagt Ute.

Das wird ja immer besser! Jetzt verdrehen sie die Wahrheit aber total. Wenn es nach Benny ginge, wäre mein Magen schon längst auf die Größe einer Murmel geschrumpft. Benny hat mir noch nie genug zu fressen gegeben. Dabei erwartete ich ursprünglich von ihm noch das meiste Verständnis (jeder war mal jung und naiv). Meistens hat er furchtbar in meinem Napf herumgematscht, anstatt ihn mir sachlich, korrekt und zügig vor die Nase zu stellen.

«Und überhaupt: Wir müssen uns beeilen. Sonst stehe ich mit nassen Haaren da, wenn Jürgen und Verena kommen.»

Ute rauscht ab, ich bin zufrieden. Wenn nur zwei kommen, hält sich der Auftrieb ja in Grenzen. Nun muß nur noch...

«Komm, Katz. Atzung.»

Franzi geht Richtung Küche. Ich halte mich dicht bei ihm. Während er die Dose in den Napf umfüllt, bleibe ich auf dem Flur sitzen. Bloß nicht die letzten Energien für überflüssige Wege verschleudern. Ich weiß ja, wie es aussieht, wenn das Futter umgefüllt wird. Das ist ein herrlicher Anblick. Aber mit der Zeit wird er natürlich auch Routine.

Und dann wird es noch einmal unappetitlich. Franzi geht mit dem Napf zu der Stelle, wo der Flur einen Knick macht. Dort stehen meine Toilette, eine Schüssel abgestandenes Wasser und hoffentlich in wenigen Sekunden mein Freßnapf. Ich sitze in der Ausgangsstellung. Mein Speichel fließt literweise. Tief unten in der Kehle dämmert ein Schnurren.

«Na, möchte Nele happi happi machen?»

Das Schnurren bricht ab, ich bemühe mich, diesen Idioten nicht anzublicken. Vielleicht erkennen sie eines Tages ja doch, daß wir Katzen in der Mimik durchaus einige Varianten draufhaben. Steht vor mir, der Kerl, den Napf in der Hand und hält Volksreden. Was treibt einen erwachsenen Menschen dazu, einer vor Hunger kaum noch lebensfähigen Katze gegenüber den Macker herauszukehren? Warum nimmt er sich nicht Benny zur Brust, der das zwanzigmal pro Tag verdient hat? Warum macht er nicht Ute an? Weil er Angst hat, einen aufs Auge zu kriegen. Ich bin ja selber dabeigewesen, als sie sich so anbrüllten, daß vor Schreck die Marienkäfer von der Fensterscheibe fielen und Benny nach vorne kam, um den Fernseher leiser zu stellen.

Ich biete einen Kompromiß an: Ich miaue. Natürlich ist das nackte Selbstverleugnung. Wäre eine Katze Zeuge dieser Erniedrigung, ich könnte auswandern.

«Oh, Nele miaut. Nele hat Hunger. Hat Nele Hunger?»

Je länger ich mir dieses Gewürge anhöre, desto klarer wird mir: Der traut sich das auch nur, weil kein Mensch in der Nähe ist, der sich totlachen kann. Ich lasse den letzten Rest meiner Würde fallen und miaue ein zweites Mal. Warum habe ich eigentlich bis heute noch kein Magengeschwür?

«Na, komm», sagt er gönnerhaft. Er stellt den Napf hin, steht dann hinter mir in der Gegend herum und sieht mir beim Fressen zu. Dann trollt er sich endlich.

Ich entspanne mich und mache, daß ich den Fraß auf den Weg alles Fressens bekomme. In den Portionen sind sie nicht kleinlich. Zwar stellt alle paar Tage einer von ihnen fest: «Nele ist zu dick, ganz einfach zu dick.» Und dann beschließen sie jedesmal, daß sie mich für eine Woche auf Diät setzen wollen. Aber das ist heiße Luft. Mein Glück. Ich fühle mich rundum wohl, und daß ich nach der Operation, mit der sie mir so endgültig in mein Geschlechtsleben eingegriffen haben, in der Hüfte nicht gerade stromlinienförmig geworden bin, lag doch nicht an mir. Natürlich bin ich nicht dick. Gegen meinen Vater bin ich eine Dünndruckausgabe (das Lebensumfeld beeinflußt die Wahl der Bilder). Gut, ich bin ein wenig stark. Ich habe durchaus zuzusetzen. Eine plötzliche Wirtschaftskrise könnte ich unter Umständen überleben, wenn der Nachschub mit Dosenfutter nicht länger als 24 Stunden zusammenbricht.

Das Auslecken des Napfes ist einerseits natürlich schön (nichts umkommen lassen), andererseits auch tragisch umflort, weil das Ende des Fressens am Horizont heraufdräut. Ich hatte lange genug Zeit, mich an die Unausweichlichkeit des Vorganges zu gewöhnen. Psychisch habe ich ihn voll im Griff, obwohl irgendwo natürlich immer die Angst lauert: Das war das letzte Mal! Zähl jeden Bissen, du wirst nie mehr dazu kommen! Kau sorgfältig, du wirst lange nichts mehr zu kauen kriegen! Diese schrecklichen Alpträume kennt jede Katze. Sie sind ein Teil unserer Existenz. Wir sind aufgerufen, mit dieser Urangst fertigzuwerden. Wir müssen lernen, sie zu beherrschen.

Folgt das Putzen. Ich putze mich gern in Gesellschaft. Während ich durch den Flur nach vorn gehe, hole ich mit der Zunge, nach rechts und links schlappend, schon mal die größten Brocken ins Maul. Vorn setze ich mich zwischen Sessel und Fernseher, beginne mit der rechten Pfote und der rechten Seite. Bei dieser Gelegenheit merke ich, daß etwas nicht stimmt:

Kein Franzi im Sessel, Geräusche in der Küche. Im Badezimmer plätschert Benny. Ich kann nur hoffen, daß er heute den Waschlappen nicht dazu benutzt, um mir das Gesicht zu waschen – oder irgendein Körperteil, das er zu packen bekommt.

Die Küchentür ist geschlossen. Ich warte eine Minute, gebe dann diskret Laut. Leider unterhalten sie sich da drin und lärmen mit Tiegeln und Töpfen herum. Ich muß verschärfen. Na bitte. Sie reißen sie Tür auf.

«Du sollst nicht immer an der Tür kratzen.»

Ich überhöre die unqualifizierte Äußerung, trete näher.

«Guck mal, wie sie sich putzt.»

Davon können sie nicht genug kriegen. Mir ist klar, daß ich gut aussehe. Ich begreife aber nicht, warum sie das ausgerechnet dann entdecken, wenn ich einer Tätigkeit nachgehe, die für mich natürlich ist und weiter gar nichts. Putzen liegt von der Automatik in Richtung Atmen und Fressen. Allerdings ist Fressen schöner. Dennoch hängt beides aufs engste zusammen. Das Ganze ist Teil eines großen Bogens, und unter dem Bogen sitze ich. Ich werde poetisch, es geht also schon los. In der Stunde nach dem Fressen, wenn mein Blut in den Därmen dringender benötigt wird als in meinem ansonsten hellwachen Kopf, neige ich dazu, verträumt zu werden und mich Gedankengängen hinzugeben, die mir sonst eher fernliegen. Das Leben als solches. Ich und der Kosmos, Katzen und Menschen. Ich hier drinnen, die Welt da draußen – so in dieser Preislage. Im unteren Teil von mir rumpert und pumpert es. Aus Dosenfutter wird Katzenleben. Traut man diesem Fraß äußerlich gar nicht zu, daß er einen so guten Zweck vollbringen kann. Damit mich die Aufrechten bei ihrer Hin-und-Her-Rennerei nicht verstümmeln, rücke ich unter den Tisch und wende mich meiner linken Seite zu. «Selbstvergessen» hat Ute es genannt, als sie mir dabei zusah. Putzen ist nicht selbstvergessen, Putzen ist Pflicht. Wir Katzen besitzen einen Ausgangs- oder Basiszustand, in dem möchten wir uns jederzeit befinden. Wenn wir gezwungen sind, uns kurzfristig von diesem Zustand zu entfernen (fressen, toben, fressen), geschieht es zwangsläufig, daß wir uns danach wieder auf den Ausgangszustand zubewegen. Vielleicht wäre es anders, wenn wir solche Möglichkeiten hätten wie die Aufrechten mit ihren diversen, auswechselbaren Fellen. Wenn ich wüßte, daß ich mein Fell in eine Maschine stecken kann, die es nach einer Stunde picobello rausläßt, würde ich mich bestimmt häufiger gehenlassen. Ich habe aber nur dieses eine Fell, und es muß ein Leben lang reichen. Seit meiner Anfangszeit weiß ich, daß Gefressenhaben nicht die Voraussetzung für Putzen ist. Über den Tag verteilt lecke ich meinen Körperbau mehrere Male vollständig ab. Offensichtlich haben meine Körperhaltungen, die bei einigen Stellen ergonomisch etwas komplizierter sein müssen, für die Menschen eine andere Bedeutung. Solange ich zurückdenken kann, bricht einer von ihnen alle paar Tage in den Ruf aus: «Guck mal, Nele. Wie ordinär.» Wenn ich mich putze, habe ich zwar besseres zu tun als mich um ihre Kommentare zu kümmern. Dennoch ist mir, als wenn sie solche Sätze schwerpunktmäßig in Momenten ablassen, in denen ich mich mit der Zunge in der Gegend meines Hinterteils aufhalte. Die Aufrechten müssen damit ein Problem haben. Für sie gibt es Körperteile, mit denen darf man alles mögliche, die darf man auch ablecken. Es gibt aber auch Körperteile, da werden sie albern und hitzig, kriegen einen zitternden Tonfall. Was das nun wieder soll. Körper ist Körper, von oben und unten, von hinten und vorn. Ich kann mich doch nicht mit Fähnchen markieren: Weiß für o. k., schwarz für «Betreten verboten». Dazu mag ich mich insgesamt viel zu sehr, und es liegt mir fern, mein Arschloch zu unterschätzen. Ich möchte lieber nicht wissen, wie ich heute aussähe, wenn Hunderte von Dosen, die ich im Leben verdrückt habe, nicht teilweise unten wieder rausgekommen wären. Wahrscheinlich wäre ich ein Ballon, wenigstens ein Elefant. Jedenfalls wäre ich zu groß für die Wohnung. Ich bräuchte einen Stall oder müßte draußen leben – immer und nicht nur dann, wenn ich Lust darauf verspüre, draußen zu sein. In manchen Momenten hat die angeblich so freie Natur ja etwas sehr Nüchternes: wenn dir der Herbststurm die Ohren abreißt und dir der Nachtfrost in die Füße schneidet. Meine Mutter hat uns da Sachen erzählt. Mädchen Mädchen, das halten nur die härtesten Katzen aus (die härtesten, nicht die schönsten. Sonst hätte ich keine Sorgen).

Irgendwas brutzelt auf dem Herd, ein Gestank fällt über mich her, daß es mir den Hals abschnürt.

«Mmh! Lecker», Franzi gibt ein schmatzendes Geräusch von sich. Ich sehe seine Hose zum Herd gehen, wo sie neben Utes Beinen stehenbleibt. Zwar kann ich mehr nicht sehen, weil ich ja unterm Tisch sitze, aber ich weiß auch so Bescheid: Sie gehen einer Beschäftigung nach, die sie beide zusammenschweißt, genauso wie «Schlüssel verlegen». Sie futtern die halbe Pfanne leer. Offizielle Bezeichnung der Aktion «Abschmecken». Aufrechte haben für alles Wörter. Manchmal beschreiben die Wörter das, was sie beschreiben sollen, perfekt und rundum (Dosenöffner). Häufiger gehen die Wörter haarscharf an der Wahrheit vorbei («Ich verstehe meine Katze»). Meistens aber dienen Wörter nur der Verzierung oder sollen – wie die Tischdecke in der Küche – die Brandflecken von der Kerze im Holz verdecken («Abschmecken»). Warum nennen sie es nicht einfach «Wegmampfen, weil wir Verena und Jürgen nichts Gutes gönnen»? Das käme der Wahrheit ja nicht nur näher. Das wäre die Wahrheit. Wenigstens sollten sie ehrlicherweise gleich eine doppelt so große Pfanne nehmen und die Wegfresserei von vornherein einkalkulieren.

Platsch, fällt ein Fladen auf den Fußboden.

«Na Nele, da bist du dabei wie der Blitz, was?»

So häßlich können nur Menschen unser Interesse an den Vorgängen um uns herum kommentieren. Der Fladen ist heiß, stinkt und sieht absolut uneßbar aus.

«Du könntest es ruhig auffressen», schickt mir Franzi hinterher.

Typisch! Zu faul zum Saubermachen, aber so tun, als ob er seiner Katze was Gutes gönnt. Benny spielt im Badezimmer wieder «Wie umgehe ich weiträumig den Wasserhahn?» Ich kenne kein Spiel, das er besser beherrscht (Katzen-Piesacken natürlich ausgenommen). Sein Vater geht gucken und nimmt sich das Kerlchen zur Brust. Benny schreit, er kapiert das Prinzip einfach nicht. Franz-Joseph schäkert und albert gern mit seinem Fleisch und Blut – stundenlang. Aber irgendwann findet Franz-Joseph, daß es nun gut sei. Er wirft das Ruder in Sekundenschnelle herum. Das kann Benny nicht. Der braucht dafür Viertelstunden. Wegen dieser Zeitdifferenz wird es im Badezimmer lauter. Dann macht Franz-Joseph die Badezimmertür zu, und es wird drinnen stiller. Ich habe Bennys Vater im Verdacht, daß er seinem Sohn jetzt zeigt, wofür ein Waschlappen da ist.

Donnerwetter! Die Sonne kommt noch mal heraus. Ich verkleinere meine Pupillen zu einem Schlitz, denke an früher, wünsche meiner Verdauung alles Gute. Da! Da ist sie wieder! Gegenüber. Eine Katze. Sie ist schwarz wie ich. Sie ist dünner... ich meine körperbaumäßig nicht ganz so prägnant ausgebildet wie ich. Wahrscheinlich ist sie jung, denn ich sehe sie erst seit kurz nach Weihnachten. Weihnachten ist so lange her, daß in sieben Monaten schon wieder Weihnachten ist. Sie scheint noch ziemlich verspielt zu sein. So 'sind die jungen Leute: Hier ist was Interessantes, da muß man nach dem Brummer hauen, das Blatt ist das tollste Blatt von der Welt und wenn ein Stuhl auf dem Balkon steht, ist er Berg, Höhle, Bett und Zwischenstation für einen Satz auf die Blumenkästen, die außen am Balkon hängen. Glückliche! Deine Mitbewohner lassen die Balkontür nicht verstauben, sondern öffnen sie fast täglich. Meine Leute kommen vor lauter Gerede über Natur nicht in den Schlaf. Aber mal im Kleinen anfangen und frische Luft durch die Balkontür hereinlassen, dazu reicht es schon nicht mehr. Natürlich ist ein Balkon ein fauler Kompromiß. Ein Balkon – das ist nicht mehr drinnen, aber noch lange nicht draußen. Ein Balkon ist Etikettenschwindel, könnte einer naiven Katze eine herbe Enttäuschung bereiten. Aber wo sind denn hier naive Katzen? Dieses Stadium liegt für mich jahrelang zurück. Ich kann mich kaum noch daran erinnern.

Drüben steckt sie mit der Nase zentimetertief in der Blumenerde. Das ist doch immerhin eine Ahnung von dem, was möglich wäre. Von Stockwerk zu Stockwerk leben wir eingesperrter. Würde ich aus dieser Höhe vom Balkon fallen, hätte ich schlechte Karten. Die da drüben im dritten Stock hat reelle Chancen, den Sturz zu überleben. Und ich darf gar nicht an die Katzen-WG bei uns im ersten Stock denken. Die leben in einer Wohnung und draußen – alles gleichzeitig. Für die muß das Leben ein einziges Fest sein.

Franz-Joseph befindet sich mit Benny in den üblichen Friedensverhandlungen. Kurz bevor fremde Menschen in die Wohnung einfallen, stellt Benny immer unverschämte Forderungen. Er pokert hoch, aber er überreizt nicht. Die Angst, daß sie vor Gästen eine Kostprobe ihrer erzieherischen Unfähigkeiten geben müssen, macht sie an solchen Abenden weich wie Wachs. Heute hat Benny ein Forderungspaket geschnürt: 1. Micky Maus vorlesen; 2. Licht anlassen; 3. morgen in den Zoo. Wenn ich mit so was kommen würde, würden sie mir einen Faustschlag zwischen die Ohren geben und aus. Aber der kleine Kerl feilscht mit seinem Vater, daß es eine Freude ist. Im Schlafzimmer rauscht der Fön, Ute kämpft mit ihrer Frisur. Offiziell hat sie «schwierige Haare». Man kann es auch ehrlicher sagen: Utes Haare sind spiddelig und so dünn, daß die Kopfhaut durchscheint. Das ist für jeden Aufrechten schlimm. Für einen weiblichen ist es wohl eine Katastrophe. Diese kahlen Keile, die Franz-Josephs Frisur ein Aussehen geben, als ob er stundenlang in einem Auto ohne Dach gefahren ist, trägt er mit, wie er es nennt, «Würde». Ich weiß zwar nicht, wie sich Zähneknirschen und pfundweiser Einsatz von Mittelchen, die er sich im Badezimmer in die Frisur schmiert, mit «Würde» vertragen, doch im Gegensatz zu Ute trägt er es immerhin gefaßt. Auch mein Fell kennt Höhen und Tiefen. Bei meinen Schwestern waren die Haare gleichmäßig verteilt. Bei mir ist das Fell um den Bart herum, am Kopf vor den Ohren und an beiden Hinterbeinen etwas fadenscheinig. Natürlich nicht bedrohlich, so daß es etwa kahl wirken könnte, dennoch deutlich dünner. Dafür habe ich vom Hals den kompletten Bauch entlang bis zum Arschloch eine Wolle drauf, mit der ich auch harte Winter gut überstehen könnte. Mehr als einmal sagte jemand: «Ein prächtiges Fell. Wie bei einer richtigen Landkatze eben. Nur die Stellen am Kopf. Das sieht ja unmöglich aus!» Das finde ich nun allerdings gar nicht. Ich sehe vielleicht anders aus am Kopf, eigenwillig. Auch «selten» lasse ich gelten, «interessant», «außergewöhnlich» und «apart». Aber *unmöglich* sehe ich nicht aus. Unmöglich sehen Hunde von der Marke Boxer aus sowie Perserkatzen. Und Franz-Joseph, wenn er sich nachts die Haare verlegen hat und morgens aussieht wie diese strubbelige Figur auf Bennys Bilderbuch.

Franz-Joseph kommt aus dem Kinderzimmer und wird noch einmal zurückgerufen, um letzte Anweisungen entgegenzunehmen. Er nickt, tut freundlich und flüstert, als er an mir vorbeigeht:

«Lümmel. Einzelkind. Tyrann. Und so was züchten wir.»

Danach wird Franz-Joseph sehr hektisch, scheucht Ute vom Fön weg, springt unter die Dusche, klappert mit Flaschen und Töpfen und bittet zwischendurch (er bittet!) Benny, doch so nett zu sein und wieder sein Bett aufzusuchen, wie sie es vorhin besprochen hätten. Plötzlich hockt Benny neben mir. Ehe ich einen Schreck kriegen kann, hat er mich gestreichelt. Dieses Kind ist zu allem fähig. Müdigkeit schleicht mich an. Wenn nicht diese nervöse Hektik in der Wohnung herrschen würde, käme jetzt eine Ruheperiode dran. Ich schaue bei Benny rein. Zwar hat er keine Musikkapelle bestellt, und Fußball spielen tut er auch nicht. Doch weist auch nichts darauf hin, daß er in absehbarer Zeit ans Schlafen denken könnte. Vergnügt sitzt er am Tisch und kritzelt schon wieder irgendwas voll. Veronika sitzt auf einem Stück Borke, hält den Kopf schräg nach oben und rührt sich nicht. Dieses Tier ist eine Zumutung für alle motorisch engagierten Kreaturen.

Franz-Joseph steht an seiner überkandidelten Musikanlage und kann sich vor lauter Platten nicht entscheiden, da ringt sich die Klingel den zierlichen Vierfach-Dingdong ab. Verena und Jürgen betreten das Revier. Es dauert einige Zeit, bis ich merke, daß sie es nicht sind. Vorne läuft ein Mann mit deprimierter Miene durch den Flur und hört auf den Namen Chris. Kenne ich nicht, nie gesehen. Ich zeige mich, das ist für jeden neuen Menschen eine epochemachende Sekunde. Jetzt muß sich unsere weitere Beziehung entscheiden. Ich erwarte nach vielen Erfahrungen auch hier nicht mehr viel und kann deshalb kaum noch enttäuscht werden. Chris allerdings treibt es besonders stark: Er übersieht mich. Das ist schlimmer als Treten. Ich sortiere ihn gerade unter «erledigt» ein, da packt Ute mir hinterhältig von hinten unter den Bauch, hebt mich hoch und sagt:

«Nele, du bist zu dick.» Ich bemühe mich, den Satz zu überhören, sie legt Kohlen nach: «Und das hier, Chris, ist unsere Dickmamsell. Ein ganz schöner Schummi, was?»

Es dauert weit über eine Stunde, bis ich den Kiosk wieder verlasse. Ein Wunder, daß mein Herz immer noch Blut durch den Körper pumpt. Dabei ist es mir doch vor einer Stunde gebrochen. Dieser Abend ist ohne Zweifel einer der furchtbarsten meines Lebens. Vielleicht der furchtbarste. So gemein hat nie jemand über mich gesprochen und dann noch ein Mitbewohner. Ich möchte diese Frau in den nächsten Wochen nicht sehen. Sie soll wegfahren. Franz-Joseph soll hierbleiben. Benny kann sie mitnehmen. Vielleicht rebelliert ja jetzt mein Magen und ich vertrage nur noch Schonkost. Das ist doch alles noch gar nicht untersucht, wie solche Katastrophen in den Seelenhaushalt einer Katze einschlagen. Ich kann vieles verdrängen, vergessen, Schwamm drüber, Ende, Punkt und aus. Aber wie soll ich vergessen, daß mich jemand «Schummi» genannt hat?

Trübsinnig starre ich auf die Toilette. Sie ist picobello sauber. Streu gewechselt und die über den Rand geratenen Körner weggefegt. Ja, wenn sie Gäste haben, greifen sie zum Äußersten: zum Besen. Vorne findet ein Volksfest statt. Sie brüllen vor guter Laune. Dabei würde es ihnen besser anstehen, bedrückt zu sein. Scham, Menschen, ein Viertelpfund Scham ist das wenigste, was man als gebeutelte Kreatur verlangen darf.

Im Flur kommt mir eine Frau entgegengelaufen. Möglich, daß es Verena ist. Ist mir doch egal.

«Hallo Katz», ruft sie mir zu, eilt in die Küche und kommt mit einem Glas zurück. Stolpern soll sie und sich an der Heizung eine Delle holen.

«Na, ausgegrollt?» lautet die Begrüßung durch Ute. Im Raum stinkt es nach Rauch. Ich ziehe die Augen zu, nehme am Rand wahr, daß Franz-Joseph wieder seine Lieblingsmusik aufgelegt hat. Als wenn er nur eine Platte besäße. Sie hocken im Eßzimmer um den runden Tisch: die beiden, die meine Mitbewohner waren, bevor sie sich aus meinem Herzen hinauskatapultierten, Verena, Jürgen, dieser neue Chris und eine Frau, die auf den Namen Lale hört. Jürgen findet Gelegenheit, mich zu streicheln. Immerhin einer. Ich konnte ihn schon immer gut leiden. Dieser Chris übt sich wieder im Übersehen. Lale hat neugierige Augen, läßt ihre Hände aber an den Bestecken.

«Na komm, Alterchen», lästert Franz-Joseph, «sei wieder gut. Ute hat das nicht so gemeint.»

Dem glaube ich kein Wort mehr. Ich gehe nach nebenan, lege mich auf den Sessel. Bis vor einer Stunde war hier einer meiner drei, vier festen Schlafplätze. Jetzt bin ich nicht mehr sicher, ob ich jemals wieder eine Runde auf diesem herrlichen Velours ratzen werde. Was soll's? Die Welt ist voller Velours. Ich gehe zu einer Familie, denen eine Fabrik gehört, in der Velours-Sessel hergestellt werden.

Ute und Verena sind damit beschäftigt, Chris zu trösten. Er hat falsch geparkt oder ihm ist die Frau weggelaufen. Wenn ich nicht zuhören will, höre ich nicht zu. Franz-Joseph kommt ins Zimmer getapert und dreht die Platte um. Falsch, er legt eine von diesen Schachteln auf, die auch Musik machen. Die brauchen länger, um mit der Musik fertigzuwerden. Schön für Franz-Joseph. Muß er nicht so häufig aufstehen, das könnte ja seiner schwammigen Figur guttun. Denn das ist das empörendste: Von dem Zeug, das die beiden jeden Tag an Lebensmitteln wegputzen, könnte in Afrika ein komplettes Dorf sattwerden. Aber sich über die Kleinsten und Schwächsten lustigmachen. Die sind so billig, so ordinär. Ich finde sie ekelhaft, glibberig. Und wie sie riechen! Und womit sie sich ihre abstoßend nackte Haut einschmieren. Ich würde Lungenlähmung davon bekommen. Nebenan bricht «Humor» aus. Sie schreien vor Lachen. Jeder will der Lauteste sein. Noch der Leiseste ist unerträglich. Speziell dieser Chris: Hat eine Lache, als wenn man den Notarzt holen muß. Und der will traurig sein, weil ihm seine Freundin abgehauen ist?

Irgendwann brechen alle auf. Spontan lockere ich die Muskeln. War aber ein Mißverständnis. Sie helfen Ute und ihrem Mann nur, den Tisch abzuräumen. Sie wollen hilfsbereit sein. Die arme Kreatur unangespitzt in den Boden stampfen, aber einen Teller bis zur Küche tragen und sich wer-weiß-wie-toll vorkommen.

Ich komme endlich dazu, einen Haufen in die Toilette zu setzen. Heute macht es richtig Spaß, in dem Kasten zu kratzen, daß die Körner fliegen und eine dünne Wolke in der Luft hängt. Wenn jemand sie zwingen würde, auf eine Toilette zu gehen, die nur halb so schmutzig ist wie meine meistens, würden sie schreien und wehklagen. Aber ich bin ja nur eine Katze! Ich bin so sauer! Ich grabe mir das Loch, Vorderbeine auf den Plastikrand, dann konzentriert und zügig rausgedrückt. Betörender Duft wabert durch den Flur. Natur pur. Ich buddele zu, das ist mir ein Bedürfnis. Ich erinnere mich dunkel daran, was den Hunden damals bei uns draußen alles ein Bedürfnis war. Sie hatten runde, harte, weiche, haufenförmige, pyramidenförmige und fladenförmige Bedürfnisse. Aber sie hatten nicht das Bedürfnis, diese eklatanten Haufen mit etwas Sand zu bedecken. Wenn ich vorne auf dem Fensterbrett sitze, kann ich den Bürgersteig der gegenüberliegenden Straßenseite sehen. Dort haben Fußgänger offensichtlich Geh-Verbot, denn ich sehe nur Radfahrer und Hunde. Die Hemmungslosigkeit dieser Tiere ist bestürzend. Zwar möchte ich nicht (auch nicht zum Spaß) mit Hunden in einen Topf geworfen werden. Dennoch gibt es ja so was wie eine Zusammengehörigkeit aller Lebewesen, einen kleinsten gemeinsamen Nenner. Mit Hunden habe ich keinen. Die Frau, die bis vor einiger Zeit unter dem vertraulichen Namen «Ute» firmierte, kommt den Flur entlang.

«Nele, du Schwein, mußt du ausgerechnet jetzt mit der Scheißerei anfangen?»

Alle Worte in häßlich gezischeltem Tonfall. Sie bückt sich sogar, damit nur ja keiner ihrer Leute mit anhört, wie sie mit mir umgeht. So, nun ist endgültig genug. Ich lasse sie im Flur stehen. Soll sie mir doch einen der Schuhe ins Kreuz schmeißen, in die sie ihre Fußgröße 41 hineinpreßt. Es wäre ein konsequenter Abschluß dieses Tages. Ich gehe in den Kiosk, stehe vor dem Regal. Nein, heute nicht mehr, ich fühle mich kraftlos und schlapp. Mit wunden Ohren höre ich, wie sie die Fenster von Gästezimmer und Badezimmer aufreißt. Damit will sie Zug erzeugen, der den Geruch meiner Lebensäußerung vernichtet. Aber ich sage euch: Ehe die Katze einmal miaut, werdet ihr mich dreimal verleugnet haben. Ich sehe schwarz für die Menschheit. Wie soll sie ihre großen Probleme lösen, wenn sie mit uns schon nicht auskommt?

Nein, die Zeit heilt nicht alle Wunden. Sie verschorfen bestenfalls. Das Revier ist groß genug, um sich nicht ständig begegnen zu müssen. In der Zeit, die auf den schrecklichen Abend folgt, verlege ich den Schwerpunkt meiner Lebensführung in den hinteren Teil des Reviers. Dort habe ich zwar häufig mit diesem nervtötenden Nachwuchsmenschen zu tun. Aber besser der als die Ausgewachsenen. Ganz, ganz heimlich warte ich auf eine Entschuldigung. Mir schwebt gar kein besonderer Text vor, nur die allgemeine Richtung: Dieses schreckliche Wort «Schummi» muß vom Tisch. Ein warmer Blick, Augen, in denen aufrichtiges Schamgefühl glimmt – auf Scharwenzeln können wir Katzen doch. Neben der Fresserei ist das unsere schwächste Seite. Und für Schwachheiten haben Menschen doch unendlich viel Verständnis (seht sie euch an!). Um es kurz zu machen: Nichts geschieht. Sie treten mir arglos unter die Augen, tun so, als wenn nichts geschehen wäre. Es würde mich nicht wundern, wenn sie die Tragödie am nächsten Tag vergessen hätten.

Dann vergeht Zeit. Wenn dich etwas auf kleiner Flamme garkochen kann, dann Zeit. Je länger ein schreckliches Ereignis zurückliegt, desto barmherziger ummäntelt es die Erinnerung. Was blieb? Ich bin innerlich gereift. Wer durch dieses seelische Stahlgewitter hindurch ist, muß erwachsen genannt werden. Ich weiß nicht, wie man das Wort «erwachsen» steigert. Aber das bin ich heute.

Außerdem bin ich heute genervt, denn sie spielen wieder dieses irritierende Spiel mit der Technik. Ute hat das Radio vorne so laut gestellt, daß es das gesamte Revier versorgt. Aus dem Lautsprecher donnert die Stimme von Franz-Joseph. Er telefoniert mit jemandem, und alle, die gerade das Radio angestellt haben, müssen ihm dabei zuhören. Franz-Joseph hat einen merkwürdigen Beruf. Franz-Josephs Katze verspürt immer noch einen Pieks Irritation. Ich war dabei, ich lag auf Bennys Bett, als Franz-Joseph seinem fragenden Sohn erklärte, wie es technisch funktioniert, daß er ins Radio paßt. Ich finde es tröstlich, daß auch Benny nichts begriff und führe es auf die Evolution der letzten Jahrtausende zurück, die uns Katzen an der Technik vorbeischleuste. Wir entwickelten uns technik-fern (um es zurückhaltend auszudrücken). Ich verstehe auch nicht, wie die Musik in die Rillen der Schallplatte gelangt. Es hat was mit Ursache und Wirkung zu tun (Ursache: Hunger; Gegenmittel: Fressen; Wirkung: satt und zufrieden sein).

Aber ich geniere mich nicht. Ich muß nicht alles wissen und nicht alles können. Ich könnte auch keinen Dosenöffner nachbauen, und zu diesem Gerät spüre ich eine leidenschaftliche Nähe. Franz-Josephs Stimme ohne den Körper von Franz-Joseph macht mir den Menschen nicht interessanter. Er sieht witziger aus, als seine Stimme sich anhört. Er redet schlau daher, aber es klingt wie eingeschlafene Füße. Ute reißt die Stimme ihres Mannes auch nicht vom Hocker. Sie kriegt es fertig, dabei Zeitung zu lesen. Ich verlange nicht, daß sie vor Begeisterung in den Lautsprecher beißt, aus dem Franz-Joseph herauskommt. Aber ein bißchen innere Erregung fände ich angemessen. Vielleicht liegt es auch an dem, was Franz-Joseph im Radio erzählt: Politik – was die menschlichen Regierungen anstellen, damit es den Menschen gutgeht oder wenigstens den Regierungen. Manchmal geht es auch um Wirtschaft. Das interessiert mich mehr. Irgendwo lauert in uns ja doch die Angst, daß ein Streik die Tierfutterfabrikation lahmlegt oder die Preise so entsetzlich in die Höhe springen, daß die Aufrechten zu diesem schauerlichen Sonderangebotsfutter greifen. Sie könnten mir dann gleich vorbeugende Pillen gegen Magengeschwüre untermixen, wie sie es damals taten, als sie diesen Vitamintick pflegten. Das beste an diesen Pillen war, daß sie nach nichts schmeckten. Also konnte ich sie wegmampfen, ohne mir etwas zu vergeben, und die Zweibeiner waren glücklich.

Auf die Nachrichten folgt im Radio der Wetterbericht. Er läßt mich kalt, weil das Wetter in meinem Revier von der Heizung abhängt und nicht von der Sonne. Aber dann kommt ein spannender Bericht über die Situation auf den Straßen. Ich stelle die Ohren höher. Glücklicherweise ist noch nie ein Wagen, der das Dosenfutter in meinen Supermarkt transportiert, verunglückt. Wahrscheinlich suchen sie für diese verantwortungsvollen Transporte die besten Fahrer aus, die es gibt. Wenn die Rennfahrer aus dem Fernsehen nicht mehr Rennen fahren, brauchen sie ja eine Beschäftigung für ihren Lebensabend.

Sonst interessieren mich Radiosendungen nicht, schon gar nicht Musik. Musik ist etwas, was wir Katzen uns in unserer Entwicklung von vornherein geschenkt haben. Jetzt ist es zu spät, damit noch anzufangen, weil es Jahrhunderte braucht, bis du eine geschmackvolle Musik entwickelt hast. Diese Freude gönnen wir den Menschen. Besonders die Geigen! Als wenn einer mit der Schere in deine Ohren sticht. Es gibt weiche Laute und zugespitzte. Ich laufe nicht aus dem Raum, wenn sie die Wohnung mit Musik vollschaufeln. Ich halte das schon aus (ich halte ja auch meine Mitbewohner aus). Aber es ist nicht angenehm. Es ist ein störendes Hintergrundgeräusch, macht mir mein Wohlbefinden madig. Da kommt ja leicht einiges zusammen: zu geizig Futter zugeteilt gekriegt, Gemeinheiten von Benny, unterlassenes Streicheln, Marienkäferflaute und dann noch Musik – unterm Strich ein verlorener Tag. Von dieser Sorte nicht zu viele, bitte!

Einmal den Flur runter, einmal zurück. Das Revier ist gut in Schuß und kann für ein Stündchen auf meine Anwesenheit verzichten. Auf dem Sessel vorne nehme ich vorbereitende Schlafhaltung ein und feudele mit der Zunge durch, was ich ohne Verrenkungen erreichen kann. Zwischen den Zehen hat sich schon wieder irgendwas angesammelt, was ich immer erst bemerke, wenn es so fest sitzt, daß ich's nicht mehr rauskriege. Ich rupfe daran herum, beiße mich fest: irgendwelche Krümel, die sich zu einem Haufen verklumpen. Das liegt an dem vielen Staub im Revier. Die Aufrechten bewältigen diese Wohnung doch gar nicht. Ist zwei Nummern zu groß für sie. Aber wenn fremde Menschen auftauchen, müssen sie sofort eine Besichtigung aller Räume überstehen, bei der meine Mitbewohner unheimlich angeben. Für Menschen bedeutet so eine Wohnung fast so viel wie Essen und Paaren. Allein schon, wie die Bilder im großen Raum vorne von diesen schief befestigten Lampen angeleuchtet werden. So sieht es auf der anderen Straßenseite beim Schlachter im Schaufenster auch aus: immer volles Licht auf die dicksten Koteletts. Nur daß in meinem Revier keine Koteletts an der Wand hängen (die würden auch nicht lange hängen), sondern Kunst. Auf den Bildern ist nichts drauf, was mir eßbar erscheint. Oh, ein neues Geräusch! Da muß die Runde Schlaf natürlich warten. In gestrecktem Trab durch den Flur (eine Fortbewegungsart, die Franz-Joseph einmal «rattenhaft» genannt hat. Es ist wirklich besser, man denkt nicht zu oft an diese Menschen).

Ach das! Dafür wetze ich mir meine Fußhornhaut ab. Das kenne ich doch längst. Ute sitzt im hintersten Zimmer vor einem kleinen Tisch. Auf dem Tisch steht die Maschine, mit deren Hilfe sie Kleider, Hemden und Hosen produziert. (Wieder eine Maschine. Menschen brauchen diese Dinger, wären hilflos ohne sie.) Die Hemden und Hosen kommen in einen Briefumschlag oder ein Paket und werden nach Südamerika geschickt. Da werden sie ausgepackt und armen Indianerkindern angezogen, damit sie nicht länger ihr einheimisches Gelump tragen müssen. Außerdem, hat Ute gesagt, sei es dort bitterlich kalt, und die Kids könnten was Warmes gut gebrauchen. Ute hat einen Haufen Freundinnen, die alle so ein Zeugs herstellen. Viele stricken auch, ich finde Stricken ja schöner (Wolle!).

Klingeln. Ute und ich gehen öffnen.

«Tach, mein Schatz» zu Ute mit Knutscherei aufs Gesicht. «Hallo Nele, alter Räuber. Mäusewirtschaft in Ordnung? Sonst gesund? Man sieht's.»

Dazu einige der gepflegtesten Streichelbahnen, die ich kenne. Schön, daß Liane gekommen ist. Sie kennt den Unterschied zwischen einem Sandsack und einer Katze. Langfristig gesehen hat sich kaum einer mir gegenüber so astrein benommen wie Liane. Sie selbst lebt mit keiner Katze zusammen. Dabei liebt sie Katzen. Ich gebe ihr gern Gelegenheit, ihre Bedürfnisse an mir abzustreicheln. Wir gehen nach hinten, und – ach nee – heute erinnert sich Ute daran, daß dort ein Balkon außen am Haus hängt. Während die Frauen herumwieseln, nehme ich ein paar Lungenflügel frischer Luft. Es ist warm heute. Der Sonnenschirm, den Liane anschleppt, kommt mir gerade recht. Sie spannt das Ding auf und steckt es in den Bleifuß, der auf dem Balkon steht. Ich hätte den Schirm erst reingesteckt und dann aufgespannt, aber ich will nicht mäkeln. Dann kniet Liane sich hin, streichelt mich. Ich führe sie durch leichte Neigung des Kopfes an die Sahnestellen, und sie plaudert währenddessen mit mir über ihr Leben und mein Leben. Dieser Mensch hat kluge Augen. Und eine Freundlichkeit, wie sie nur ein Mensch haben kann, der Katzen liebt. Leider weiß ich, daß Liane auch Hunde mag. Man kann das Ausmaß meiner Sympathie für sie besser ermessen, wenn man weiß, daß selbst diese ernüchternde Tatsache meinem

Wohlwollen keinen Abbruch getan hat. Jeder hat seine Schwächen. Und daß ich keine habe, will ich anderen nicht zum Vorwurf machen.

Liane ist wahrscheinlich einer dieser Menschen, die alles mögen, was krabbelt, brummt und sabbert. Ich würde mich nicht wundern, wenn sie sogar Veronika, diesen Tränensack von Schildkröte mögen würde. Während sie mit mir plaudert, halten wir Augenkontakt. Ich erfahre, daß Liane bei diesem Wetter zu Hause auch gern auf dem Balkon liegt. Sie hat sich einen Tiefkühlschrank gekauft und einen Tag Urlaub von der Zeitungsredaktion genommen. Außerdem will sie noch in dieser Woche zum Friseur und wie ich denn ihr neues T-Shirt fände? Sie erzählt noch einiges mehr, aber das bekomme ich in der Eile nicht alles mit. Ich schalte mein Schnurren auf ohrenbetäubende Lautstärke. Ich vergesse auch endlich ihre Begrüßungsworte, die sich eine Sekunde so anhörten, als ob schon wieder jemand auf meine nicht gerade knochige Gestalt anspielen wollte.

«Weißt du, daß eure Katze Charakter hat?» sagt Liane, als Ute mit zwei ineinandergestapelten Stühlen auf den Balkon keucht. Charakter! Warum ist Liane kein Stotterer? Ich könnte dieses Wort hundertmal hören. In meiner Gegenwart sagt jemand etwas Nettes und meint auch noch mich damit. Wie schön, daß man nicht nur mit seinen Mitbewohnern geschlagen ist, sondern auch in den Genuß von deren Freundes- und Bekanntenkreis kommt. Da gibt's natürlich Luschen wie diesen blöden Chris von neulich. Aber eben auch Liane.

«Ach nee», sagt Ute, «sie schnurrt. Ich dachte schon, da sei was kaputtgegangen.»

Diese Frau hat bisweilen die Feinfühligkeit einer Dampframme. Warum schnurre ich wohl so wenig? Weil ich kaum noch Gelegenheit dazu habe. Wenn es nach mir ginge, würde ich Tag und Nacht schnurren. Sie müßten sich nur dementsprechend verhalten.

Ute stellt Kuchen auf das Wackelding von Tisch, auf dem früher mal eine Palme stand, bevor sie einging (Franz-Josephs

Verdacht: «Da hat Nele rangepinkelt»). Liane hilft Ute, Menschennäpfe, Löffel, Gabeln, Trinknäpfe und Milch sowie Sahne (ich darf gar nicht hingucken) auf den Tisch zu bauen. Das ist nicht einfach, weil er viel zu klein für solche Menschen ist. Sie könnten ruhig was auf den Fußboden stellen. Ich schlage vor: die Sahne.

«Hast du Franz vorhin gehört?»

Liane nennt Franz-Joseph einfach Franz. Das wäre, als wenn mich jemand Ne nennen würde.

Sie spachteln den Kuchen weg.

«Ich bewundere ja seine Routine», fährt Liane fort.

«Hat lange genug Zeit gehabt zu üben», brummt Ute.

Wer von den beiden ist eigentlich mit Franz-Joseph verheiratet? Ich setze mich günstiger hin. Vielleicht haben sie mich bisher einfach nur übersehen. Liane lächelt mich an, ich schnurre. Und nun her damit: Kuchen, Sahne, egal was. Ich nehme auch beides. Die Milch könnt ihr euch schenken. Milch finde ich nicht so toll. Manche Katzen winden sich ja am Boden, wenn sie Wasser trinken sollen. Ich komme mit dem Stoff ganz gut klar. Aber Sahne! Rede nicht so viel, denk an die darbende Kreatur. Aber sie kommt von dem verdammten Franz-Joseph nicht los.

«Ich finde, daß er jetzt endgültig den Bogen raus hat. Am Anfang war er doch ganz schön leicht zu erschüttern. Erinnerst du dich noch an die Sendung, als...»

Ute winkt ab: «Ach Gott, ja.»

«Mir war das immer klar», sagt Liane und kriegt einen leicht verschleierten Blick. «Er hat Ehrgeiz. Und wenn du dann noch Talent hast, schaffst du es.»

Danke für den Tip, ich richte mich an ihr auf.

«Ach, wie niedlich.»

Liane streichelt mir über den Kopf. Naja, aber darum geht es jetzt eigentlich nicht. Warum ist dieser nette Mensch auf einmal so begriffsstutzig?

«Da», ertönt es hinter mir, und vor meinen entzückten Augen schwankt ein Zeigefinger im Wind, auf dessen Spitze ein Klacks Sahne sitzt.

Bevor ich ihn wegschlabbere, blicke ich Ute an, die am Ende des Zeigefingers hängt. Dann einmal hin und einmal her, und die Sahne ward nicht mehr gesehen. Das sind eben die Vorteile einer länger dauernden Beziehung. Der Lack ist ab, aber man kennt sich. Rein prophylaktisch halte ich mich weiter im Schwenkbereich ihrer Zeigefinger auf. Aber sie schaufeln das Zeug nach dem Motto «Selber essen macht fett» rein. Ich ziehe mich ins Zimmer zurück, dicht neben die Balkontür. Ein letzter Rundblick noch – und da ist sie wieder! Mir kommt es vor, als wenn meine Nachbarin von Mal zu Mal größer wird. Sie hechtet in den Blumenkasten und ist so springlebendig hektisch, wie es nur Katzenanfänger sind. Ab einem gewissen Alter werden die Bewegungen einfach getragener. Die Lütten springen hin und her wie Gummibälle. Paß bloß auf! Du hast eine Lebenserwartung von maximal 18 Jahren. (Solltest du allerdings mit solchen Mitbewohnern geschlagen sein wie ich, werden sie dir wie 30 vorkommen.) Irgendein Zeugs wankt durch die Luft. Ute nennt es «Samen», der angeblich von Bäumen kommen soll. Die Bäume möchte ich sehen, bevor ich das glaube. Samen, der durch die Luft fliegt, also wirklich.

«Bist du irgendwie sauer auf Franz?» will Liane wissen.

«Nicht mehr als sonst auch», bollert Ute und wendet sich Kuchenstück vier oder fünf zu.

«Ist etwas passiert?»

«Schön wär's», erwidert Ute muffig.

Mein Kopf sinkt langsam Richtung Vorderbeine.

«Ach, ich weiß nicht», sagt Ute plötzlich lauter, «vielleicht liegt das auch an mir. Manchmal glaube ich, uns geht's einfach zu gut.»

Euch vielleicht, aber mir nicht. Im Moment klage ich zwar nicht. Aber warten wir mal den Abend ab, aus welchem Grund sie wieder vergessen werden, mir rechtzeitig meine Lebensgrundlagen hinzustellen.

«Euch geht es doch auch gut», sagt Liane verwundert. «Franz hat seinen Traumjob. Ihr habt diese prächtige Suite hier, einen Wonneproppen von Sohn (sie meint die Lärmmaschine Benny) und eine niedliche kleine Katze.»

Meine Augenlider fliegen in die Höhe, ich möchte ab sofort diese Frau als Frauchen haben. Die ist ja Gold wert. Wenn sie auch noch den Dosenöffner-Test besteht, hält mich hier nichts mehr.

«Das ist ja alles ein bißchen äußerlich gedacht», knurrt Ute. Das Folgende verdusele ich, bin mal dicht bei den beiden, mal schwimme ich irgendwo im Halbbewußten herum.

«Also ist doch was passiert.»

«Nein. Ja. Ja und nein.»

«Willst du es mir nicht erzählen?»

«Eigentlich nicht, nein.»

«Aber Ute, Liebling. Es bedrückt dich doch. Das muß raus. Sonst kriegst du ein Geschwür.»

«Nett gesagt. Mein Mann, den du zärtlich Franz nennst, wirft immer mir vor, daß ich ihm Geschwüre verursache.»

«Also was ist nun?»

«Wir müssen was für unsere Beziehung tun.»

«Findest du?»

«Ich bin so satt.»

«Also Liebe, entschuldige. Aber nach vier Stück Kuchen wäre ich auch...»

«Es waren fünf Stück. Und das meine ich auch gar nicht.»

«Oh, entschuldige, ich bin ein Trampel.»

«Anders satt, weißt du. Es ist ein Gefühl, ein Gefühl... Ah, guten Tag, Frau Wery. – Bitte? Ja, ja, es wurde auch Zeit. Wir hatten ja schon ganz vergessen, wie man das Wort Sommer buchstabiert. – Vielen Dank, Ihnen auch.»

«War das eure Nachbarin, die so ein bißchen gaga...?»

«Psst.»

«Entschuldige. – Aber warum denn satt, Ute? Dir geht es doch wirklich..., also was man so mitkriegt von außen, dir fehlt es doch an nichts. Und sooo todtraurig warst du damals wirklich nicht, als sich Benny ankündigte. Du hast den Beruf sogar gerne aufgegeben.»

«Weiß ich ja alles. Ich hatte damals auch wirklich die Nase voll. Die Stimmung im Kollegium war mies. Und die Rektorin, diese eiserne Jungfrau. Und die bescheuerten Referendare, das Generve mit den Kindern, alle waren so nervös, hektisch, aufgedreht. Ich hatte das Gefühl, es wird von Monat zu Monat schlimmer. Na klar, ich war froh, daß ich schwanger war.»

An dieser Stelle münde ich wieder in den Wachzustand ein. Ist Ute etwa schwanger? Einen zweiten Benny würde ich nicht aushalten.

«Benny ist auch wirklich ein Prachtknabe», behauptet Liane. Sie hat also nicht nur alle Tiere gern und nicht nur alle Kinder, sondern auch noch Benny. Sie ist irgendwie hemmungslos in ihrer Liebessucht.

«Ja, ja», sagt Ute ohne einen Funken Begeisterung.

Gut, daß Benny das nicht mit anhören muß. Um diese Zeit lärmt er in seinem Kinderladen herum. Ute braucht Ruhe vor ihrem Kind, wenn sie für die Kinder in Südamerika Hosen strickt.

«Füllen dich deine ehrenamtlichen Tätigkeiten denn nicht aus?»

Lianes Stimme wird immer zaghafter. Was ist nun mit der Schwangerschaft? Ja oder nein? Diese Schwangerschaftsgeschichte ist eine Zeitbombe. Sie kann jederzeit losgehen. Das kenne ich von damals auf dem Land. Ob Katzen oder Menschen oder Kühe: Da grassierten die Schwangerschaften, ständig hattest du einen Schwellbauch vor Augen. Hier in der Stadt haben fast alle Aufrechten Junge, junge Junge. Einmal im Jahr wird ein Schwung in die Schule gesteckt. Neue Menschen kriegen eine Frist von sechs Jahren eingeräumt. Wenn sie es in dieser Zeit nicht schaffen, zu lernen, was sie zum Leben brauchen, müssen sie zur Schule und kriegen es von den Leuten eingetrichtert, die extra für diesen Zweck eingestellt werden. So eine war Ute früher. Ich kann gut verstehen, daß sie sich was Schöneres vorstellen kann. Soweit ich weiß, müssen *alle* kleinen Menschen in diese Anstalt. Soviel zur Lernfähigkeit dieser altklugen Zwerge.

«Sooo viel mache ich nun auch nicht,» sagt Ute kiebig.

«Na immerhin», trumpft Liane auf, «die Strickerei für Terre des Hommes, die BI gegen die Volkszählung, die Mieter-Ini, das ist ja was.»

«Kommt noch die Ini gegen die Verkabelung dazu.»

«Ach, da wußte ich gar nichts von. Bist du da wegen Franz drin?»

«Wieso das denn?»

«Na, Kabel heißt doch Privatfunk, und Franz ist beim Öffentlich-rechtlichen, dem schwimmen doch jetzt die Felle weg.»

«So ein Quatsch. Das sind doch Zwerge. Und Franzis Verein ist – wenn er sonst auch nichts ist – groß ist er ja nun eindeutig.»

An dieser Stelle des Gesprächs kann ich es nicht länger hinausschieben, endgültig wegzudrömeln. Ich regeneriere meine psychischen Fähigkeiten. Zwischendurch muß Benny nach Hause gekommen sein, denn irgendwas boxt mich in den Bauch, stößt mir gegen die Stirn und krempelt mir ein Ohr um.

Wach werde ich von der Sonne. Sie ist inzwischen so weit gewandert, daß ihre Strahlen bis zu der Stelle des Teppichs reichen, auf der ich meine edlen Glieder ausgestreckt habe. Ich mag es nicht, in der Sonne zu liegen.

Liane ist weg. Ich gucke auf den Balkon und kämme im Schnellgang die Wohnung durch. Sie hätte sich wenigstens verabschieden können. Wahrscheinlich hat sie mich zu ihren Füßen liegen sehen und brachte es nicht übers Herz, mir meinen wertvollen Schlaf zu rauben. So wird's gewesen sein, so war es ganz bestimmt.

Dafür ist Frau Wery da. Frau Wery ist die Mutter von einem der Maurersleute, die das Haus vor 80 Jahren aufgebaut haben. Jedenfalls hat Franz-Joseph es behauptet. Da alle Aufrechten, die im Raum waren, daraufhin lachten, kann es sein, daß seine Worte «Humor» waren. «Humor» bei den Menschen ist manchmal wie ein Suchspiel. Alt ist Frau Wery wirklich, aber nicht so eine niedliche Oma, wie die Nachbarn damals auf dem

Land eine hatten. Frau Wery sieht im Gesicht aus wie ein Hund. Sie klönt in der Küche mit Ute. Ich nutze die Gelegenheit und drücke mich rein. Benny ist auch da, sitzt am Tisch und schlabbert einen Teller leer.

«Natürlich ist er ganz entzückend, Ihr kleiner Sonnenschein», sagt Frau Wery und greift Benny schneller an den Kopf, als er ihn zurückziehen kann.

Frau Wery riecht nach irgendwas, was es in meinem Revier nicht gibt.

«Aber es macht mich fertig», fährt Frau Wery fort, «jeden Nachmittag dieses Geheul. Ich kann meine Uhren danach stellen.»

Ich weiß schon! Es geht um die Geräusche, die Benny mit seinen Spießgesellen auf dem Hinterhof macht.

«Frau Wery, es sind Kinder», sagt Ute, und über jedem einzelnen Wort liegt eine dünne Eisschicht.

«Aber das weiß ich doch», sagt Frau Wery und packt Benny schon wieder am Kopf. Der arme Junge kommt beim Löffeln jedesmal aus dem Rhythmus. Wenn ich nur wüßte, was er da spachtelt! Mal eben kurz auf den Küchenstuhl, Hals lang.

«Bäh, Nele. Benny ißt rote Grütze, und Nele kriegt nichts ab.» Dabei strahlt das Kind.

«Nele, sofort runter da», Ute schmipft mich in ihrer Frau-Wery-Tonlage an. Kann ich verstehen, sie muß jetzt beweisen, daß sie ihren Stall im Griff hat.

«Ich liebe Kinder», behauptet Frau Wery.

Ich weiß nicht, wie sie das anstellen will. Sie müßte die Kinder vorher betäuben, weil sie ihr sonst weglaufen würden. Frau Wery hat was im Gesicht und in ihrer ganzen Art, das selbst Katzen vorsichtig werden läßt.

«Ich habe doch selbst Kinder», informiert uns Frau Wery.

Die Geschichte kenne ich. Sie hat einen Sohn, der kurz nach seiner Konfirmation die Wohnung verlassen hat und seitdem alle zwei Jahre eine Ansichtskarte schreibt. Er ist ein hohes Tier in der Reisebürobranche. Wo der Vater zum Sohn steckt, hat sie uns noch nicht verraten. Vielleicht ist das ein Typ wie mein

Vater, und er traut sich mit seinem zerrissenen Ohr nicht vor die Wohnungstür. Ich nehme mir vor, in Zukunft auf ungewöhnliche Geräusche in Frau Werys Wohnung zu hören. Sie bewohnt allein so viele Zimmer wie ich und meine Mitbewohner.

«Ich liebe Kinder, das dürfen Sie mir glauben. Ich weiß, daß Kinder spielen müssen. Sie sollen ja auch spielen. Nur nicht ausgerechnet hinter dem Haus. Und nicht jeden Tag. Und nicht so viele auf einmal. Das schneidet mir in den Kopf.»

Frau Wery faßt sich an den Kopf. Ute legt eine Hand auf Bennys Schulter. Er verdoppelt seine Eßgeschwindigkeit. Er weiß ja nicht, daß seine Mutter soeben ein halbes Tablett voller Kuchen weggehauen hat. Futterneid, das kenne ich von meinen Geschwistern damals.

«Frau Wery, Sie wissen, daß es hier in der Gegend mit Kinderspielplätzen schlecht aussieht.»

«Dann fordern Sie doch einen. Schließen Sie sich zusammen. Machen Sie eine Demonstration. Ihr jungen Leute könnt doch so gut demonstrieren. Gründen Sie eine Bürgerinitiative.»

Dann wäre Ute schon in fünf Vereinen. Das ist wohl auch für Ute zu viel, denn sie erwidert: «Frau Wery, wo sollen die Kinder denn spielen, bis wir einen Spielplatz bekommen? In der Innenstadt ist jedes Fleckchen Erde bebaut.»

«Ziehen Sie doch an den Stadtrand.»

«Wie bitte?»

«An den Stadtrand. In ein Haus. Das ist für Familien mit kleinen Kindern viel schöner.»

«Entschuldigen Sie bitte, Frau Wery. Aber das müssen Sie schon uns überlassen, wo wir wohnen.»

«Ja, leider. Leider», brummt die alte Frau. «Aber so geht es nicht weiter», fährt sie so plötzlich hoch, daß Benny der Löffel in den Teller fällt. Frau Wery bekommt davon einen Schreck. «Sehen Sie, sehen Sie. Meine Nerven halten das nicht mehr aus. Lassen Sie sich was einfallen, wie Sie Ihren Jungen bändigen. Ich gehe davon aus, daß der Lärm im Hof in Zukunft aufhören wird. Zwingen Sie mich nicht, Schritte zu ergreifen, die mir in der Seele wehtun würden», sagt Frau Wery.

Immer, wenn sie was Gemeines sagt, sieht sie irgendwie zufrieden aus. Ute bringt die Frau zur Wohnungstür.

«Die spinnt doch», tönt Benny, als Ute in die Küche zurückkommt.

«Sei bloß ruhig», faucht sie den Sohn an, «du hast doch gehört, sie hat Ohren wie ein Luchs.»

Ach nee, so weit sind wir also schon. Haben sie es nötig, sich die Tiere für ihre Vergleiche aus dem Fernsehen zu holen? So gut wie die Ohren von einem Luchs sind meine allemal. Und ich habe nicht so alberne Pinsel am Ende vom Ohr.

«Sonst schimpft keiner. Nur Frau Wery», sagt Benny und kratzt im Teller herum.

«Ihr seid aber auch ganz schön laut.»

«Du hast gesagt, ich soll ruhig schreien, wenn ich schreien will.»

«Ja, ja.»

«Du hast gesagt, Kinder müssen schreien. Und dein Kind sowieso. Das hast du gesagt.»

«Himmel Herrgott, ja doch. Habe ich gesagt. Ist ja gut.»

Ich gucke unterm Tisch hinter die Heizung. Ab und zu sammelt sich dahinter was Interessantes, wenn auch selten was Eßbares. Heute gibt's nur Staub, der sich sofort in meine zarten Nasenlöcher stürzt.

«Hör mal, Ute, Nele niest. Das ist lustig.»

«Könnt ihr nicht versuchen, wenigstens ein bißchen leiser zu sein? Ich meine, ihr müßt ja nicht bei jedem Furz...»

«...hihi, Furz.»

«...müßt ihr ja nicht wie die Indianer heulen.»

«Viel leiser?»

«Ein bißchen.»

«Ein kleines bißchen?»

«Meinetwegen auch ein kleines bißchen. Man muß nur hören, daß man weniger hört als vorher.»

Benny krabbelt auf Utes Schoß und spielt «kleines Kind»: Finger in den Mund und ran an die Mutterbrust.

«Warum ist Frau Wery so?»

«Das weiß ich nicht. Sie ist alt. Vielleicht ist sie allein. Da wird man so.»

«Warum hat Frau Wery keine Katze? Dann wäre sie nicht allein.»

«Liebling, wo steckst du?» Franz-Joseph stürmt in die Wohnung. Er findet nicht mal Zeit, seiner treuesten Anhängerin einige Sekunden Streicheln zuteil werden zu lassen. Ich sitze auf dem Balkon, weil die Abendsonne uns im vierten Stock bis zum Untergehen leuchtet. Die armen Katzen und Menschen in den unteren Etagen sitzen viel früher im Dusteren. Mir macht das ja nicht so viel aus, weil ich auch dann noch exzellent sehe, wenn sich die Aufrechten alle Körperteile an Schränken und Türrahmen anschlagen.

«Rübe, wo steckst du?»

Sein Kind suchend streift das aufrechte Katerwesen durchs Revier. Soll ich hinterher? Nein, ich kann mir meinen Zeitplan nicht ständig von den Launen meiner Mitbewohner diktieren lassen. Gemächlich schlendere ich nach vorne. Ich möchte wissen, wo die Marienkäfer ihren Nachschub herkriegen. Das ist doch nicht normal, wenn es im Revier kaum jemals eine Fliege gibt, sondern nur diese roten Viecher. Motten haben wir manchmal auch, dann wird Ute ganz aufgeregt und zieht Stacheldraht vor ihren beiden Kleiderschränken. Eigentlich gehört ihr nur einer. Der andere ist für Franz-Josephs Sachen. Bis auf zweieinhalb Hosen hat sie ihn aber mit der Zeit an den Rand gedrängt. Vor einiger Zeit hat Franz-Joseph seine Klamotten in Bennys Schrank hinübergerettet. Der Kleine war stolz darauf, daß er Vaters Hosen bewachen durfte. Er organisierte eine Wasserpistole und füllte sie mit Wasser und ein paar Wasserflöhen aus Veronikas Becken. Aber natürlich wollte nie jemand Franz-Josephs Hosen klauen.

«Quiiietsch!»

Ich zucke zusammen. Eine sehr kurze Pause, ein trockenes Krachen, dann Splittern. Wie günstig. Kaum sitze ich auf dem Fensterbrett, schon spielen die Autos Unfall. Es ist immer das gleiche. Einer, der ursprünglich noch über die Kreuzung brettern wollte, überlegt es sich und bremst. Das kriegt der hinter ihm zu spät mit und sitzt ihm hinten drauf. Erst bleiben alle in ihren Blechzellen sitzen, dann steigen sie aus und gucken sich ihre Autos an. Meistens sind sie ruhig, weil sie einen Schreck gekriegt haben. Heute ist der hintere Fahrer sehr unruhig. Er braucht, um dem vorderen Fahrer etwas zu sagen, beide Arme. Hinter ihnen bildet sich eine Schlange. Sie reicht so weit, daß ich ihr Ende nicht mehr sehen kann. Die beiden könnten ihre Autos wegschieben, aber sie müssen erst miteinander reden. Plötzlich kommt ein Auto, stoppt zentimeterkurz vor dem Schwanzende des zweiten Wagens. Zwei Männer in Kostümen steigen aus. Das sind Polizisten. Solche Leute halten sich die Menschen als Schiedsrichter. Wenn sie mit Vernunft nicht mehr weiterkommen, muß die Polizei ran. Die Kostümierten führen sich so wichtig auf, wie Benny es manchmal tut. Der Mann mit den weit ausholenden Armbewegungen wedelt vor den Polizisten herum. Die fangen an, Zettel vollzuschreiben. Vielleicht haben sie ein schlechtes Gedächtnis (dabei sind sie noch so jung). Dann wird es unten richtig gemütlich. Der wedelnde Autofahrer holt aus seinem Wagen einen Fotoapparat und fotografiert – aber nicht etwa die Polizisten, sondern die Autos. Bestimmt hat er zu Hause eine Katze, der er zeigen will, was er erlebt hat.

Hinter mir poltert es, Ute kommt: «Guck mal, es hat wieder geknallt.»

«Interessiert mich nicht», sagt Franz-Joseph, «sag mir lieber, was du davon hältst.»

Es ist ein Kreuz, wenn ich in Gespräche hineingerate, die sie außerhalb angefangen haben. Ich brauche dann immer einige Zeit, um herauszufinden, worum es geht.

«Das kommt so überraschend», knurrt Ute.

«Solche Chancen kommen immer überraschend», behauptet Franz-Joseph. Er hört sich viel fröhlicher an.

«Aber Baden-Baden.» Ute spuckt die Wörter verächtlich aus.

«Baden-Baden ist eine wunderschöne Stadt.»

«Schön vielleicht, aber klein. Viel zu klein.»

«Wer jammert denn immer über die großen Entfernungen hier?»

So, Leute, würdet ihr jetzt bitte mal nebenbei Sinn und Zweck eurer Keiferei einfließen lassen? Ich habe meine Zeit nicht in der Lotterie gewonnen. Das geht alles von meinem Schlaf ab.

«Aber Mäuschen.» Franz-Joseph nimmt seine Frau in Höhe der Oberarme in die Zange. Eine echte Maus hätte danach ein gebrochenes Genick (weiß ich von meinem Vater). «Das wäre *die* Lösung», jubiliert Franz-Joseph indessen, «ein liberaler Sender, Leitung der Redaktion, mehr Geld, den Schwarzwald vor der Tür. Und Frankreich liegt gleich übern Rhein.»

«Ist mir bekannt. Ich habe einmal Erdkunde unterrichtet, wenn du dich erinnerst.»

«Warum bist du denn so aggressiv?»

«Ich bin nicht aggressiv.»

«Bist du doch.»

«Ich bin nicht aggressiv, verdammt noch mal.»

«Komm», sagt Franz-Joseph behutsam, «setz dich einmal her. Laß uns in Ruhe drüber sprechen.»

Ich sitze ganz still, bei Ute dauert es etwas länger. Bevor er anfängt zu reden, packt er ihre Hände. Vielleicht will er verhindern, daß sie popelt oder ihm eine lange Nase dreht.

«Ute...»

Oha, *Ute*. Da ziehen internationale Verwicklungen auf. Ute nennt er sie nur kurz vor der Trennung.

«Ute, ich sitze nichtsahnend in meinem Büro...»

«Die typische Arbeitshaltung für einen Rundfunkmann.» Ich lege die Ohren leicht nach hinten. Besser vorbeugen, denn hier fliegen gleich Gegenstände, das scheint mir sicher. Aber erstaunlicherweise ist Franz-Joseph nicht zu einem Streit aufgelegt. Ungewöhnlich.

«Da klingelt das Telefon, und ich weiß sofort, daß etwas Besonderes los ist, als ich Christels Stimme höre.»

«Klar ist das was Besonderes, wenn Christel anruft. Langweilig wäre es ja nur, wenn Ute anrufen würde.»

«Sag mal, willst du mir jetzt zuhören? Wir können das auch lassen.»

«Nein, nein. Erzähle nur.»

«Also Christel, das weißt du ja, ist mit dem Chef von der Nachrichtenredaktion liiert.»

«Obwohl sie verheiratet ist, genauso wie der Mann.»

«Ja, ja. Zu dem moralisch-theologischen Aspekt können wir anschließend kommen. Daher weiß sie jedenfalls die Personalentwicklungen immer schon in einem ganz taufrischen Stadium.»

«Das ist aber nicht das einzig taufrische an Christel. Oder?»

«Ute, das ist vorbei!»

«Das will ich dir auch geraten haben.»

Ich sollte wirklich gehen. Mir brummt der Kopf. Für solche Verrenkungen sind unsere Hirnzellen nicht eingerichtet, und ich bedaure das nicht. Franz-Joseph reißt sich unheimlich zusammen. Es muß ihm wirklich wichtig sein.

«Die Stelle wird zum Jahresende frei. Wenn ich meinen Startvorteil nutze und mich sofort ins Gespräch bringe, dann hab ich's, dann holt mich keiner mehr ein. Mensch, Liebling, wenn das klappt, das ist wie ein neuer Start. Beruflich. Aber auch privat.»

Er packt zu und würgt sie. Würgt sie? Ich gucke genauer hin: Er küßt sie. Nun muß ich nur noch rauskriegen, was Baden-Baden ist. Weil sie die Küsserei gleich wieder beenden und weiterreden, erfahre ich es auch. Baden-Baden ist eine Stadt, in der ein Radiosender steht. Der Name der Stadt ist für uns Katzen eine Provokation. Wasser gehört zu den Dingen im Leben, auf die ich gut verzichten kann. Ich produziere meine Flüssigkeit in Form von Spucke selber. Auch Wasser im Napf ziehe ich mir gerne rein. Aber Wasser in Form von Tropfen oder Fontänen, die meine Mitbewohner mir aufs Fell brennen, gehört zu den Gemeinheiten im Leben. Wasser ist eines der wenigen Themen, bei denen Benny und ich gleiche Interessen haben. Bloß, daß er ein Mensch ist und sie ihn am Ende doch unter die Dusche zwingen – und wenn es unter Androhung von Fernsehverbot ist. Fernsehverbot kommt gleich hinter Tod durch Verhungern. Da pariert Benny.

Im Baden-Badener Radiosender suchen sie einen neuen Journalisten, weil der alte aufhört und in Zukunft in Spanien eine Surfschule betreiben will. Franz-Joseph ist scharf auf den Posten. Ute ist stumpf. Vielleicht war das heute auch alles zu viel für sie. So eine volle Ladung Frau Wery muß man erstmal verdauen. Ute steht auf und beginnt, an Mann und Katze vorbeizumarschieren, immer das Zimmer rauf und runter, rauf und runter. Reine Kraftvergeudung.

«Wir haben einen Jungen, der seine Spielkameraden aufgeben müßte.»

«Benny ist vier. Benny findet neue Freunde.»

«Wir haben eine Wohnung, die wir erst mal wiederfinden müßten.»

«Aber Schatz, Wohnung! Wer wird denn eine Wohnung mieten? Natürlich mieten wir uns da unten ein Haus.»

«Im Grünen, was?»

«Wieso? Natürlich, im Grünen.»

«Will ich nicht. Ich möchte dort wohnen, wo nicht nur grüne Witwen aus den Fenstern gucken.»

«Ich habe nicht gesagt, daß wir aufs Kuhdorf ziehen, sondern ein wenig mehr aus dem Zentrum raus. Das tut uns gut. Das tut auch Benny gut.»

«Reklamiere nicht Benny für deine Interessen. Du kümmerst dich sonst auch nicht um ihn.»

«Na hör mal.»

«Mach lieber weiter mit deiner Werbetour für Baden-Baden. Allein schon der Name. Ich könnte doch keinem erzählen, wo ich wohne. Baden-Baden. Albern so was.»

«So albern wie Franz-Joseph, was?»

«Fast.»

Franz-Joseph steht auf. «Dann lasse ich's eben. Warum soll ich mich von dir dumm anmachen lassen?»

«Ich mache dich nicht an. Ich will bei deiner Baden-Baden-Begeisterung nur endlich mal entdecken, was für mich positives dabei rausspringt.»

Er setzt sich wieder hin. An der Wohnungstür knallt es ganz furchtbar, Ute geht aufmachen. Benny stürmt ins Zimmer und hüpft seinem Vater auf den Schoß.

«Na, du Räuber. Möchtest du nicht viel lieber in einem richtigen, großen Haus wohnen anstatt in einer Etagenwohnung?»

Benny starrt seinen Vater an.

«Das ist unfair», mischt sich Ute ein, Franz-Joseph winkt ab.

«Ein Haus?» Benny läßt die Nachricht erst mal sacken, sehr vernünftig. Was werde ich antworten? Denn als nächstes fragen sie mich. Mich geht das genauso viel an wie sie. Mich geht das sogar am meisten an, weil keiner so oft im Revier ist wie ich. Haus – Haus heißt Garten ringsherum. Das kenne ich von damals. Das wäre doch was. Ich bin für ein Haus.

«Kann ich in dem Haus mit Tanja spielen? Und mit Ritchie, Tim, Julia und Simone?»

Ute lacht laut und häßlich und streicht ihrem Sohn über den Kopf. Franz-Joseph schluckt seinen Ärger herunter und sagt:

«Da, wo das Haus steht, gibt es massenhaft Kinder in deinem Alter.»

«Tanja auch? Und Tim? Und...»

Bevor die Leier wieder losgeht, unterbricht ihn Franz-Josef:

«Nein, Tanja müßte hierbleiben. Nur wir ziehen um.»

«Kommt Veronika mit? Und Nele?»

Nett, das Kerlchen. Das Beste hebt er sich für den Schluß auf.

«Natürlich kommen die mit, die gehören doch zu uns.»

Das beherrscht keiner so gut wie Franz-Joseph, dieses Ausbringen von Freundlichkeiten ganz nebenbei, daß man zweimal hinhören muß, bevor man es kapiert.

«Warum gefällt es euch denn hier nicht mehr?» will Benny
wissen.

Er ist ziemlich dreckig im Gesicht. Ute setzt sich neben ihn,
beleckt einen Finger und will den Dreck aus dem Gesicht ihres
Söhnchens wischen. Benny biegt sich auf die andere Seite.

«Uns gefällt es hier nicht schlecht», sagt Franz-Joseph, der
langsam ein wenig erschöpft aussieht. «Aber dein Vater kann
da unten einen tollen Posten kriegen.»

«Warum da unten? Wohnen wir da im Keller?»

Franz-Joseph spielt Erdkunde. Ich bin nicht sicher, ob
Benny es kapiert. Franz-Joseph gibt an: In Baden-Baden sind
die Spielplätze größer, die Kinder netter, der Kinderladen einfach Wahnsinn. Dann wirbt er sogar mit dem Fernsehen: Das
süddeutsche Sandmännchen sei viel toller als unseres.

«Und Frau Wery überlassen wir unseren Nachfolgern»,
wirft Ute ein.

Da freut sich Benny. «Dann können wir ja wieder ordentlich
Krach machen.» Spricht's und macht sich auf die Socken, um
den Kampf gegen Frau Wery aufzunehmen.

«Das ist fies, den Kleinen für deine Zwecke einzuspannen»,
sagt Ute. «Immerhin haben wir auch einiges aufzugeben: Ich
habe hier nämlich Freunde.»

«Weiß ich», erwidert er, «ich doch auch.»

«Aber ich habe richtige Freunde: Liane, Verena, Chris...»

«Chris!»

«Jawohl, Chris. Wenn ich solche Männerfreundschaften
pflegen würde wie du, würde es mir auch leichtfallen, alles
stehen- und liegenzulassen. Aber man kann seine Freunde
nicht wechseln wie sein Hemd.»

Das bringt Franz-Joseph auf die Idee, daß er Hemd und
Hose wechseln muß.

«Ach Nele», seufzt Ute und streichelt mir versonnen übers
Fell. Sie soll sagen, was sie will und hier nicht rumseufzen. Ich
muß mich schließlich darauf einstellen. Glauben die, daß wir
Katzen unser Revier wechseln wie Franz-Joseph seine merkwürdigen gestreiften Hemden?

Sie müssen wirklich ziemlich durcheinander sein. An diesem Abend kriege ich meinen Napf picobello pünktlich hingestellt. Der Aufrechte sitzt vorne am Tisch und wühlt in Aktenordnern, Zeitschriften und Zetteln. Zwischendurch setzt er sich ans Klavier und schlägt in die Tasten, als ob das Klavier sein persönlicher Feind wäre. Die Töne hängen noch minutenlang in der Luft, ich renne rum wie betäubt. Die Aufrechten mit ihren Ohrattrappen kriegen das ja nicht mit.

Ich habe nach dem Spachteln das Putzen fast beendet, als Ute zu ihrem Mann sagt:

«Pack bitte endlich deine Bausparsachen weg. Du weißt genau, daß jeden Moment der erste kommt.»

Franz-Joseph blickt sie an, als ob er Mühe hat, sich daran zu erinnern, wer diese Frau ist.

«Der erste? Ach ja», ruft er und schlägt sich vor die Stirn, «dein Mieterverein.»

«Das ist nicht *mein* Verein, sondern die Interessenvertretung aller Mietparteien aus den beiden Häusern, die der Firma Akzent gehören. Das nur zu deiner Information. Außerdem hast du damals am lautesten geschrien, daß wir uns gegen die Halsabschneider wehren müssen.»

«Das muß man auch», erwidert Franz-Joseph, «jedenfalls solange man gezwungen ist, in einer Mietwohnung zu wohnen und keine Alternative hat.»

«Und?»

«Wir haben jetzt eine Alternative.»

«Baden-Baden ist für mich keine Alternative, sondern eine Grille von dir. Außerdem kommt wirklich gleich der erste. Räum zusammen. Ich geniere mich sonst zu Tode.»

Als es klingelt, ist er noch nicht fertig mit dem Wegräumen.

Ute sieht aus, als ob sie zerspringen wollte. Es ist Frau Wery, sie sieht aus, als wenn sie Ute beißen will:

«Ich möchte Ihnen nur mitteilen, daß Sie in Zukunft auf mich verzichten müssen, was diesen Diskussionszirkel wegen der Modernisierung angeht. Sie haben vorhin Ihren Sohn extra noch einmal auf den Hof geschickt, damit er Lärm macht. Das betrachte ich als Affront. Ich werde mich über Sie beschweren. Sie glauben wohl, mit uns alten Leuten kann man es machen. Auf Wiedersehen.»

«Siehst du», sagt Franz-Joseph altklug, «das kann dir als Hausbesitzer nicht passieren.»

Dann trudeln schnell nacheinander die Leute ein. Viele von ihnen sind Lehrer. Die sind am pünktlichsten, weil sie durch ihren Beruf so fertig sind, daß sie ganz früh ins Bett müssen (sagt Franz-Joseph). Kaum einer, der an mir vorbeikommt, ohne sich zu bücken und seine Streicheleinheiten loszuwerden. Ich sitze aber auch strategisch ideal in der Durchgangstür. Ute spielt Gastgeberin, das kann sie gut. Franz-Joseph spielt Flaschen- und Gläserholer. Ich begleite ihn in die Vorratskammer.

«Na, mal sehen», sagt er mit Kennermiene und legt die guten Flaschen zur Seite. «Kleiner Tip, Nelchen: Der Wein muß stets mit den Gästen harmonieren. Wo steht denn hier der Essig?»

Als wir durch den Flur nach vorne gehen, guckt er mich neckisch an und flüstert: «Baden-Baden. Klingt gut, was?» Wenn man gelernt hat, es nicht mit Wasser in Verbindung zu bringen, klingt es gar nicht übel.

«Elf», sagt wenig später ein dicklicher Mann, «wir waren auch schon mal besser.»

«Zwölf», sagt Franz-Joseph kichernd.

«Nein, nein», sagt der Dickliche und blättert wichtig in seinen Zetteln. «Hier. Im Januar. Da waren wir 17.»

Ich entspanne mich auf dem Fensterbrett. Die Rederei hindert mich nicht am Einschlafen. Die Geschichte verfolge ich, seitdem draußen noch Schnee lag bzw. was im letzten Winter bei uns als Schnee durchging: kümmerliche schmutzige Haufen, die in der windstillen Ecke des Küchenbalkons vor sich hingammelten. Damals im Winter kriegten alle einen Brief, in dem der Besitzer mitteilte, was er mit den Wohnungen machen wollte: schick renovieren und auf Vordermann bringen. Danach wären Mieterhöhungen fällig, aber die könnte man leicht vermeiden, indem man die Wohnungen einfach kaufte. Nach der Renovierung sollten alle Wohnungen sowieso als Eigentumswohnungen verkauft werden. Wer sich schnell entschied, konnte seine eigene kaufen. Ich weiß noch, daß zwei oder drei Tage (=sechsmal fressen), nachdem die Briefe im Kasten gelegen hatten, eine erste Zusammenballung von Bewohnern stattfand. Zwei Familien fanden es toll, ihre Wohnungen kaufen zu können. Ein paar, die seit Jahrzehnten im Haus wohnten wie Frau Wery, waren erschüttert und hatten sogar Angst. Die Lehrer waren mit grimmiger Freude erfüllt. «So sind die eben», sagte einer, «jetzt lassen sie die Maske fallen.»

Ute und Franz-Joseph sind immer mit dabei, wenn es darum geht, sich gegen irgendwas zu wehren. Bis auf die Unterdrückung von Katzen sind sie gegen jede Unterdrückung auf der Welt. Höchstens, daß Ute der Unterdrückung der Männer und Franz-Joseph der Unterdrückung der Frauen nachsichtig gegenübersteht. Und beide machen bei ihrem Einsatz für das ungehemmte Glück der Kinder dieser Welt eine einzige Ausnahme: wenn Benny den Mund aufmacht und es paßt ihnen gerade nicht. Es paßt ihnen ziemlich häufig nicht.

Heute geht es hoch her. Die Firma, der die Häuser gehören, hat einen Brief geschrieben. Sie will mit dem Bauen anfangen. Besonders empört sind alle darüber, daß bisher nur einige Mieter den Brief erhalten haben. Für die anderen ist es eine Überraschung. Ute ist so schockiert, daß sie zu Frau Wery hinübergeht und ihr einen der Briefe unter die Nase hält.

30 Sekunden später sitzt die alte Frau in meinem Revier. Trotz der Eile hat sie Zeit gefunden, eine kleine dunkelbraune Flasche mitzubringen. Sie bittet um ein Glas Wasser und hilft sich ein paar Tropfen von dem Zeug ein.

Mit Schlafen ist es heute Essig. Überall nervöse Unruhe. Dann kommt auch noch Benny angeschlichen und benimmt sich so blöd, daß sie ihn sofort entdecken. Ute schleppt den Zwerg nach hinten und ist 30 Sekunden später zurück. Wahrscheinlich hat sie eine Kommode vor Bennys Tür gerückt.

Ich wechsele hinüber und stelle mich für Streicheleinheiten zur Verfügung. Ein paar finden Zeit und Gelegenheit. Ko-

misch, daß es immer die Nettesten sind, während die Boller-
köpfe mich übersehen oder mich angucken, als ob ich eine Kü-
chenschabe wäre. Schaben gab es im Revier, als ich noch neu
war. Die Aufrechten kämpften damals mit Gift und hätten
mich beinahe umgebracht, weil sie mich einmal in der Küche
einsperrten, nachdem sie den Raum eingenebelt hatten. Zwar
holten sie mich noch raus, aber fünf Minuten später hätte ich
die Tür sowieso in Brennholz zerlegt. Die Kratzer sind heute
noch zu sehen. Einmal habe ich gehört, wie sie Fremden gegenüber damit angaben: «Guckt mal, unser Tiger. Toll, diese
Kraft und dieser Überlebenswille, was?»

Von meinen Leuten redet heute abend fast nur Ute. Franz-
Joseph hält den Mund. Den anderen fällt es bestimmt nicht
auf, weil an Leuten, die etwas sagen wollen, kein Mangel
herrscht.

«Jetzt müssen die Advokaten ran», ereifert sich ein Mann,
der in meinem Haus wohnt.

Alle klatschen Beifall. In der Runde sitzt ein Anwalt, meldet
sich zu Wort und klärt kurz und trocken über die Rechtslage
auf. Danach steigt der Weinkonsum. Ich gehe nach hinten und
schlabbere ein paar Tropfen aus meinem Plastiknapf. Das Wasser ist wenigstens vier Tage alt. Ich erkenne das an den Essens-
resten und den Krümeln der Toilettenstreu. Leider schmecke
ich es auch. Aber ich bin ja nur eine Katze, da kommt es nicht
so drauf an. Widerlich.

Im Kiosk ist es schön ruhig. Hopp, aufs Fensterbrett. Seit
wann steht hier ein Blumentopf? Schritt für Schritt zerstören
sie meine logistische Basis. Jetzt verstellen sie mir schon die
wenigen Plätze, von denen aus ich einen Blick auf das Leben
draußen erhaschen kann. Sollen sie die Fenster doch gleich zu-
mauern. Sie fühlen sich ja bei künstlichem Licht offensichtlich
sehr wohl – abgesehen von Utes sporadisch aufflackernden
Kerzenorgien. Da wird jede brennende Glühbirne unter Strafe
gestellt; da rennt sie herum und bepflastert jede freie Stelle mit
Kerzen, dicken, dünnen, hohen, weißen. Keiner darf dann
mehr laut sprechen. Jeder muß in eine Flamme starren und

tiefgründiges Zeug von sich geben. Wenn Franz-Joseph die Tortur nicht mehr aushält und Musik auflegen will, darf er nur Musik machen, die dazu «paßt». Erst bockt er, dann gehorcht er, und das Ergebnis ist ein unheimliches Gewinsel mit Honiggeigen, weinenden Gitarren oder Stimmen, die auf dem letzten Loch pfeifen. Franz-Joseph nennt solche Musik «Katzenmusik». Zu einem solchen Unfug muß man nichts mehr sagen.

Auf Dach und Regenrinne sitzt ein Haufen Vögel und macht Krach. Ihr seid mit den Glasern im Bunde, sonst würde ich euch einen Weitsprung aus dem Stand hinlegen, daß ihr eure Flügel für die Ewigkeit zusammenklappen könntet. In der ersten Zeit im Revier verspürte ich noch ein Ziehen, wenn ich Vögel sah. Vielleicht ist es für mein Selbstverständnis als Katze und Jäger nicht gut, wenn ich mir diese Tiere heute mit Gleichmut anzusehen vermag. Aber was soll ich tun? Das Fenster aus dem Rahmen brechen? Mein Schicksal war in dem Moment besiegelt, in dem ich den ersten Teller von den Aufrechten annahm. Damit habe ich meine Unterschrift unter den Zivilisationsvertrag gesetzt. Tschilpt in Ruhe weiter, Freunde! In meinem nächsten Leben sprechen wir uns wieder.

Potzblitz, ich muß geschlummert haben. Draußen ist es dunkel. Das Spiel, das die Wolken sonst mit der Sonne veranstalten (durchlassen – verdecken – durchlassen), spielen sie jetzt mit dem Mond. Er ist fast kugelrund, nur an einer Ecke noch nicht voll ausgebildet. Er ist sattgelb. Ich habe häufiger weißliche Monde gesehen. Dieser Mond erinnert mich an Käse, Käse erinnert mich an meinen Magen. Strecken, einmal, zweimal und im Schrittempo zum Napf: leer. Im Flur stehen Frau Wery und Franz-Joseph. Frau Wery knetet und drückt ihr braunes Fläschchen. Vielleicht kriegt sie Vitamine wie ich damals. Vielleicht hat sie auch Flöhe wie... (dunkle Kapitel sollen dunkel bleiben).

«Sie versprechen es mir ganz fest, Herr Frowein?»

Franz-Joseph nickt seriös. «Wir tun, was wir können. Nur

eine Bitte: Warten Sie nicht darauf, daß wieder ein Kind schreit. Warten zermürbt.»

Frau Wery forscht in Franz-Josephs Gesicht, aber er hat es vollkommen unter Kontrolle. Frau Wery macht ihren Abgang. Alle weg? Nein, da sitzt noch eine. Ute lauscht hingebungsvoll einer Frau mit extrem vielen langen Locken auf dem Kopf. Die Frau hat Probleme mit ihren Blagen oder mit ihrem Mann, genau ist das nicht herauszuhören. Ute nickt alle 20 Sekunden, egal was die Frau gerade sagt. Ute muß aufpassen, daß sie sich nicht hypnotisiert. (Soll sie doch. Dann befehle ich ihr, zwei Dosen auf einen Schlag zu öffnen.) Franz-Joseph zeigt sich als astreiner Hausmann, räumt die Flaschen- und Gläserbatterien ab. Anstatt ihm einen Kußmund hinterherzuschicken, sengt Ute ihm mit wütenden Augen die Haare an. Hier laufen also wieder mal diverse Dinge gleichzeitig ab.

Der fremden Frau gehen einfach die Sätze nicht aus. Atem holt sie so raffiniert, daß kein Platz bleibt, um sich mit einem eigenen Satz dazwischenzudrängeln. Franz-Joseph räumt und räumt, dann hat er alles abgeräumt. Freudestrahlend kehrt er aus der Küche zurück und schlägt sich mitten im Eßzimmer die Hand auf den Mund.

«Oh, wie peinlich», stößt er heraus, «habe ich etwa Ihr Glas rausgetragen? Das ist mir ja so unangenehm.»

Die Frau blickt auf ihr Handgelenk: «Nein, nein. Ich muß auch los. Ich habe mich ja richtig festgeredet. Danke für Ihre Engelsgeduld, liebe Frau Frowein», und so weiter.

Beide bringen die Lockenfrau zur Tür. Franz-Joseph schließt die Tür, ihm fällt vor Grinsen fast das Gesicht auseinander.

«Ha, ha», macht Ute und geht in die Küche.

Franz-Joseph schnappt sich seine Katze. Na gut, ausnahmsweise, auch wenn er die Angewohnheit hat, mich auf den Rücken zu legen und in meinem zarten Bauch herumzuhauen. Er nennt das Streicheln. Eine Stufe härter, und es wäre Boxen. Jedesmal gluckert es hinterher in meinem Darmtrakt.

Ich halte nur still, weil ich unsere Beziehungen nicht mutwillig belasten will.

«Ach Nelchen», jammert er und guckt mich liebevoll an, «du hast es gut. Du hast keine Sorgen.»

«Sei nicht so grob zu ihr», mosert Ute. «Guck. Gleich hört sie auf zu schnurren.»

Irrtum, ich habe aufgehört, weil das Mißverständnis von Franz-Joseph doch ein bißchen happig ausfiel. Ich habe also keine Sorgen. Ist das nur Naivität? Oder ist es Frechheit? Und dann passiert's. Ute stellt sich neben ihren Mann und fängt auch an, an mir herumzustreicheln. Das ist Stereo, das ist Spitze, das gibt es alle Jubeljahre einmal. Wichtig ist nur, daß nicht einer gegen den Strich streichelt, weil das unheimlich nervt. Aber sie sind gut in Form. Mein Schnurren grenzt an ruhestörenden Lärm. Warum steht Frau Wery noch nicht vor der Tür? Warum ist das Leben nicht jeden Tag so schön? Oh, oh, oh, Ute, nimm die Hand aus meinem Bauchfett. Wer so prüfend hingreift, sagt auch was. Franz-Joseph trägt mich in die Küche, es gibt das obligatorische Gute-Nacht-Bier.

Ute wetzt die Messer: «Gratuliere, Franz-Joseph. Keiner kann dir vorwerfen, daß du dich heute abend verstellt hast.»

«Wenn du was willst, sag es und rede nicht drumherum.»

Ich spüre die Kampfeslust, die von der Frau ausgeht.

«Ich hätte mich nicht gewundert, wenn du zwischendurch aufgestanden wärst und angefangen hättest, in deiner albernen Bausparzeitung zu blättern.»

«Lesen, Liebling, lesen. Blättern tust du. Ich lese. Das unterscheidet uns.»

«Unter anderem.»

Ich lege beim Schnurren einen Zahn zu, damit er wieder konzentrierter streichelt. Menschen sind leicht abzulenken, man muß sie beharrlich am langen Zügel führen.

«Du hast herumgesessen, als ob dich das Ganze nichts mehr angeht. Das nenne ich Fahnenflucht.»

«Ich bin nur nicht so permanent aufgeregt wie manche unserer lieben Nachbarn.»

«Sag doch, daß du Eckhard meinst. Und Udo.»

«Nun hast du es gesagt.»

«Franz!»

Er hört auf zu streicheln und ist durch keinen Kniff dazu zu bringen, wieder damit anzufangen.

«Noch sind wir nicht in Baden-Baden. Noch haben wir hier einiges zu erledigen. Ich hasse deine Angewohnheit, dich aus allem raushalten zu wollen. Dein Beruf ist natürlich die große Ausnahme. Wo du Ruhm ernten kannst, bist du mit dabei. Aber das ist keine Haltung. Das ist nur Getue, wenn es nicht in eine Lebensweise eingebunden ist, die konsequent ist, kämpferisch, aufrecht, mutig...»

«Rhabarber, Rhabarber, Rhabarber.»

«Sieh dich vor. Ich bin durchaus imstande, dir das Bier ins Gesicht zu schütten.»

«Das würde mich nicht überraschen. Auf dem Gebiet der Grobmotorik warst du mir immer überlegen.»

Das ist ja wohl nicht ihr Ernst, eine zarte Katze mit einem Bierglas ins Jenseits zu befördern. Ich ziehe mich sicherheitshalber aus der Gefahrenzone zurück. Franz-Joseph ist stabiler, der kann was ab. Benny tapert auf die Toilette, hängt vorher sein bißchen Oberkörper in die Küche: «Ihr seid so laut.»

«Geh strullen. Anschließend geh schlafen.»

Benny geht, er muß sehr müde sein.

Meine Mitbewohner wechseln die Räume. Bei der Gelegenheit reißen sie eine Wand ein oder sonstwas. Ute hat eine schöne Stimme, wenn sie laut wird: kraftvoll aus dem Bauch durch den Mund. Franz-Joseph überschlägt sich. Seine Stimme wird dünn und fiepsig. «Du knödelst», hat Ute das genannt. Er hat ja auch im Radio eine Stimme, als wenn ihm gerade die Füße einschlafen. «Das liegt daran, daß du zu bist», hat Ute das genannt. «Leute, die zu sind, schreien nicht mit dem Körper, nur mit der Stimme. Du lachst ja auch so.» Ich lasse mich bei ihnen sehen. Vielleicht streicheln sie ja wieder auf mir herum und vertragen sich über meinem Bauchfell. Aber ich muß aufpassen, daß mich keiner breittritt.

«Blätter nicht so provozierend in deiner Bausparzeitung, wenn ich mit dir rede», brüllt Ute.

Franz-Joseph formt aus der Zeitung eine Röhre, hält sie sich vor ein Auge und ruft: «Achtung! Brücke an U-Boot-Kommandant! Meeresungeheuer in Sicht.»

Dann lacht er, daß der gesamte Franz-Joseph wackelt. Ich gucke zur Abwechslung mal wieder in ihr Schlafzimmer. Weil sie mich in meiner Frühzeit ständig aus dem Bett geworfen haben, betrete ich diesen Teil des Reviers mit Wehmut ums Herz. Unbegreiflich, daß ich nichts davon haben soll. Tagsüber liegt doch sowieso keiner drin, die Betten werden doch gar nicht richtig genutzt. Wenn wir umschichtig schlafen würden (nachts: die Aufrechten; tags: Nele), das wäre ökonomisch. Sonst sind sie geradezu fanatisch praktisch und sparsam. Franz-Joseph mit seinem Verbot, den Tiefkühlschrank mehr als einmal am Tag zu öffnen; Ute mit feuchten Augen, wenn sie Stoffreste betrachtet; Franz-Joseph, wenn er Bennys Papierkorb durchwühlt und anklagend Bleistifte in die Höhe hält («Nein, Benny, das ist kein Stummel. Das ist ein halber Bleistift. Und mit dem malst du jetzt gefälligst»). Irgendwas muß es auch mit der Zahnpastatube gegeben haben (vor meiner Zeit). Sie benutzen eine kleine Rakete, die Franz-Joseph «Portionsspender» nennt. Er ist sehr glücklich, daß ein «alter Streit» jetzt angeblich zu Ende sei.

«Nele, ich warne dich. Du brauchst gar nicht so sehnsüchtig aufs Bett zu gucken», dröhnt Ute und feuert einen Haufen Illustrierte neben ihre Bettseite. Sie sieht meinen edlen Hinterkopf und weiß, wo ich hingucke – so sind die Aufrechten.

Als nächstes kommt ein Buch geflogen, dann etwas Flaches: eine Form, die mich mehr anspricht als ein Buch. Begleitet von Utes «Nele ist schon wieder unterm Bett» gehe ich unters Bett. Es ist der kürzeste Weg, um an das Flache heranzukommen. Schokolade.

«Gnade dir Gott», knurrt Ute.

Als ob ich etwas mit Schokolade am Hut habe! Es gab in grauer Vorzeit eine Nacht, an die ich nie zurückdenke. Eigentlich weiß ich nur noch, daß es dunkel war und mein Magen schlapp zwischen den Hinterbeinen herumhing. Ich pilgerte durch die Wohnung, alle schliefen. An was ich mich als nächstes erinnere, ist dieser furchtbare Griff von Ute, mit dem sie mein Nackenfell packte und mich über lila und silbernes Papier hielt. Aus ihren Brüllereien schloß ich, daß sie mich in starkem Verdacht hatte, in der Nacht eine komplette Tafel Schokolade aufgefressen zu haben. Ich hätte gerne etwas dagegen gesagt, aber mir war ja so schlecht. Seitdem könnten sie mein Revier mit Schokolade tapezieren.

Zwischen Schlafzimmer und Badezimmer gibt es eine Tür. Wenn die Aufrechten sich abends anschweigen wollen, müssen sie nur die Tür offenlassen. Dann können sie sich feste anschweigen, wenn einer im Badezimmer ist und einer im Bett liegt. So machen sie es auch heute wieder. Ute hat die Decke bis ans Kinn hochgezogen. Knapp unterm Kinn liegt die aufgerissene Tafel Schokolade, die sie mit hektischen Bissen auf den Weg zum Verdauungstrakt befördert. Franz-Joseph präsentiert im Badezimmer seine beliebte Gurgelorgie. Nele sitzt unterm Bett und überlegt, ob sie freiwillig gehen oder sich rausschmeißen lassen soll. Sie werfen ja nicht mit Pantoffeln nach mir. Auch steckt keiner eine Faust unters Bett. Schon gar nicht begehen sie die Peinlichkeit (Franz-Joseph hat's getan: einmal!), auf dem Bauch liegend unters Bett zu rutschen, um mich zu greifen. Betten haben zu viele Ausgänge. Sie kümmern sich gar nicht um mich, machen im Bett herum und sagen irgendwann: «Falls du noch unterm Bett stecken solltest, geh lieber freiwillig.» So machen sie das. Und ich? Ich mache mit. Wir sind ein harmonisches Gespann. Benny besitzt ein häßliches Auto. Es sieht aus wie ein Flugzeug und saust immer blitzschnell gegen die Wand oder ein Tischbein. Benny dirigiert das Ding mit einem Kasten. Auf den drückt er drauf, und das Ding rollt los. Genauso ist es bei mir. Nur gegen die Wand laufe ich nicht, noch nicht. Ich lebe auch erst knapp zwei Jahre hier.

Morgenstund hat Wild im Mund. Ich mag dieses Zeug nicht, verdammt noch mal. Wie deutlich soll ich es euch denn noch zeigen? Deutlicher als «wenig fressen» habe ich nicht drauf. Ute beispielsweise mag keine Oliven, und Franz-Joseph kriegt von Tomaten Ausschlag in der Mundhöhle. Folge: Ute ißt keine Oliven, Franz-Joseph macht um Tomaten einen Bogen. So. Nele mag kein Wild. Was passiert? Nele kriegt trotzdem Wild. Im Schrank zwischen Kühlschrank und Heizkörper stehen ungefähr zweihundert Dosen, darunter befinden sich sowohl Rind als auch Huhn, ganz zu schweigen von Leckertöpfchen (ein Name, ein Programm). Menschenwein soll durch lange Lagerung besser werden, von Dosenfutter hat das noch niemand behauptet. Wild! Jeder Bissen ist harte Arbeit. Ich muß ja meinen Kalorienpegel auf einem Level halten, der mir Überleben möglich macht. Ich brauche wenigstens so viel Kraft, um vor einem der heimtückischen Überfälle Bennys davonzusprinten. Wieviel lieber würde ich meine Energie benutzen, um nach einem Pfiff Utes 11 Meter Luftlinie vom Sessel durch den Flur zu meinem Napf zu wetzen und dieses ganz unglaubliche Leckertöpfchen seiner Bestimmung zuzuführen. Es ist schikanös, daß sie sich selbst ständig ihre Lieblingsspeisen genehmigen (Franz-Joseph: Parmaschinken; Ute: Mozzarella; Benny: alles, was süß ist) und mir nur alle paar Tage ein Freß-Fest gönnen. Sie benutzen die Essensauswahl noch nicht mal als Strafe (was ich auch nicht billigen könnte. Aber ich kenne ja die Menschen). Sie sind einfach dösig. Wild! Ich fresse seit einer halben Stunde und kann nicht erkennen, daß ich einen Löffel voll weggeputzt habe. Wild törnt mich ab. Lekkertöpfchen dagegen... sofort kriege ich Speichelfluß. Vielleicht klappt der Trick: an Leckertöpfchen denken und Wild fressen!

Es klappt nicht. Ich kann auch nicht, wenn mich jemand eines Tages durchprügeln sollte, daran denken, daß er mich jetzt streichelt. Ich kann die Welt nicht auf den Kopf stellen. Das ist ein Hobby der Aufrechten. Trübsinnig sehe ich einem langen, langen Tag entgegen. Ich werde zigmal an diesen

Napf latschen und mir jedesmal drei bis vier Gramm zumuten. Aber wenn sie mit mir spielen wollen, soll ich quicklebendig und albern sein. Wenn sie mit ihrem Bällchen vor mir rumtänzeln wie Bennys Spielzeugaffe mit seinen üblen Pauken, dann muß ich funktionieren, oder sie sind menschlich tief von mir enttäuscht.

«Überleg dir, was du tust!» ruft Ute ihrem Mann heute morgen statt «Tschüs» hinterher.

Das ist nett. Nicht immer die gleiche Platte auflegen. Da seht ihr's: Mit einem Fingernagel voll Nachdenken sind Herzlichkeit und Sympathie hergestellt. Möglich, daß sie an meinem Gang etwas abgelesen hat, denn sie pflaumt mich an:

«Komm Nele, nicht bocken. Hau's weg. Ist sowieso das gleiche drin wie in den anderen Dosen.»

Das war ja wohl hoffentlich nur der Versuch eines grausamen Scherzes. Ich blicke sie scharf an. Nichts in ihrem Gesicht zuckt freudig erregt. Vielleicht liegt das aber auch daran, daß Franz-Joseph noch mal zurückkommt, weil er etwas vergessen hat.

Wenn Franz-Joseph und Nele versorgt sind, kommt Benny dran. Er muß sich für ein (1) Spielzeug entscheiden und wird dann in den Kinderladen abgeführt. Wenn er morgens los muß, sieht er selten fröhlich aus. Wenn er nachmittags wiederkommt, war es ganz toll und er wäre am liebsten noch dort geblieben. Das Kerlchen ist flatterhaft. So streichelt er ja auch. Bei Benny hat Streicheln selten etwas mit Zärtlichkeit zu tun. Meistens habe ich das Gefühl, daß er unbedingt meine Bauchhaut inspizieren will. Kündigt sich da der künftige Chirurg an? Wenn Benny seine überfallartigen zärtlichen Momente bekommt, bleibe ich hellwach. Bei den Aufrechten kann ich dann getrost riskieren, die Augen zu schließen. Bei Benny bleiben meine Augen offen. Es gibt da so ein Flackern in seinen Augen. Sie flackern, wenn ihm einfällt ‹vielleicht sollte ich Nele jetzt mal kneifen. Das bringt bestimmt viel mehr Spaß als dieses langweilige Streicheln›. Dann wird es für mich Zeit, einige Meter zwischen meine körperliche Unversehrtheit und diesen Bengel zu legen.

Bei mir ist es morgens folgendermaßen: ich wache auf, fresse, kacke, putze und bewege mich je nach Tagesform ein Stündchen oder eineinhalb. Wenn Hektik in der Wohnung herrscht, auch mehr. Als seinerzeit die Handwerker im Haus waren, um die hinteren Räume zu tapezieren und zu streichen, kam ich tagelang vormittags nicht in den Schlaf. Hinterher war ich «urlaubsreif», wie Franz-Joseph es nennt, wenn er einen Tag fünf Minuten später nach Hause kommt.

Vormittags geht Ute ihren diversen gesellschaftlich wertvollen Tätigkeiten nach. Sie schreibt Briefe oder trifft sich mit Menschen. Heute ist Telefonieren angesagt. Günstig, denn dabei hat sie eine Hand frei, wenn sie sich nicht gerade am Kopf kratzen oder etwas Interessantes aus ihren Ohren herausholen muß. Ich lege mich ein Sitzkissen weiter. Das ist ein Angebot. Volltreffer, denn schon schnappt sie mich am Schwanz und zieht. Das kann die ekelhafteste Gemeinheit sein, wenn es ein Aufrechter tut, um fies zu sein. Es kann aber auch nett gemeint sein.

Ute spricht mit Liane. Doppeltes Glück. Ich strecke mich aus (bin dann 2 Meter 80 lang), schalte das Schnurren ein, schließe die Augen – wenn ich nicht den Geschmack von Wild im Mund hätte, würde ich mich rundum wohl fühlen. Früher mußte ich von dem Zeug auch noch aufstoßen, das war besonders bitter. Mittlerweile hat mein Magen eine Hornhaut.

«Es ist schrecklich mit ihm. Er ist bockig wie ein Kind.»

Was soll Benny sonst schon sein? Er hat doch nichts anderes gelernt.

«Ach was. Vernünftigen Argumenten ist er doch gar nicht zugänglich.»

Armer Benny. Kaum bist du aus dem Haus, hetzen sie über dich. Einen Satz später weiß ich, daß sie von Franz-Joseph redet. Streicheln, jaha, das ist das wahre Leben. Heute ist sie besonders gut in Form. Nicht zu langsam, nicht zu schnell, und ich kann sie ohne Gewürge an die Stellen dirigieren, wo ich es gern habe.

«Und dann immer diese Christel.»

Damit Ute «immer» sagt, muß etwas a) *einmal* passiert sein und sie b) ärgern. Weitere Voraussetzungen sind nicht nötig. Jetzt erzählt Liane einen Roman, Ute kann sich ganz auf das Zuhören konzentrieren.

«Mmh. – Na klar. – Ja, ja. – Haha, genau. – Immer! – Ach was. – Quatsch.»

Ich falle in den verzückten Zustand, bei dem die Augäpfel sich verdrehen und alles Wonne ist. Ich werfe den Kopf in den Nacken, damit Ute an die Partie zwischen Unterlippe und Hals herankommt. Hohe Schule des Streichelns. Da lasse ich nicht jeden ran. Erst muß ein Aufrechter beweisen, daß er in Katzenliebe, Gesittung und gefühlvoll durchgezogenem Streichelzug zu den besten seiner Art gehört – erst dann erhält er die Chance, in den inneren Zirkel aufgenommen zu werden. Zur Zeit treiben sich drei darin herum: Ute, Franz-Joseph und Liane. Benny kann ich beim besten Willen nicht in den inneren Kreis aufnehmen. Nicht, solange keine Ersatzunterkiefer erfunden sind.

Bestimmt erzählen sich Ute und Liane sehr interessante Dinge. Leider kann ich nicht zuhören, weil ich bis auf die Kräfte, die meine Verdauung regeln, alle Reserven Richtung Hautoberfläche abziehe, wo sie das Gestreicheltwerden registrieren und hundertfach verstärken. Plötzlich habe ich einen Telefonhörer auf der Speiseröhre liegen. Igitt, nimm ihn weg.

«Hast du gehört? Wie eine Nähmaschine. Warum kann Franz-Joseph nicht so sein?»

Ute lauscht und bricht dann in infernalisches Gelächter aus. Bitte nicht noch mehr von solchen Späßen. Ich konzentriere mich etwas mühsam auf Utes Hand. Ja, kommt. Kommt sehr gut. Dafür hat sie zwei Blödheiten bei mir gut. Mein Herz ist groß.

Wahrscheinlich war ich einige Zeit ohnmächtig – als ich aufwache, fällt das Licht der Sonne schon durchs zweite Fenster. Ute ist verschwunden. Vielleicht hat sie mich betäubt, weil sie es nicht übers Herz brachte, dem schnurrenden Fellwesen die

streichelnde Hand zu entziehen. Ja, ja, wenn ich milde gestimmt bin, finde ich für alles auf der Welt Entschuldigungs-
gründe. Leider signalisiert mir mein Magen, daß ich vor
Schwäche vom Stengel fallen werde, wenn ich nicht unverzüglich für Kaloriennachschub sorge. Das bedeutet Wild.
Wild bedeutet eine rapide Verschlechterung meiner Laune. Im
Flur begegnet mir Ute. Sie hat diesen herrlichen Korb am Arm
hängen, an dem ich (neben Velours) am liebsten kratze. Kaum
sieht sie mich, hebt sie den Korb über ihren Kopf: «Hä, hä, das
könnte dir so passen.»

Jetzt hat sie noch eine Blödheit bei mir gut.

Ute verläßt das Revier, Menschen müssen manchmal raus.
Ewig hier drinnen, und sie würden eingehen. Das halten nur
Katzen aus. Und Wasserschildkröten. Manchmal glaube ich,
ich habe mit Veronika mehr Gemeinsamkeiten, als mir lieb ist.

Als Ute mir abends den Napf wegnimmt, um ihn für das
Nachtmahl zu füllen, sieht er ziemlich verwarzt aus. Wenn es
Wild gibt, verzichte ich darauf, das Ding sauberzulecken.

«Dreckschwein.»

Selber einen Geschirrspüler benutzen und mich beleidigen!
Mit den Blödheiten sind wir quitt. Ich trolle mich unauffällig
nach vorne, setzte mich vor den Sessel – und los geht's. Das
Kratzen muß mit zügiger, nicht hastiger Geschwindigkeit geschehen. Velours ist der Stoff, der dafür am besten geeignet ist.
Die Krallen können sich festhaken, finden Widerstand, aber
nicht zuviel.

Da poltert sie auch schon durch den Flur.

«Nele!»

Ein Schrei wie ein Messerwurf. Ich weiß, wie lange ich sit-
zenbleiben kann. Abtauchen, wenn sie auf Höhe des zweiten
Bildes hinter der Tür ist, dann komme ich noch glatt hinter das
Sofa. Wenn ich länger warte, wird es kanpp. Ute ist nicht jedesmal gleich schnell, das macht sie so unberechenbar. Heute
hat sie wohl gut gegessen. Ein Ratsch zum Abschied, zwei,
vier Sätze, und sie müßte das schwere Sofa zur Seite rücken,
um mich zu kriegen.

«Franzi, die ganze Wohnung ist voller Fluchtwege für die Katze. Das muß anders werden. Die lacht sich doch schlapp über uns.» Franz-Joseph kommt in den Raum geschlendert, und Ute ruft: «Nimm dir einen Teller und krümel mir nicht den Teppich voll.»

«Ich krümele ausschließlich auf die Fliesen, die mir gehören», antwortet er gemütlich.

Die Seelenruhe dieses Mannes ist vorbildlich. Allerdings spielt er dabei häufig mit seinem Leben, und ich bin nicht sicher, ob er das in jedem einzelnen Fall bemerkt.

«Guck dir den Sessel an», klagt sie. «Den kann man doch keinem mehr zeigen. Da muß man sich ja schämen.»

Wenn ich einer natürlichen, lebensnotwendigen Tätigkeit nachgehe, müssen sie sich also schämen. Aha. Dann ist es ja nur noch eine Frage der Zeit, wann sie mir verbieten werden, in meine Toilette zu steigen oder zu fressen.

«Und im Flur, was hängt da?» ruft Ute.

Franz-Joseph macht das Quizspiel mit. «Da hängt die Fußmatte, die wir, schlau wie wir sind, an die Wand genagelt haben, damit unsere Katze sich dort ihre Krallen wetzt.»

«Und? Warum tut sie es nicht?» Ute hört sich unglücklich an.

«Sei froh, daß wir keinen Hasen haben», sagt Franz-Joseph. «Die fressen Tag und Nacht Kabel.»

«Du krümelst immer noch.»

«Ich bin ja auch noch nicht mit dem Essen fertig.»

Natürlich haben sie mir diese alberne Matte wärmstens ans Herz (an die Krallen) gelegt. Und ich habe vor Zeugen auch drei- bis viermal an dem Ding gekratzt. Das war ein feeling wie eingeschlafene Füße. Ein rauhes, rissiges Gefühl. Die Tapete rechts und links von der Matte war bedeutend schicker. Leider stehe ich mit dieser Meinung in der Wohnung allein. Franz-Joseph holte seine Tipp-Ex-Flasche und pinselte meine geometrisch reizvollen Spuren über. Natürlich sieht man sie noch fast genausogut wie vorher. Deshalb muß ich eben an den Sessel. Ich muß essen, schlafen, putzen, scheißen, kratzen. Das ist die absolute Minimalausstattung. Wer das nicht aushält, soll sich eine Wasserschildkröte anschaffen.

Velours ist fürs Kratzen, was Leckertöpfchen fürs Fressen ist. Darüber kommt nichts mehr. Draußen auf dem Bauernhof hatten wir kein Velours. Damals habe ich es nicht vermißt, ich kannte es ja nicht. Seitdem ich weiß, daß auf der Welt Velours vorkommt, tun mir meine alten Leute leid. Ist eben doch sehr primitiv da draußen. Viele Kühe, kein Velours.

«Bleib bloß in Deckung», warnt Ute mich netterweise. Tatsächlich wollte ich gerade die Lage peilen. Wenn die Aufrechten friedlich gestimmt sind, entspannt sich ihre Körperhaltung. Nur ein winziges bißchen, aber ich sehe das natürlich. Franz-Joseph bemerkt Utes gespannte Haltung erst dann, wenn der Schuh, den sie wirft, noch einen halben Meter von seinem Kopf entfernt ist.

«Fertig», sagt er.

Ich höre Hände klatschen.

«Du hast den Teppich völlig vollgesaut», wehklagt Ute.

Wahrscheinlich liegen vier Krümel herum. Ich kann ja mal inspizieren gehen. Wenn es nicht gerade wie Wild riecht, lecke ich kurz drüber, und die Sache ist erledigt. Ute im Augenwinkel behaltend, nähere ich mich den Krümeln. Es sind mehr als vier.

«Aas», sagt sie.

Franz-Joseph und ich gucken sie an, dann gucken wir uns an. Kann sein, daß sie uns beide gemeint hat. Das Zeug schmeckt süß, Kuchen.

«Danke, Kumpel», sagt Franz-Joseph und streichelt mich zwei Sekunden lang.

Nichts zu danken, dafür doch nicht. Bedankt euch lieber für Sachen, wo's lohnt. Wie sie zum Beispiel die Tatsache hinnehmen, daß ich stubenrein bin! Als wenn das selbstverständlich wäre. Ich habe doch dabeigesessen, wenn Mitmenschen zu Besuch im Revier waren und von ihren Katzen erzählten. Offensichtlich gibt es unter meinen Mitkatzen Exemplare, die das Zusammenleben mit den Aufrechten völlig fertiggemacht hat.

Was die erzählten: unappetitlich. Die haben ihre Katze kaputtgemacht, und das will was heißen, wo wir Katzen praktisch unzerstörbar sind. Es gibt also Katzen, die kacken systematisch die Wohnung voll, ein Zimmer nach dem anderen, nur die Toilette lassen sie unbenutzt. Es gibt Katzen, die einen Schaden an der Feinmotorik haben und täglich Flaschen, Blumentöpfe, Vasen umlegen. Es gibt Katzen, mit denen müssen sie ständig zu einem Doktor rennen, weil die Gesellen ein Zipperlein haben (Kennen Sie den? Kommt ein Frauchen zum Doktor, hält ihm die Katze hin und fragt ganz ängstlich: ‹Herr Doktor, Herr Doktor, sagen Sie mir die Wahrheit, was fehlt meinem Liebling?› Sagt der Doktor: ‹Dem fehlt gar nichts. Es ist lediglich eine Perserkatze.› Klasse, was?).

Ich kenne keine Katze, die ein annähernd ähnlich verträgliches Geschöpf ist wie ich. Und das liegt nicht nur daran, daß ich eigentlich keine einzige Katze kenne. Wenn ich ein Mensch wäre (was der Himmel verhüten möge), ich würde einer Katze wie mir täglich eine Extraration hinstellen – aus dem Glücksgefühl heraus, es so gut mit mir getroffen zu haben.

«Nele, essen!»

So vernünftig hat Ute seit Stunden nicht mehr mit mir gesprochen. Impulsiv wie ich nun mal bin, wetze ich den Flur entlang, aber auf halber Strecke holt mich die deprimierende Erkenntnis von den Beinen: Sie hat ja heute morgen die WildDose aufgemacht! Die letzten Meter lege ich gemächlich zurück. Der Fraß läuft mir nicht weg. Ich bin sicher, es gibt charakterstarke Katzen, die würden eher neben einem Napf mit Wild in den Hungertod gehen, als sich zu entwürdigen und den Pamps reinzuschlingen. Das wissen die Aufrechten beispielsweise auch nicht: daß sie unsere Würde zerstören, wenn sie uns zwingen, aus Überlebensgründen Nahrung aufzunehmen, die wir nicht mögen.

Erst ist es nur ein Pieks in allen Sinnen. Automatisch geht die Nase hoch. Es ist würzig und neu, riecht lebendig und unverbraucht. Ein Blick um die Ecke, und da liegt er – ein Fisch! Meine Ohren zucken nach hinten.

«Paß mal auf», flüstert Ute Franz-Joseph zu. «Das läßt sie stehen. Die ist viel zu verwöhnt.»

Ein Fisch also.

«Riechen tut sie schon mal.»

Was soll ich sonst tun? Kopfstand machen? Wir riechen, Menschen reden dummes Zeug – das ist der Unterschied. Langsam dämmert es mir: Ich soll das Ding auffressen! Erste Zwischenbilanz: Eindeutig kein Wild, das ist schon mal gut. Zweideutig allerdings die Form: gegenständlich, ganz im Unterschied zu dem pluralistischen Pampf, den es sonst gibt. Das macht meine Aufgabe nicht leichter. Gesetzt den Fall, ich nehme den Fisch an, wo soll ich anfangen? Hinten läuft er platt aus, als wenn er unters Auto gekommen ist. Vorne dagegen... ich mag gar nicht hinschauen. Natürlich ist der Fisch spannend. Aber Leckertöpfchen ist noch spannender.

«Ich weiß nicht», sagt Franz-Joseph, «sie ist dies rohe Zeug nicht gewöhnt. Das gibt nachher nur ein großes Gekotze.»

Wozu der Aufwand? Wahrscheinlich wollen sie mir etwas Gutes antun. Wenn irgendwas krumm und schief ausfällt, war es von den Aufrechten meistens gut gemeint. Als damals Ute plötzlich mit lautem Schrei behauptete: «Ein Floh! Nele hat einen Floh. Ich habe was springen sehen!», haben sie mich dermaßen mit einem Gift eingenebelt, daß ich um ein Haar verreckt wäre. Aber der Floh hat immerhin gehustet. Da wollten sie die kleine Nebenwirkung wohl gerne in Kauf nehmen.

«Also nee, das kann man nicht machen», Franz-Josephs Arm erscheint von oben und grabscht den Napf weg.

«Guck mal, wie sie guckt. Die ist sauer jetzt», sagte Ute lachend. Eine Kniebeuge (von ihr), und ich finde mich auf ihren Armen wieder. «Du bist eine richtige Zivilisationskatze», behauptet sie. Wenn ich wüßte, was das ist, könnte ich leichter widersprechen. Sie polkt im Bauchfell herum. «Und jetzt? Lieber das Gewohnte, was?»

O ja, bitte. Es gibt aber natürlich nur den Rest der Wild-Dose.

«Glaubst du, daß ich die halbe Dose wegwerfe, nur weil es

dir nicht schmeckt?» hat Ute mich vor Urzeiten einmal gefragt.

Damals lautete meine Antwort: «Aber ja, natürlich. Wenn ihr mich liebt.» Damals war ich noch jung.

An diesem Abend wüte ich fürchterlich unter den Marienkäferbeständen. Sie werden Stunden brauchen, um sich von dem Schlag zu erholen. Von irgendwas muß die Katze leben.

In Bennys Zimmer kracht es, dann ist es völlig still. Und dann dreht Benny auf. Beide stürzen los. Gut, daß ich vorne bin. Nachher wäre ich wieder schuld. Benny brüllt, er muß sich irgendwo angedellt haben. Damals, als Ute die Schranktür zumachte und ich aber leider in diesem Moment unbedingt noch mal gucken mußte, was sich hinter der Tür aufhält, habe ich mich genauso gefühlt, wie Benny sich jetzt anhört. Bloß daß ich nicht so laut schreien kann.

Zu dritt drängeln sie sich im Badezimmer. Zuerst sieht es so aus, als ob sie Benny wieder zwangsbaden wollen. Aber das kann nicht sein. Und richtig: Franz-Joseph tupft ihm weißes Zeug gegen die Stirn, während Ute hektisch über Bennys Arm streichelt. Bennys Mund steht offen, und heraus kommen schreckliche Schreie. Warum stopfen sie ihm nicht etwas rein? Dann wäre wenigstens Ruhe. Da! Ein Tritt! Mir!

«Nele, geh weg, du störst hier.»

Lachhaft.

«So, mein Lieber», sagt Franz-Joseph gutgelaunt. «Morgen hast du ein Horn wie ein Stier.»

Sofort legt Benny wieder los. Er mag wohl keine Stiere. Ich kriege ihn erst zu Gesicht, als sie ihn vorne aufs Sofa legen. Knapp über dem Auge, Richtung Ohr, haben sie ihn dunkelrot angemalt. Tatsächlich, er hat eine Beule. Benny ist auf den Stuhl gestiegen, weil er was vom Schrank brauchte. Er ist ausgerutscht und mit dem Kopf gegen den Tisch. Aber ein Gutes hat es für Benny: Sie kümmern sich wie wild um ihn, wieseln um ihn herum, fragen, ob er besondere Wünsche habe. Hat er: Eis, Schokolade, länger fernsehen dürfen. Mehr fällt ihm in der Eile nicht ein. Bis auf Schokolade kriegt er's. Franz-Joseph liest ihm ein Buch vor: Der Stier Ferdinand. Er hat es Benny schon hundertmal vorgelesen und mogelt ein bißchen, indem er eine Seite überschlägt. Benny kennt das Buch auswendig und sagt es seinem Vater auf den Kopf zu, daß er mogelt. Franz-Joseph wird mucksch, will nicht mehr weiterlesen. Angeblich muß er weg.

«Gewerkschaft.»

Ute nickt ergeben.

«Mach's dir doch vor dem Fernseher gemütlich, mein Schatz», sagt er säuselnd und will sie irgendwo auf den Kopf küssen.

«Sag mal, bin ich deine Mutti, der du gute Ratschläge geben mußt, wie sie den Abend gestalten soll? Ich weiß mich durchaus zu beschäftigen.»

Sie bringen Benny ins Bett.

«Nele soll heute bei mir schlafen», fordert er, schon wieder mit recht kräftiger Stimme.

Das sollen sie mal versuchen.

«Du weißt genau, daß Nele nicht liegenbleibt, wo man sie hinlegt.» Franz-Joseph versucht es ihm zu verklickern.

«Dann will ich einen Hund», greint Benny. «Hunde bleiben liegen, wo man sie hinlegt.»

Ich hätte nicht gedacht, daß man die ganze Unfähigkeit der Bellos in einem einzigen Satz unterbringen kann. Benny hat's geschafft. Respekt, Kleiner. Vielleicht wirst du später mal ein berühmter Katzenforscher. Sie lassen mich in Ruhe und veranstalten keine Hetzjagd, bei der der zweite Sieger von vornherein feststeht. Draußen lärmen wieder die Vögel. Ich denke an den Fisch, denke an Wild und zum Ausgleich an Velours und Marienkäfer.

Franz-Joseph verläßt die Wohnung, Ute strapaziert sofort das Telefon.

Klingeln. Ich muß schon sehr groggy sein oder die Nase von den Aufrechten voll haben, wenn ich mir den Gang in den Flur verkneifen würde. Sie sitzen in der Küche, die Tür ist ge-

schlossen. Die Stimme kommt mir bekannt vor. Jedenfalls ist
es ein Männchen, und Franz-Joseph ist es nicht. Wollen doch
mal sehen. Ich melde mich mit zartem Kratzen. Mir wird auf-
getan. Ach, der nur! Und er benimmt sich wieder genauso
dösig wie damals. Chris öffnet die Tür, ohne mich anzublicken
und ohne sein Gerede für eine Sekunde zu unterbrechen. In
seiner Familie muß es einen Trauerfall geben, er redet mit unheimlich belegter Stimme. Aber Ute redet auch so. Ohne hin-
zugucken, nimmt sie mich auf den Schoß. Vielleicht spielen sie
ja bloß ein Spiel: nicht Nele angucken. Sollen sie, wenn sie sich
selbst kasteien wollen. Dieser Chris ist wirklich ungemein
blöd. Er riecht so intensiv wie der Hering, nur anders natürlich. Ich habe mich geirrt. Kein Trauerfall, und Chris ist nicht
traurig, sondern Ute. Sie jammert sich bei ihm wegen ihres
Mannes aus.

«Ich verstehe dich so gut», erwidert Chris.

Wie kann einer nur so säuseln und gleichzeitig Katzen gegenüber völlig unempfindlich sein?

«Ach, Chris», sagt Ute, und die Nase von Chris – ich
könnte wetten – senkt sich um ein paar Millimeter. Ich rechne
jeden Moment damit, daß er die Ohren runterklappt.

Plötzlich geht mir Utes Hand verloren. Sie braucht sie dringend, um sie Chris hinzuhalten. Mal sehen, wie der das macht.
Aber er streichelt nicht, er hält nur fest, drückt wohl auch ein
bißchen an Utes Hand herum. Anders macht Franz-Joseph das
auch nicht.

«Ihr steckt in einer echten Krise», teilt Chris Ute mit.

Sie nickt, das hat sie sich auch schon gedacht.

«Wir drehen uns im Kreis», sagt Ute. «Und wir entwickeln
uns auseinander.»

Da habe ich starke Zweifel. Mir gegenüber treten sie als geballte Streitmacht auf. Und Benny nehmen sie sich auch gemeinsam zur Brust.

«Das ist diese ganze bürgerliche Kleinfamilien-Kacke», sagt
Chris. «Ihr habt ja sogar eine Katze.»

Ich wünsche diesem Menschen nicht, daß er eines Tages mit

mir zusammen in einen Raum eingesperrt wird: nur er und ich und kein Erste-Hilfe-Kasten in der Nähe.

«Ach Nele», sagt Ute, «die ist noch das kleinste Problem.»

Na, immerhin. Er streichelt an ihr herum, Ute streichelt an mir herum. Jetzt müßte ich Chris streicheln, dann wäre der Kreis geschlossen. Aber ich kann mich bremsen. Der bekommt garantiert Ausschlag, wenn ich ihn mit meiner zarten Pfote berühren würde. Ich liege seit Minuten exakt in seiner Blickrichtung, und er muß sich ziemlich verrenken, um mich *nicht* anzugucken. Aber er schafft das. Vielleicht ist er blind. Oder ich erinnere ihn an eine Katze, die er mal sehr, sehr liebgehabt hat, bevor das Schicksal mit flammendem Schwert dazwischenschlug und die beiden grausam trennte. Aber ich weiß gar nicht, warum ich diesem Schnösel ständig nette Sachen unterstelle. Wahrscheinlich ist er ganz einfach nur ein Ignorant. Das hätte er mit 95 Prozent der Aufrechten gemeinsam. Obwohl: Ein Streicheln ringen sich die meisten ab. Und niedlich gefunden haben mich schon Hunderte von Revierbesuchern. Und zwar ganz spontan, gleich als sie mich sahen und bevor ich die beeindruckende Palette meiner hervorstechenden Charaktereigenschaften darbieten konnte. Mich muß man nur angucken, und das Herz weicht auf wie Wild im Napf, wenn die Nachmittagssonne durch das Fenster in den Flur heizt.

«Du weißt», behauptet Chris, «ich will mich natürlich nicht in deine Beziehung einmischen.» Und dann mischt er sich unheimlich ein: «Aber ihr solltet eine Therapie nicht von vornherein ausschließen.»

Wahrscheinlich hat dieser Chris nicht einmal eine Katzenallergie. Er hat überhaupt kein Verhältnis zu uns. Als ich noch jung war, kam einmal ein Kollege von Franz-Joseph zu Besuch. Der sagte schon gleich, als er mich sah: «Na, wenn das mal keinen Ärger gibt.» Setzte sich dann hin, ließ sich mit Kuchen füttern, plauderte, produzierte «Humor» – und dann schwoll er zu. Ich mußte mich dicht vor sein Gesicht setzen, weil ich so was noch nie gesehen hatte. Leider ließ er mich nicht, und auch meine Reviermitbewohner taten plötzlich so, als ob statt einer entzückenden Nachwuchskatze ein räudiger Bello durch die Räume stolperte. Diesem Franz-Joseph-Kollegen lief das Wasser aus den Augen, als wenn von hinten einer eimerweise nachschüttete. Im Gesicht bildeten sich Pusteln, Pickel und Quaddeln. Auch auf den Armen sah er aus, als wenn er unter die Mücken geraten war. Bei uns draußen auf dem Land hatte ich ein Kind gesehen, dem ein Schwarm Bremsen begegnet war. Das Kind sah hinterher nicht besonders glücklich aus. Sogar ein Arzt mußte kommen. In der Eile nahmen sie den Viehdoktor. Auf dem Land sehen sie das nicht so eng.

Der Franz-Joseph-Kollege kriegte eine belegte Stimme und verabschiedete sich. Er flüchtete aus meinem Revier, und natürlich fand ich das damals toll, solche Wirkung hervorzurufen. Ich kam mir stark vor und guckte jeden, der danach ins Revier kam, eindringlich an. Einmal klappte es noch, wieder bei einem Mann. Die sind wahrscheinlich empfindlicher. Man sieht es den Aufrechten nicht an, wer allergisch gegen mich ist und wer nicht. Wenn sie mich sehen und einen flatterhaften Blick kriegen, könnte das ein erster Hinweis sein, muß aber nicht. So ein Blick kann auch bedeuten, daß sie Katzen nicht mögen. Die Steigerung eines flatterhaften Blicks ist der Blick von Chris: der Nullblick.

Aus Gesprächen und Telefonaten habe ich herausgehört, daß Ute und Franz-Joseph Bekannte haben, die nur deshalb nicht in mein Revier kommen, weil ich da bin. Darunter befinden sich Hundebesitzer und Pferdefreunde. Sie können also keine gnadenlosen Feinde der Kreatur sein, sie können lediglich Katzen nicht ab. Ein schreckliches Schicksal, das diese Aufrechten dazu verurteilt, ein Leben lang ohne Kontakt zu Katzen leben zu müssen. «Ach, Ute», sagt Chris plötzlich, und man muß befürchten, daß ihm nun das Herz bricht.

Er steht auf, erst glaube ich, er geht. Irrtum. Er kommt um den Tisch herum. Erst glaube ich, jetzt streichelt er mich und begeht Wiedergutmachung. Völliger Irrtum. Er umarmt Ute, jedenfalls ihre Schultergelenke. Besonders elegant sieht das nicht aus. Kein Wunder, wenn er steht und sie sitzt. Das Umarmen löst einen Schock bei ihr aus, sie hört sofort auf, mich zu streicheln. Und dann plärrt Benny los. Ute reißt sich von mir und dem Umarmer los und rennt raus. Ich bleibe bei Chris in der Küche und passe auf, daß er keinen Unfug anstellt. Wäre es nicht Chris, gäbe es die winzige Möglichkeit, daß er mir jetzt aus dem Kühlschrank oder vom Regal eine kleine Leckerei organisiert. Aber er glotzt mich an, als wäre ich ein Wandbild. Immerhin guckt er mich an. Wenn gar nichts anderes da ist, wo er seine Seher draufhalten kann, greift er zum Äußersten und blickt Katzen an. Eigentlich habe ich genug von dem Kerl. Ich verlasse den Raum, zeige Benny meine Anteilnahme, indem ich mich mit den Vorderpfoten an seinem Bett aufrichte. Ute preßt ihm einen nassen Lappen auf den Kopf, Benny scheint das zu genießen. Peng, greift er mir mitten ins Gesicht. Ein Sprung, ich sitze an der Tür. Benny lacht. Na gut, wenn es seiner Gesundung dient.

«Ute, wer ist da?»

«Mach die Augen zu und träum süß.»

«Ich will wissen, wer da ist. Warum ist Vati nicht da?»

«Vati ist bei der Gewerkschaft.»

«Und wer ist da?»

«Liegenbleiben, Rübe. Du mußt jetzt schlafen, und morgen gucken wir uns im Spiegel dein Hörnchen an. Einverstanden?»

«Wer ist denn nun da?»

«Chris. Nun schlaf.»

«Wer ist Chris?»

«Chris ist ein Freund.»

«Von mir ist Chris kein Freund.»

«Aber von mir.»

«Von Vati auch?»

«Ja, von Vati auch. Vielleicht.»

«Ich will Nele streicheln.»

«Nele kannst du nur streicheln, wenn sie will. Das weißt du doch. Benny, du nervst. Du bist so niedlich, aber du nervst.»

«Wenn ich nerve, liebst du mich nicht mehr, oder?»

«Wie kommst du...?» Sie drückt ihn so sehr an sich, daß er keine Luft mehr kriegt, um weiter rumzuquäken. Dann aber nichts wie zurück in die Küche.

«Komm, guck dir meinen Kräutergarten an», sagt Ute, schnappt die Hand von Chris und zieht ihn auf den Balkon. Günstig, wann kommt unsereiner schon mal an die frische Luft?

«Mmh, riech doch mal, diese würzige Luft.» Ute atmet so tief ein, als wenn sie ihren Busen aufpumpt. Bevor Chris eine Nase voll würziger Luft nimmt, nimmt er erst mal zwei Augen voll Ute. Diese Männchen. Mein Vater war auch so einer. Und hat es ihm geschadet? Der Gegenbeweis sitzt gerade auf dem Balkon und guckt sich dies verhungerte Geripppe von Pflanze an. Kann nicht wachsen und nicht eingehen. Sie nennen es Tomate.

«Nicht», sagt Ute und schiebt Chris zwei Zentimeter zur Seite. Kaum läßt man ihn aus den Augen, schon wird er frech.

«Es muß die würzige Luft sein», keckert Chris, «sie macht so leidenschaftlich.»

Ute hält ihre Nase gegen alles, was an grünem Zeug aus den Kästen herauskommt. Einige Stengel sehen ganz beeindruckkend aus. Andere Stengel sollte sie besser rausreißen und in den Mülleimer schmeißen. Ich habe starke Zweifel, ob das noch was wird.

«Na, Nelchen, schon mal Witterung aufnehmen?»

Ute packt mich und hält mich gegen einen der kümmerlichen Stengel. Oha! Ich nehme alles zurück und behaupte das Gegenteil. Ein charmanter Geruch, betörend, eindringlich, aufdringlich. Ich möchte mich sofort hineinschmeißen und herumsuhlen, immer um und um. Haps, ein Biß und zack reißt sie mich zurück, als wenn ich ihr eine Zehe abgebissen hätte (dann doch lieber Wild).

«Nichts da. Du wartest, bis die Minze reif ist.»

Da kann sie sicher sein. Am besten, ich warte hier draußen auf dem Balkon. Die paar Unwetter und Sommerstürme überstehe ich lässig. Warum gab es bei uns draußen keine Minze? Und ich habe mich dazu hinreißen lassen, mehrmals dieses künstliche Katzengras aus der Packung zu fressen. Schmeckte nach Plastik, roch nach nichts und lag im Magen wie Bindfäden. Minze! Das gibt Power auf mein kleines Herz. Mein Kreislauf läuft kugelrund. Ich fühle mich sehnig, drahtig, unternehmungslustig. Heute ist die Nacht der Nächte. Gebt mir einen Kater, gebt ihn mir schnell. Morgen früh könnt ihr seine Reste zusammensammeln. «Horch mal, Nele maunzt», teilt Ute ihrem Chris mit. Er geht gar nicht weiter auf ihre Bemerkung ein.

«Wollen wir nicht wieder reingehen?»

Er will wohl endlich seinen Griff ansetzen, hier draußen läßt sie ihn ja nicht. Das läuft bei uns Katzen unkomplizierter. Speziell mein Vater. Hopp – hatte er seine Arbeitshaltung eingenommen und sorgte emsig für die Erhaltung der Art. Ich habe es ja nur einmal mitbekommen, und ich war auch nicht sehr dicht dran. Aber beeindruckend fand ich es doch.

«Komm, Kollege», fordert mich Ute auf.

Schnell noch einen Blick auf den Balkon zwei Etagen tiefer. Da sitzen zwei Aufrechte und spielen ein Brettspiel. Dann knallt die Tür zu, und ich bin eine arme Hauskatze in Begleitung von zwei Aufrechten, die miteinander umgehen wie Kinder. Jetzt will Chris nach vorne. Als ich um die Ecke gucke, steht er schon wieder allein in der Gegend herum. Ute ist auf dem Klo. Um Verbundenheit zu demonstrieren, gehe ich auf meins und setze einige Tropfen in die Streu. Danach muß ich unbedingt über Minze nachdenken und erklimme das Regal im Kiosk. Nebenan rumort Benny, aber er weint nicht. Vielleicht schlägt er den Tisch, um es ihm heimzuzahlen.

Vorne spielen die beiden Erwachsenen Kriegen. Das möchte ich doch sehen. Heute packt es mich: Ich werde mich jetzt an einem der mittleren Regalbretter herunterlassen und dann abstoßen. Vielleicht schaffe ich es bis auf den Schreibtisch. Ich seile mich ab, weiter, immer weiter, jaja es geht, wird gehen. Das ist der Schwung der Minze. Noch ein Stück, zwei Stückchen und Sprung. In allerletzter Sekunde, als ich praktisch schon abgesprungen bin, breche ich den Satz ab, lasse mich fallen. Verflucht hart, dieser fadenscheinige Teppichboden.

Sie spielen nicht Kriegen, Chris hat sie schon gekriegt. Vielleicht hat sie sich auch kriegen lassen. Jedenfalls benutzen sie von der gewiß nicht kümmerlichen Sitzlandschaft ungefähr ein Zehntel für ihre beiden Hinterteile. Chris dreht an ihrem Handgelenk herum, und Ute jammert:

«Ich wollte das nie glauben mit diesem verflixten siebten Jahr. Aber irgendwas ist dran. Es schleift sich alles ab. Wir sind nicht mehr versöhnlich.»

«Vergräbst du dich zu Hause?» begehrt Chris zu wissen.

«Nein, das werde ich auch nicht tun. Dann wäre die Falle endgültig zugeschnappt.»

Wie putzig, sie arbeitet mit Begriffen aus der Katzensprache.

Und dann geht Chris ans Eingemachte: «Weißt du, was ich regelrecht tragisch finde?» fragt er. Natürlich weiß sie es nicht. «Ich finde tragisch, daß es immer die besten Frauen erwischt.» Aua, aua. Ute fragt ihn mit einem Blick, ob er noch alle Tassen im Schrank hat (ich bin nicht sicher, ob er einen Schrank hat). Chris versteht sofort wieder miß, legt seinen Arm um sie:

«Soll ich dir mal was gestehen?» Er soll nicht. Aber er hat Ute besoffen geredet. Willenlos nickt sie:

«Du hast in mir einen stillen Verehrer. Schon seit langem.»

«Aber Chris, wir kennen uns keine zwei Monate.»

«Siehst du.»

Der ist schon im normalen Leben so unlogisch, wie meine Reviermitbewohner erst nach einem Wutanfall werden. Ich verlasse diesen grausamen Ort und gebe mich einer Runde dringend benötigten Schlafs hin.

Hinterher weiß ich nie, ob ich geträumt habe. Die Aufrechten behaupten, daß ich dazu imstande bin. Ich will ihnen mal glauben. Sie verwenden ja ungeheure Sorgfalt auf die Erforschung unserer Lebensumstände. Viel nutzt es zwar nicht, wie ihre Behandlung von uns zeigt. Aber auf diese Weise erfahren wir Katzen einiges Interessante über uns. Wir sind ja nicht im Besitz der nötigen Instrumente, um herauszufinden, ob ich wirklich in der letzten Stunde durch einen Urwald voller Minze marschiert bin oder nicht. Wie hoch wächst Minze? Wo ich herkomme, gab es Pappeln. Sie standen statt eines Zauns zwischen unserem Grundstück und dem nächsten. Wenn Minze so hoch wird wie Pappeln, ich glaube, ich werde nicht wieder. Sie müssen sofort den Balkon abstützen! Das hält der doch nie aus. Was habe ich von einem Minzebaum, der im Hinterhof liegt? Ich würde hinterherspringen. Entweder überlebe ich den Sprung, dann habe ich Minze gewonnen. Oder ich überlebe ihn nicht. Dann sterbe ich mit gebrochenen Gräten inmitten eines Minzebaums. Wenn sie mich weinend in den Schuhkarton pakken (Franz-Joseph hat Größe 46), wird ihnen ein leichter Odem von Minze entgegenwehen; und auf dem Gesicht von Nele wird ein seliger Ausdruck liegen. Meine Güte, wenn das schon die Frühfolgen des Krauts sind, sollte ich vielleicht die Pfoten davon lassen. Jedenfalls muß ich die Minze im Auge behalten; so oft wie möglich auf den Balkon. Und wenn ich die Tür zerkratze. Ich bin im Revieralltag viel zu rücksichtsvoll. Sie glauben bestimmt, daß sie mich längst handzahm gemacht haben. Wird hohe Zeit, ihnen zu zeigen, was es heißt, mit einem Raubtier in einem Revier zu leben.

Wie weit mögen die beiden vorne gekommen sein? Vielleicht hat Chris Utes Handgelenk gebrochen. Oder er ist ohnmächtig geworden, als er sich beim Reden zugehört hat. Oder Ute hat einen Lachanfall bekommen, ist vom Sofa gefallen und hat sich wehgetan. Vorne geht es eisig zu, Franz-Joseph ist zurückgekommen. Merkwürdigerweise sitzt Chris jetzt brav auf dem Sessel, Ute sitzt auf ihrem Stammplatz. Und Franz-Joseph sitzt Chris an der Gurgel – bildlich gesprochen.

«Es muß schön sein, Freunde in der Not zu haben», pflaumt mein Mitbewohner Ute an.

«Tu bloß nicht so», erwidert sie überraschend zahm.

«Du bist ein echter Hausfreund», sagt Franz-Joseph zu Chris. Ich gucke genau hin. Nein, Chris ist nicht geschmeichelt, er sieht irgendwie verkniffen aus. Ich habe das Gefühl, daß er auf die Toilette muß (aber nicht auf meine). Oder nach Hause. Aber Franz-Joseph läßt ihn nicht, er muß ihm erst noch etwas sagen:

«Es ist schön zu wissen, daß Ute einen guten Freund hat. Dann ist sie nie allein, hat immer jemanden, wenn ich wieder mal brutal und ungerecht zu ihr war.»

«So habe ich das nicht gesagt», sagt Ute.

«Aber gemeint.»

«Na ja.»

«Na bitte.»

«Wenn ich auch mal was sagen dürfte...» hibbelt Chris.

«Du bist jetzt mal einen Moment ruhig, Chris, ja?» Franz-Joseph fragt butterweich. «Es geht auch ganz schnell. Es sind überhaupt nur zwei oder drei Sätze.»

«Fang schon an», sagt Ute gereizt.

«Gerne. Also Chris...» Franz-Joseph stellt sich so dicht vor Chris, daß der die Beine anzieht. «... hiermit lade ich dich für die nähere Zukunft aus meiner Wohnung aus.»

«Unserer Wohnung», korrigiert Ute.

Franz-Joseph läßt sich nicht stören. «Das gilt generell, auch für irgendwelche Gruppen, die bisweilen in diesen Mauern tagen.»

«Und warum?»

«Weil mir deine Visage nicht paßt. Weil ich aggressiv werde, wenn ich diese blonden Durchhänger sehe, die für alles und jedes Verständnis haben, ganz besonders aber für die Sorgen von Frauen, die in festen Händen sind.»

«Feste Hände», wiederholt Ute, «schön wär's.»

«Da hörst du's.» Chris wird sofort frech, wenn er eine Gelegenheit dazu sieht.

«Sieh dich vor», warnt ihn Franz-Joseph.

«Dir ist klar, daß du zum Gespött der Leute wirst, wenn ich nur ein Viertel von dem weitererzähle, was du hier abläßt», droht Chris.

«Nee, ist mir nicht klar. Meine Vermutung ist, daß sich

einige ziemlich freuen werden, daß es dir endlich mal einer gesagt hat. Solche Nasen wie dich gibt es ja in fast jedem Kreis.»

Chris steht auf. «Ich gehe – wenn du es willst», wendet er sich an Ute.

«Nun geh bloß, um Gottes willen», sagt sie entsetzt. «Ich habe hinten schon ein verbeultes Kind liegen. Eins pro Tag reicht mir.»

«Du würdest mich schlagen?» fragt Chris.

«Diese Möglichkeit müßte ich ernsthaft in meine Überlegungen einbeziehen», antwortet Franz-Joseph. Während er das sagt, reibt er mit einer Hand über seine geballte Faust. Chris rückt auf die Tür zu.

«Also dann», sagt er. «Natürlich gehe ich. Ich bin hier ja nur Gast.»

«Ein unerwünschter», stellt Franz-Joseph klar.

Chris blickt Ute an, die in diesem Moment woanders hingucken muß: «Ich hätte mir gewünscht, daß du weißt, wo deine Interessen liegen.»

Dann poltert es ganz fürchterlich. Chris kommt wohl gerade noch heil aus der Wohnung, denn als Franz-Joseph ins Zimmer zurückkehrt, sieht er ein wenig enttäuscht aus. Mein Mitbewohner kann zum Tier werden, wer hätte das gedacht? In den letzten Minuten hat er mich an meinen Vater erinnert. Bloß daß der nicht soviel geredet hätte, sondern gleich zur Sache gekommen wäre. Die Kater in meiner Nachbarschaft sahen alle unheimlich verbeult aus. Mein Vater mit seinem zerrissenen Ohr ging ja noch. Da gab es einen, der hinkte, hinten rechts. Ein anderer hatte nur ein Auge, das sah grauslich aus. Und blutige Nasen hatten alle Kater zwischendurch immer wieder neu. Ich habe noch nie gesehen, wie sich ein Menschenmann mit einem anderen Männchen prügelt. Franz-Joseph hätte bestimmt gewonnen, zur Not hätte ich ihm geholfen. Wir Revierbewohner müssen zusammenhalten.

«Na, wie war ich?» fragt er. Ute lächelt anerkennend.

«Ganz schön schon für dein Alter.»

Franz-Joseph lächelt selbstgefällig:

«Ich laß mir viel bieten. Aber wenn eine bestimmte Grenze überschritten ist, werde ich zum Tier.»

Witzige Vorstellung: Franz-Joseph mit einem Fell wie ich, auf allen vieren und dann großes Wettfressen, wer das Leckertöpfchen als erster weggemampft hat. Ich gehe zwei bis vier Gramm Wild mümmeln. Immerhin haben sie neues Wasser hingestellt. Deshalb schmeckt das Wild immer noch nach Wild.

Während ich am Putzen bin, macht jemand die Schlafzimmertür zu. Ich trabe zügig nach vorne, aber ich kriege sie nicht dazu, die verdammte Tür noch einmal aufzumachen. Statt dessen paaren sie sich drinnen heftig. Als ob ich dabei stören würde. Ich würde mich höchstens wieder darüber wundern, daß sie so lange brauchen. Aus meiner Heimat sind mir zackigere Geschwindigkeiten in Erinnerung. Eins ist heute aber anders. Sonst ist Ute die lautere. Von Franz-Joseph hört man nichts. Am Anfang dachte ich, Franz-Joseph sei gar nicht im Raum und ging ihn suchen. Doch ich fand ihn nie. Heute läßt auch Franz-Joseph von sich hören. Den beiden geht's gut, für mich war es ein überdurchschnittlicher Tag (Minze wiegt Wild auf). Nur Benny jammert hinten herum. Weil die beiden hinter der Tür herumjuchzen, sehe ich nach dem Kind. Benny schläft, aber sehr unruhig. Vielleicht träumt er von Tischen, die ihn verfolgen.

Schnell wieder nach vorne, Franz-Joseph fehlt was! Er schreit ganz entsetzlich, solche Töne erzeugt ein Aufrechter doch nicht aus lauter Lebensfreude. Oder? Im Geiste spüre ich wieder meine arme Pfote in der Tür des Küchenschranks. Im Schlafzimmer ist es still (mucksmäuschenstill). Ein schwarzer Tag für meine Mitbewohner. Einer nach dem anderen verletzt sich. Jetzt ist noch Ute dran, dann bin ich die letzte, die intakt ist. Verlockende Vorstellung. Zuerst werde ich die Balkontür aus der Wand reißen lassen – und wenn ich einen Haufen Boxer kommen lasse. Denn wenn die Kerle sonst nichts sind: stark sind sie (Muskeln statt Köpfchen). Benny kriegt vorläufig Stubenarrest. Morgens und abends darf er raus, um zu strullen und einen Teller voll zu essen. Wenn er sich gut benimmt, darf er zwischendurch auf den Balkon, damit er frische Luft bekommt und nicht so käsig aussieht.

Plötzlich Alarm in meinem Kopf! Wenn Ute und Franz-Joseph so krank sind, daß sie nicht laufen können, können sie auch nicht einkaufen! Ich muß sofort die Vorräte kontrollieren. Hat nicht gestern oder vorgestern jemand gesagt, daß dringend neues Katzenfutter besorgt werden muß? Mein Magen zieht sich vor Schreck auf die Größe einer Murmel zusammen. Jetzt weiß ich, wie sich die Katzen in Äthiopien fühlen müssen (von denen hört und sieht man weit und breit nichts. Wo bleiben unsere Tierschutzvereine?). Verstört pilgere ich den Flur rauf und runter. Womit soll ich die flachliegenden Aufrechten ernähren? Die haben einen empfindlichen Magen, die können doch nichts ab. Die paar Marienkäfer werden knapp für mich allein reichen (der Anführer muß unbedingt satt werden, sonst tritt die Katastrophe gleich am Anfang ein). Und wer macht die Dosen auf? Das kommt davon, weil ich mich um die banalen und doch so lebenswichtigen Tätigkeiten des Alltags nie gekümmert habe. Einziger Trost in dunkler Zeit: Ich weiß, wie ich die Wild-Dosen auf elegante Weise loswerde. Die verfüttere ich als erstes an die Kranken. Und ein Arzt muß her. Wie alarmiere ich als Katze einen Arzt? Die meisten Menschen sind doch blind (wie neugeborene Katzen), wenn es darum geht, die Körpersprache einer Katze zu begreifen. Die kriegen es fertig und denken, daß *mir* etwas fehlt. Und das ist das Schlimmste überhaupt: ein Viehdoktor, der sucht und nicht findet. Der sucht so lange, bis er etwas gefunden hat. Am Ende liege ich auch flach, und dann kann keiner mehr Hilfe bringen.

Plötzlich ist mir alles klar: Das Ganze ist kein Revier und auch keine Wohnung, wie die Aufrechten es so harmlos nennen. Das Ganze ist eine riesige Falle. Sie wollten verhindern, daß ich Kontakt mit der Außenwelt aufnehme, und das haben sie erreicht. Wie kriegt man diese verdammten Fenster auf? Und wenn ich eins aufbekommen habe, was dann? Mich runterstürzen und hoffen, daß ein Aufrechter vorbeikommt, bevor ich meine Lungen bis zum Beginn meines nächsten Katzenlebens zusammenfalte? Plötzlich stelle ich fest, daß die Natur, die mich ansonsten so opulent mit Vorteilen ausgestattet hat, im Bereich meiner stimmlichen Lautstärke sehr zurückhaltend war. Ich kann schnurren, maunzen, miauen, piepsen; und wenn's mir wehtut, kann ich schreien, daß die Tapeten von den Wänden fallen. Aber der Schrei reicht nicht bis auf die Straße hinunter.

Halt, Veronika ist noch zum Verfüttern da! Alles klar, die kriegen auch die Aufrechten. Benny will ich das nicht zumuten, schließlich hat er lange mit dem Glotztier zusammengelebt. Veronikas Wasser! Ich kriege doch nie im Leben einen Wasserhahn herumgedreht. Da sind Flöhe drin und Dreck und Scheiße... «Hallo Nelchen. Dem Voyeur ist nichts zu schwör», sagt Franz-Joseph lachend und schlenkert auf seine Toilette.

Verdattert sitze ich vor der geöffneten Schlafzimmertür. Ute liegt im Bett, betrachtet hingebungsvoll die Haare auf Franz-Josephs Kopfkissen, rollt eins zwischen den Fingern hin und her. Vielleicht sammelt sie die heimlich und zeigt sie ihm in einigen Jahren, wenn er sich nicht mehr erinnern kann, wie er mit Haaren ausgesehen hat. Also offensichtlich keine Krankheit! Ich kann mich entspannen. Junge Junge, oft halte ich solche Nervenbelastungen nicht aus. Franz-Joseph läßt den Wasserfall im Klo los und schlenkert an mir vorbei zurück ins Bett. Gelegenheit, die Lage unter dem Bett zu peilen. Oben säuseln die Aufrechten miteinander herum, unten spiele ich Fangen mit einer Wollmaus. «Nele, mach deinen Abgang», rät mir Franz-Joseph. Ich nehme den Ratschlag an. In der Tür drehe ich mich noch einmal um, aber sie beachten mich nicht.

An dem Tag, an dem Benny – vor dem Spiegel stehend – das erste Mal nicht mehr herumquakt: «Ich habe ein Horn. Ich sehe aus wie eine Kuh», an diesem Tag klingelt in der Mitte des Tages das Telefon, Franz-Joseph ist dran.

«Ist etwas passiert?» fragt Ute erstaunt. Das ist die Herzlichkeit der routinierten Ehepaare.

«Ach nee», sagt Ute als nächstes.

Es hört sich nicht bedrohlich an, ich kringele mich zusammen und nehme eine Handvoll Schlaf. Nach dem Telefongespräch hat sich Utes Laune nicht verbessert. Das merke ich daran, daß sie mich nicht beachtet. Es ist dann nicht so, daß sie mich tritt oder Bücher nach mir wirft. Sie hat so einen leichten Chris-Appeal: Starrer Blick mitten durch mich hindurch. In solchen Stunden ist es günstig, sich nicht aufzudrängen und ihnen die Zeit zu geben, die sie brauchen. Benny, der sich wieder nach draußen traut, wird heftiger abgefertigt als sonst.

Dann stehen wieder mal zwei Frauen vor der Wohnungstür. Sie verkaufen keine Ansichtskarten oder Putzlappen, sondern das ewige Leben. Ute kauft es ihnen aber nicht ab und regt sich lautstark auf. Dabei sind es nette alte Frauen, die einen Blick haben, als wenn sie Katzen mögen könnten. Ute läßt sie nicht in die Wohnung. Danach bearbeitet sie ihre Nähmaschine, wechselt bald zur Schreibmaschine. Weil sie anschließend die Geschirrspülmaschine anwirft, schließe ich messerscharf, daß sie die gesamte Technik der Wohnung durchtestet. Morgen sind wahrscheinlich die Lebewesen dran: ich und Benny und Franz-Joseph. Als die Sonne durch die Wolkensuppe linst, stellt Ute sofort einen Stuhl auf den Balkon. Doch nebenan sitzt schon Frau Wery, und Ute kommt gleich wieder rein. Wahrscheinlich wohnt Frau Wery auf dem Balkon, um die Wohnung nicht zu verstauben.

Dann kommt Franz-Joseph. Wir rennen alle zur Tür, um ihn zu begrüßen. Da kann er stolz drauf sein. Meistens kümmert sich kein Schwanz um ihn, wenn er zurückkehrt. Er steht dann immer einsam im Flur und klimpert mit den Schlüsseln, weil er keine Glocke dabeihat, mit der er die Kunde seiner Rückkehr in die hintersten Winkel und höchsten Regale des Reviers läuten könnte. Benny reibt seine Stirn an Vaters Knie, ich schubbere mich an seinem Schienbein, und Ute sagt:

«Damit das klar ist: Ich bin dagegen, daß du nach Baden-
Baden fährst.»

So, damit haben ich und Benny Pause. Wir werden «spielen» geschickt wie zwei Kinder, was in meinem Fall lachhaft
ist. Ich spiele nicht, ich gehe seriösen Beschäftigungen nach. In
kongenialem Zusammenspiel mit meinem Darmtrakt sorge
ich beispielsweise für einen sympathisch lebensnahen Geruch
im hinteren Trakt der Wohnung, den Franz-Joseph durch heftiges Aufreißen sämtlicher Fenster in alle Winde verweht.

Oha, eine Fliege! Eine gewöhnliche Stubenfliege. Zwischen
den Heerscharen von Marienkäfern wirkt der Brummer wie
ein Paradiesvogel. Na warte, wir werden einschneidend in
deine hektischen Flugbahnen eingreifen. Erst mache ich sie
durch Blicke mürbe. Die Fliege konzentriert sich darauf, die
Fensterscheibe im Gästezimmer rauf und runter zu brummen.
Ich sitze an der Scheibe, nicht zu dicht, nicht zu weit, warte,
warte noch ein Weilchen. Sprung – verdammt. Sprung – ha!
Wenn du keine Fliege wärst, sondern ein Boxer, würdest du
jetzt ausgezählt werden. Schade, daß mir kein Aufrechter zusieht. Sie geraten so nett in Verzückung. Die Fliege blufft, tut
so, als wenn sie ganz cool weiterbrummen würde. Aber ihr
zittern die Flügel vor Angst. Ich kann warten, sie muß auch
mal wieder von der Zimmerdecke runterkommen. Vorne
knallt eine Tür, kann ich mich jetzt nicht drum kümmern. Hier
geht es um wichtigeres: der Brummer oder ich. Flatternde
Hektik gegen überlegene Jagdstrategie. Instinkt gegen Intelli-
genz. Gegen lahmarschige Marienkäfer sind Fliegen die rein-
sten Jets. Das macht den Kampf schöner. Marienkäfer fordern
mich doch gar nicht. Die fange ich «mit der Mütze weg», wie
Franz-Joseph es einmal in anderen Zusammenhängen genannt
hat. Da! Sie verliert Höhe, noch ein bißchen, noch ein bißchen,
Sprung – ich hab sie! – Ich hab sie leider nicht. Komm runter
und stell dich, auch wenn der Kampf höchstens Hundertstelse-
kunden dauern wird.

Weg! Die Fliege ist weg! Jetzt ganz ruhig bleiben, systematisch vorgehen. Den Raum in Planquadrate einteilen und

Stück für Stück absuchen. Das zeichnet uns Katzen aus, unsere überlegene Beute-mach-Technik. Wie sagt Ute es so treffend?

«Du sollst mir nicht immer hinterhältig auflauern, du Mistvieh.»

Das kriege ich zu hören, wenn sie in ein Zimmer poltert und ich ihr mit einer eleganten Finte von hinter dem Sofa oder von unter dem Tisch in die Kniekehle springe. Natürlich zart, denn es ist ja nur ein Spiel. Was hätte ich davon, wenn ich Utes Wade erlege? Für eine Woche Lebensmittel, zugegeben, aber wer wird den Aufrechten anfressen, solange er ihm als Dauerdosenöffner von größerem Nutzen ist, zumindest langfristig? «Hinterhältig» – auch so ein Begriff aus der menschlichen Trickkiste. Wenn Ute sich hinterm Sofa verstecken würde, um Franz-Joseph ein Bein zu stellen, das wäre hinterhältig. Wenn ich das gleiche mache, ist es nur natürlich. Ich bin gestraft genug, fernab meiner eigentlichen Bestimmung (= unter freiem Himmel) leben zu müssen. Ich klage nicht, aber irgendwann muß ich auch zwischen den Tapeten meine Instinkte ausleben. Ich kann sie mir nicht durch die Rippen schwitzen. Für diese Dressurakte haben sie Benny. Bei dem klappt das gut, der funktioniert von Jahr zu Jahr besser.

Da ist die Fliege wieder! Warten macht sich bezahlt. Sie sieht erholt aus, gut für mich. Ich erlege am liebsten kräftige Gegner, keine Invaliden. Uuuund Sprung, zack, noch mal zack, blitzschnell hintereinander, Pfote drauf und aufgefressen. So. Das war das.

Lässig stolziere ich durch den Flur. Was für eine Tür vorhin auch immer geknallt hat, jetzt stehen alle offen. Benny liegt auf Franz-Josephs Schoß und ist so gut wie eingeschlafen. Der Vater hält den Nachkommen fest, damit er nicht runterfällt und sich wieder was blutig haut. Wie es Bennys Art ist, läßt er kurz vorm Einschlafen das kleine Kind raus und steckt den Daumen der rechten Hand in den Mund. Franz-Joseph zieht ihm den Gnubbel regelmäßig wieder raus, woraufhin Benny ihn wieder rein-, Franz-Joseph ihn raustut und so weiter. Keiner verliert ein Wort darüber. Ute trinkt diese klebrige Brühe, die sie sich unter dem Stichwort Sherry bisweilen gerne reinbechert.

«Ich möchte noch einmal betonen, daß dein Mann sich nicht mit Haut und Haaren verkauft. Ich will mich erst mal nur vorstellen, meinen Startvorteil nutzen.»

«Dann schreib ihnen einen Brief.»

«Schreiben kann ich viel. Aber der persönliche Kontakt ist durch nichts zu ersetzen.»

Sie lächeln sich breit an. Jetzt denken sie garantiert an etwas, worauf ich nicht auf Anhieb komme.

«Du hast in der letzten Zeit auch nichts mehr gegen Baden-Baden gesagt.»

Das schon wieder.

«Und daraus hast du messerscharf geschlossen, daß ich einverstanden bin.»

«Jedenfalls nicht kategorisch abgeneigt. Ist es nicht so?»

«Nein, so ist es nicht. Und deshalb finde ich deine Taktik auch nicht besonders fein.»

«Welche Taktik?»

«Ich mag es nicht, wenn man mich vor vollendete Tatsachen stellt.»

«Wer mag das schon?»

«Und ich mache das Spiel auch nicht mit.»

«Ute, ich fahre morgen auf jeden Fall.»

«Fahr vorsichtig.»

«Du weißt, daß ich mit dem Zug fahre.»

«Holt Christel dich vom Bahnhof ab?»

«Das schon wieder.»

«Holt sie dich ab?»

«Wir haben nichts in dieser Richtung abgemacht.»

«In welcher Richtung habt ihr denn was abgemacht? Oder möchtest du darüber nicht reden?»

«Mein Gott, ja, wenn ich schon mal unten bin. Es wäre doch unnatürlich, wenn man sich da nicht treffen würde. Vielleicht gehen wir zusammen essen.»

«Vielleicht oder sicher?»

«Wir haben noch keinen Termin abgemacht.»

«Und hinterher? Täßchen Kaffee in ihrer Wohnung?»

Franz-Joseph zieht zum zwanzigstenmal Bennys Daumen aus dem Schlund. Diesmal haut er ein bißchen drauf.

«Schlag nicht das Kind, wenn du aggressiv bist.»

Also nee, das muß ich nicht haben. Ich gehe nach hinten und überdenke noch einmal in Ruhe den Verlauf der Fliegenfangaktion. Es will mir von Mal zu Mal weniger gelingen, einen Fehler zu entdecken. Franz-Joseph behauptet ja auch, daß seine Arbeit im Radio perfekt sei; Ute hat an ihren Pullovern ebenfalls nichts auszusetzen. Benny zählt nicht, denn Benny kann überhaupt nichts richtig (das erste, was er jemals perfekt beherrschen wird, ist, Katzen auf die Nerven zu gehen). Die Vögel drüben auf dem Dach und ein offenes Fenster – dafür würde ich jede Fliege sitzenlassen. Wie ein Donnerwetter werde ich über sie kommen. Dann wird sich zeigen, daß meine jagdlichen Fähigkeiten die Isolation in der turmhohen Wohnung ohne Schaden überdauert haben. Oder bin ich vielleicht längst ein Krüppel, als Katze ein glatter Ausfall, und ich weiß es nur noch nicht? Ich wüßte nicht, wie ich mit diesem Wissen weiterleben soll. Eine Katze ohne Jagdinstinkt ist wie... wie ein Haus ohne Fundament. Der Vergleich könnte von Franz-Joseph stammen. Meine Mitbewohner sickern langsam in mich ein wie die Kälte im Winter, wenn sie nachts die Heizung ausschalten und die Wärme durch die Wände nach draußen zieht. Natürlich könnte ich in meinem Fall auch einen Diebstahl der Heizung überstehen, leichter jedenfalls als meine Mitbewohner. Einmal im Jahr schnappt sich übrigens einer ein Bein von mir und gibt kund: «Nele hat eiskalte Füße.» Dabei schließen sie von einem Bein auf alle anderen. Noch nie hat sich einer die Mühe gemacht, auch meine Mitbeine zu untersuchen.

Überhaupt diese Antatscherei. Ich kann es gut leiden (vielleicht ist das schon klar geworden), wenn man mich streichelt. Einzige Voraussetzung: der Streichler muß sein Handwerk beherrschen. Also die Bahnen lang durchziehen und nicht in kribbelige Hektik verfallen. Auch wenn mir jemand eine Hand aufs Fell legt und sie dort untätig liegen läßt, akzeptiere ich das als zwar etwas schräge, doch eben menschliche Handlungsweise. Aber Antatscherei kann ich nicht leiden! Schlimmste Beispiele: meine Ohren umkrempeln, gegen den Strich durchs Fell pflügen, Finger oder Hand auf meine Nase legen. Gesetzt den Fall, Ute latscht durch den Flur, hinter der Tür lauert ihr einer auf und piekt ihr mit dem Finger auf die Nase. Dieser jemand wäre anschließend fällig für den Notarzt. Was du nicht willst, daß man dir tu, das füg auch nicht der Nele zu. Dabei bilden sie sich Wunder was auf ihre Katzenkenntnis ein.

«Guck mal, Nele guckt unergründlich. Ihre Augen haben wieder diese Tiefe», sagt Ute seufzend. In neuneinhalb von zehn Fällen begegnen sie uns mit einer Ignoranz sondergleichen, sind sie blind für alle Regungen und Signale, die wir aussenden. Doch wenn sie plötzlich auf den Trichter mit der Tiefgründigkeit kommen, dann hat jeder Furz seine tiefe Bedeutung. Mein Blick ist seelenvoll, mein Gähnen selbstvergessen, mein Putzen Ausdruck eines ungebrochenen Körpergefühls. Wenn ich sauer bin und ihnen einen Haufen vorsetze, bei dem sie sonst halb ohnmächtig werden, ist selbst die Scheiße köstlich: «Solch eine Verdauung möchte ich haben.»

Wenn uns etwas von den Aufrechten unterscheidet, dann die Ausgeglichenheit. Ich bin ein Stein in der Brandung (bildlich gesprochen, denn körperlich gesehen bin ich ja schlank). Die Aufrechten sind ein Blatt im Wind. Sie sind auch so anfällig für Viren, Ärger, Bakterien und Benny. Heute so und morgen anders. Ute und Franz-Joseph hauen sich, lieben sich – alles immer mit todernstem Gesicht. Was sie machen, machen sie richtig, auch das Falsche. Sie haben zwei Hände und zwei Füße, damit können sie sich gegenseitig streicheln, bis es ihnen aus den Ohren rauskommt. Warum müssen sie immer uns dazwischenschalten? Mir muß irgendwas im Magen liegen, diese Nörgelsucht kenne ich sonst gar nicht an mir. Mir wird auch gerade so komisch im Magen, was ist das für ein krummes Gefühl? Das war ja noch nie da, ob ich…? Und dann sprudelt es mir aus dem Magen hoch! Als wenn mir einer die Speiseröhre umkrempelt, aber vorher gießt er Gift und Galle rein. Ich presse meine Kiefer aufeinander, ich will sie nie mehr im Leben aufmachen. Soll das da unten doch pumpern und drücken und nach oben stoßen. Ich brauche meine Nase gar nicht anzufassen, ich spüre, daß sie knochentrocken ist. Und heiß. Überall ist mir heiß. Ich habe Durst, ich würde jetzt sogar aus Veronikas Dreckbassin trinken, nur trinken, trinken. Und dann kommt es endgültig von unten hoch: Ich reihere den altrosa Teppichboden voll. Meine Augen tränen, Brausen in den Ohren. So muß es sein, wenn es zu Ende geht. Aber es soll nicht zu Ende gehen. Was weiß ich, ob die Rederei von den sieben Katzenleben nicht ein gigantischer Schwindel ist? Einmal tot, immer tot? Nein danke.

«O mein Gott, Franzi! Nele kotzt!»

Danke, Ute, ich hätte das in dieser präzisen Kürze wahrscheinlich nicht rausgebracht. Ute steht mir bei. Eigentlich hockt sie sich nur neben mich und faßt meine Wirbelsäule an. Mein Körper schwankt, drückt immer noch ein Stückchen raus. Wo kommt das bloß alles her? Soviel habe ich in Wochen nicht gefressen. Ich muß das Zeug nur angucken, dann wird mir noch schlechter.

«Franz, so tu doch was! Sie ist krank. Sie quält sich.»

Ute sammelt Pluspunkt um Pluspunkt gegenüber ihrem Mann. Der bleibt stur auf dem Sofa liegen, kümmert sich einen Dreck um mich.

«Was wird's schon sein? Überfressen hat sie sich. Du stellst ihr das Zeug auch immer viel zu schnell hin. Wenn das aus dem Kühlschrank kommt, muß es erst warm werden. Das weißt du doch.»

Danke, Franz-Joseph, vielen Dank. Da hinten theoretisch den Larry raushängen lassen, und mich hier vorne eingehen lassen. Überschrift: Wir lieben unsere Katze. Ich fühl mich ja so schlecht. Wenn's nicht so widerlich wäre, würde ich mich neben den Haufen legen und verschnaufen.

«Arme, arme Nele», sagt Ute und streichelt mir über den Kopf.

Franz-Joseph, der Katzenschlächter, bequemt sich aus der Waagerechten:

«Mal sehen, ob man was sieht.»

Wie beruhigend, er will nach mir sehen. Da hockt diese Masse Mensch vor mir und guckt sich – den Haufen an. Vielleicht verwechselt er uns. Was weiß ich, wie ich gerade aussehe?

«Na?» kommt es zaghaft von Ute.

Franz-Joseph studiert den Glibber.

«Ich sehe nichts.»

Was will er denn sehen? Einen Zettel, auf dem draufsteht, was ich habe? Mir fällt die Fliege ein. War das keine Fliege, sondern ein Köder? War das ein getarnter Angriff der Marienkäfer, die mich aus dem Verkehr ziehen wollten?

«Was hat sie denn heute alles gefressen?» will Franz-Joseph wissen.

«Na, aus der Dose. Herz.»

Herz liegt auf der Hitparade meiner Dosenfavoriten im Mittelfeld. Bei Herz brennt nichts an. Herz gibt eine Ahnung davon, was es sonst noch geben könnte. Herz macht Appetit auf mehr und deckt vor allem die Erinnerung an Wild zu.

«Dann hat sie zwischendurch was gefunden», behauptet Franz-Joseph.

Schön wär's.

«Franzi, wir müssen was tun. Sie sitzt ganz apathisch da.»

«Quatsch, die ist einfach groggy. Du weißt doch, wie du dich fühlst, wenn du deinen Sherry rausreiherst.» Wenn er darauf verzichten würde, das Wort «reihern» auszusprechen, würde es meinen Genesungsprozeß wesentlich beschleunigen.

Ich weiß zuverlässig, daß ich nichts außerhalb der Reihe gefressen habe. In dieser Wohnung liegt ja so gut wie nie etwas herum. Höchstens mal schäbige Reste bei Benny: Knäckebrot, Zwieback, Kaugummi, Süßzeug. Könnte es nervlich sein? Aber ich habe doch gar keine Nerven mehr. Anders hätte ich es nicht bis heute hier ausgehalten. Ob mich das Gestreite der Aufrechten hinterrücks stärker belastet als mir bewußt ist? Kann es sein, daß ich eine Lebenskrise durchleide? Irgendwann zieht jede Katze eine Zwischenbilanz. Was habe ich erreicht, was kann noch kommen? Wie lebst du eigentlich? Was mußt du dir bieten lassen? Lassen sie dir deine Würde oder machen sie dich ein? Terrorisieren sie dich systematisch mit Wild oder bieten sie dir auch Lichtblicke für Magen und Seele?

«Du meinst wirklich, sie hat nichts?» fragt Ute.

Ich habe in meinem Leben nur zweimal gekotzt: einmal, als sie mir rohes Fleisch gaben; und dann nach der Operation, dieser mysteriösen Operation, die ich im Verdacht habe, daß sie für vieles bei mir verantwortlich ist, was mir naivem Wesen «natürlich» vorkommt. Die Aufrechten wollten ja nicht einfach eine bildschöne Katze haben, sie wollten auch über die Funktionsweise dieser anmutigen Wesen Bescheid wissen. Sie schleppten zahlreiche Bücher ins Haus. Die Bücher behaupteten, daß Katzen alle paar Wochen das Zeug, das nicht den Weg zum Arschloch findet, oben rauswürgen würden. Als Vorbereitung zu diesem Akt würden Katzen Grünzeug fressen. Nun fraß ich damals bisweilen Grünzeug. Ich begriff nur nicht, warum mich die Aufrechten dabei so diskret beobachteten. Ich würgte nicht. Wozu auch? Nur weil es in den Büchern stand? Bei mir kommt alles, was ich reinmampfe, nach der Tournee durch die Därme am anderen Ende ordnungsgemäß wieder heraus – mal braun, mal schwarz, mal mehr, mal weniger, hart, mittelhart, weich, manchmal auch als satter Klacks. Jedenfalls: es kommt. Die Aufrechten brauchten lange, um mir diesen Verstoß gegen ihr Halbwissen zu verzeihen. Sie hätten lieber die neunmalklugen Bücher umtauschen sollen. Besser noch: Sie hätten das Geld zurückverlangen und mir dafür ein paar Dosen kaufen sollen. Halbbildung verdirbt den Menschen und belastet die Katze. Gerade will ich mich ein wenig entspannen, da landet Franz-Joseph einen üblen Tiefschlag:

«Wir geben ihr morgen früh nichts. Der Magen braucht Zeit, um sich zu erholen.»

Hungertod! gellt es durch mein Hirn. Sie wollen mich ausrotten, mit Stumpf und Stiel. Geht es mir nicht schon schlecht genug? Warum diese Strafverschärfung? Muß ich erst am Boden liegen, die Zunge aus dem Hals, bevor sie mich an ihren Busen drücken und mich mühsam aufpäppeln? Durch die stundenlange Hungerkur können lebenswichtige Organe geschädigt sein. Bis die mir wieder was geben, hat mein Magen längst vergessen, wozu er da ist. Ich sehe das Ende unmittelbar vor mir.

«Und auf keinen Fall Sahne oder Milch», befiehlt Franz-Joseph. Nicht nur, daß sie mir nichts geben. Sie stellen auch noch eine Liste der Sachen auf, die sie mir garantiert nicht geben. Was für ein Tag. Ute will mich auf den Arm nehmen. Meine Därme pfeifen, ich muß in schneller Folge schlucken.

«Paß auf», ruft Franz-Joseph, «da kommt noch eine Ladung.»

«Äääh!» ruft Ute und läßt mich fallen.

Ehrlich gesagt: Sie schmettert mich zu Boden.

Ich wache am folgenden Morgen auf, also lebe ich noch. Man wird bescheiden als Katze. Ich richte alle Sinne auf mein Innenleben. Verdächtig ruhig. Vielleicht ist längst alles abgestorben, und ich renne nur noch als Hülle herum. Der erste Windstoß wird mich umwerfen. Oder Benny.

«Arme Nele. Geht es dir ganz, ganz schlecht?» fragt er mit einer Stimme, die wahrscheinlich vertrauenerweckend auf mich wirken soll.

Box mir bloß nicht in den Bauch oder du kannst dir hinterher eine neue Hose anziehen. Ich fühle mich sehr wacklig auf sämtlichen Beinen. Hätte ich lumpige zwei wie die Aufrechten, würde ich noch mehr schwanken. Eine Vergiftung, kein Zweifel! Vielleicht hat sich Chris heimlich in die Wohnung geschlichen und ein Zeug versprüht, das mich um die Ecke bringen soll. Oder er hat Frau Wery vorgeschickt. Sie war doch gestern hier, um sich wegen irgendwas mit den Eigentumswohnungen zu erkundigen. Außerdem hat sie Benny gelobt, weil er in den letzten Tagen so ruhig war. Das lag hauptsächlich daran, daß Benny in den letzten Tagen gar nicht auf dem Hof war.

Was auch immer, eine reichliche Mahlzeit, und ich könnte der Welt gestärkt ins Auge sehen. Der Napf ist leer, Schlamperei. Ute und Franz-Joseph sitzen am Küchentisch und tun so, als ob sie für immer Abschied nehmen. Dabei will er bloß nach Baden-Baden. Das kümmert mich wenig. Ich habe Hunger.

«Nee, nee, Katze. Heute Morgen Nulldiät. Dein Magen muß sich erst einrenken. Heute abend sprechen wir uns wieder. Das heißt ihr», begrüßt mich Franz-Joseph.

«Allerdings ich», stimmt ihm Ute bei, «denn dein Herrchen kriegt ja heute abend von Christel seinen silbernen Napf aufs Tischchen gestellt. Hoffentlich wechselt sie regelmäßig seine Streu.»

Ich schleppe mich nach draußen. Ein herber Schlag. Meistens vergessen sie ja, was sie am Tag vorher von sich gegeben haben. Ich stehe vor dem leeren Napf und kann es nicht glauben. Leer bis heute abend. Wann ist denn heute abend? Das ist doch auf keinem Kalender verzeichnet, so weit weg ist das. Ich muß hier raus, ich werde mich schon irgendwie durchschlagen. Oder ich muß in die Küche, jede Gelegenheit nutzen, die Tür nicht aus dem Auge lassen. Ich könnte versuchen, doch einmal im Leben diesen verdammten Türdrücker zu drücken. Nie war er so wertvoll wie heute. Ich will mir ja gar nicht die Plauze vollschlagen, nur einen Happen, einen Snack. Ute, wenn sie ihre Abmagerungskuren macht, nennt es «Zwischenmahlzeit». Ich habe noch nie einen Menschen dermaßen viele Zwischenmahlzeiten einwerfen sehen.

Sie nehmen wirklich ununterbrochen Abschied. Jetzt, wo Franz-Joseph mit seiner Reisetasche im Flur steht, will Ute ihn gar nicht loslassen. Es sieht so aus, als ob sie an ihm in die Höhe klettern will. Das habe ich auch versucht: einmal. Ich war damals noch jünger (Franz-Joseph auch). Es war nichts anderes als heitere, ungestüme Lebensfreude. Ich kam von rechts, er kam von links, und weil ich mich gerade so fühlte und weil ich ihn gerade so gern mochte, nahm ich Schwung, sprang ab und krabbelte behende an seinem Hosenbein bis zum Gürtel und noch ein Stück Hemd hinauf. Dann schrie Franz-Joseph, und ich sprang ab. Er mußte sich hinsetzen, so schockiert war er. Dann nahm er sich seine kleine Katze zur Brust. Während ich mein Gebiß an seinem Daumennagel wetzte, hielt er einen Vortrag, in dem er mir verbot, in den nächsten 10 Jahren jemals wieder an seiner Hose hochzuklettern.

«Nun muß ich aber wirklich», sagt Franz-Joseph, nachdem er hinter Utes Rücken heimlich auf seine Uhr geguckt hat. Das könnte er bei mir nicht machen, ich habe meine Augen überall. Ute öffnet ihm sogar die Tür. Als ich um die Ecke gucke, steht sie an der Treppe und will sich durchs Treppenhaus nach unten stürzen. Dann überlegt sie es sich noch einmal und winkt nur. Ich nutze die Gelegenheit und betrete den Flur, jedenfalls mit drei Beinen. Eins lasse ich im Flur für den Fall, daß die Tür zuschlagen will. So, wenn ich wollte, könnte ich jetzt Franz-Joseph folgen. Er sucht in Baden-Baden ein Haus aus und ich einen passenden Garten. Die Aufrechten denken doch garantiert nicht daran, die Lage auf dem Marienkäfersektor zu peilen. Haben die Menschen in Baden-Baden schon den Dosenöffner erfunden? Vielleicht sind sie ja entsetzlich zurückgeblieben. Dann klingelt ein höchst erfreulicher Gedanke durch mein Gemüt: Vielleicht sind sie das Gegenteil von zurückgeblieben. Vielleicht haben sie längst erkannt, daß Wild eine Zumutung für Katzen ist. Meinetwegen brauchen sie es erst einen Tag vor meiner Ankunft zu entdecken.

«Komm, du Invalide», sagt Ute und schiebt mich mit dem Fuß zurück ins Revier.

Sie meint es gut und treibt neckische Späßchen mit dem grellgrünen Ball. Aber heute muß sie selbst danach laufen. Ich habe genug mit dem Überleben zu tun, falle bald vor Erschöpfung aufs Polster und kriege Utes Kalbereien nur am Rande mit. Als sie allerdings den Staubsauger in Stellung bringt, bin ich wieder voll da. Eine merkwürdige Maschine. Ich habe keine Angst vor ihr, aber ich würde sie stehenlassen, wenn ich mir aussuchen dürfte, was ich auf eine einsame Insel mitnehmen will (1. eine Dosenfutterherstellfabrik, 2. einen vollautomatischen Dosenöffner, 3. einen Napf). Allein schon das Geräusch von dem Ding. Eigentlich ist es nicht unsympathisch, satte, brummige Frequenzen. Das finden wir Katzen ja angenehmer, als wenn eine Frau kreischt oder Franz-Joseph lacht. Aber das Brummen kommt nicht aus der Maschine selbst. Es kommt aus dieser sogenannten Steckdose, und das ist ein Thema, bei dem ich mich gern einrolle und weiterschlafe. Liane hat mal von einer Frau erzählt, die mit einer Katze zusammenlebt. Diese Frau, sagt Liane, hält ihre Katze am Schwanz in die Höhe und saugt sie dann ab. Ich weiß nicht, warum solche Menschen sich Katzen halten dürfen. Sollen sie doch im Schlachthof arbeiten.

Schlafen, schlafen, entspannen, alles hinter sich lassen, tief eintauchen, weich, weit weg, die Geräusche der Welt werden dumpfer Brei, summen mir zu: Alles klar, Nele, wir können auf dich verzichten. Wenn's nur nicht zu lange dauert.

Es dauert so lange, bis Benny und Ute aus dem Kinderladen zurückkommen. Sie streiten sich, weil Benny irgendwas haben wollte und Ute es ihm nicht gekauft hat. Das passiert jeden zweiten Tag. Was allerdings nur jeden tausendsten Tag passiert, ist das Geräusch des Napfs am hellichten Tag. Manchmal tritt Benny dagegen – ein mieser Trick, wie ich nach einigen frustrierenden Sprints kapiert habe. Ute steht in der Küche und – es kann nicht sein – gießt Milch in den Napf. Zwar nur zehn Tropfen, aber das ist doch mal was. Freudestrahlend gehen wir beide zum regulären Standort des Napfs.

«Da.»

Sie hat vier Brekkies in die 10 Tropfen Milch gelegt und bietet mir das ganze jetzt an als – ja, als was? Hoffentlich nicht als vollwertige Mahlzeit. Sagen wir mal: zweites Frühstück. Es gibt ein charakteristisches Geräusch, wenn ein Katzenmagen «Danke» sagt. Leider sind Menschenohren dafür viel zu klobig. Sie haben ja mit allem Probleme, was leiser ist als ein Böllerschuß. Ute sieht mir beim Fressen zu. Dabei muß sie sich nicht die Beine in den Bauch stehen. In Null Komma nichts ist der Napf bereit, das Abendessen aufzunehmen. Oder ein drittes Frühstück. Aber ich will nicht unbescheiden sein. Ute ist immerhin über ihren Schatten gesprungen. Und zwei Sprünge an einem Tag – sie wäre reif für eine Erholungskur. Ute schont sich heute auch sonst nicht. Wenn das Telefon klingelt, sprintet sie mit ungeheurer Eile an die Lärmquelle. Franz-Joseph läßt sich Zeit. Aber dann:

«Na? – Oh, geht so, Nele frißt wieder. Nun erzähl doch mal.»

Ich bin ihr also nur einen gammligen, hastigen Satz wert.

«War die Fahrt schön? – Aha. – Was, und heute keine Gespräche mehr? Das war aber doch abgemacht. – Na, toll.»

Heißa, sie ist sauer. Bieten wir ihr doch ein weiches Fell an, an dem sie sich abreagieren kann. Zack, kriege ich diesen Plastikhörer auf den Hals gepreßt. «Hörst du was? Das ist deine Katze. Die vermißt dich auch schon.»

Völliger Blödsinn. Keine Sekunde habe ich den vermißt.

«Aber dein Termin mit Christel, der ist wahrscheinlich nicht abgesagt? – Na bitte. – Meine Stimme hat keinen Unterton, kein bißchen. – Nein. Neihein. – Das könnte dir so passen. – Mir liegt auch an Harmonie. – Kannst sie ja von mir grüßen, mußt du aber nicht tun. – Und die Telefonnummer vom Hotel, die stimmt noch? – Ich dachte nur, vielleicht bist du ja unter einer anderen Nummer zu erreichen. – Mußt du auch nicht witzig finden. – Franzi? – Rufst du mich noch mal an, wenn du wieder zu Hause bist? – Och, einfach nur so, weil es schön ist. – Nein, kein Kontrollanruf. Ich kann dich ja auch nicht sehen dabei. – Mach's gut. Und tu nichts, was du nicht verantworten kannst. – Ich hab dich lieb.» Den Hörer knallend auf die Gabel. Ute springt auf, ich rolle geschickt aufs Sofa ab.

«Ach, Scheiße!»

Danach rennt sie raus, kommt wieder rein und telefoniert mit irgendwem. Sieh mal an! Ute verabredet sich für heute abend zu einem Glas Bier. Wie es dann weitergeht, weiß ich schon. Sie nimmt sich Benny zur Brust, tut so, als ob sie ihn für voll zurechnungsfähig hält und erklärt ihm, daß heute abend Kerstin vor dem Fernseher rumgammelt, weil sie, Ute, sich ganz dringend mit jemandem treffen müsse. Kerstin ist 14 und wohnt mit ihren Leuten unter uns im Haus. Ute könnte ruhig daran denken, auch mich von der Änderung des Abendprogramms zu informieren. Aber das macht sie natürlich nicht. Ich bin ja nur eine Katze.

Also Kerstin, ein stämmiges Kind mit dickem Hintern, gestelztem Gang, einem Busen, der von Mal zu Mal wächst, als ob sie ihn düngt, und einer Frisur, die nur als Frisur zu erkennen ist, weil sie auf dem Kopf sitzt. Kerstin kann sehr gut mit Benny. Mich respektiert sie, das fällt ihr nach einem Kratzer nicht unbeträchtlicher Länge leichter. Es war, als der Weihnachtsbaum seine Nadeln von sich warf wie die mausernden Hühner in meiner Heimat ihre Federn, da probierten sie zum erstenmal, Benny abends allein zu lassen. Natürlich hatten sie ein unheimlich schlechtes Gewissen. Benny sorgte dafür, daß sie es auch behielten. Sie trauten sich damals bis in die Kneipe um die nächste Ecke. Kerstin hatte die Telefonnummer. Am liebsten hätten sie ihr eine Leuchtpistole gegeben, mit der sie die nervösen Erzeuger heranschießen konnte. Benny inszenierte natürlich Rambo-Zambo. Kerstin und ich hatten Mühe, ihn zu bändigen. Kerstin machte es dann ganz geschickt, indem sie mit Benny dermaßen herumtobte, daß er nach einer Stunde im Stehen einschlief.

Seitdem ist Benny ein halbes Jahr älter geworden, ein halbes Jahr munterer. Außerdem hat er nach seiner Zwangspause durch das Horn am Kopf einiges aufzuholen. Ute will weg, sie zappelt herum, stellt mir meine erste ernsthafte Ration nach langer Zeit quasi nebenbei hin. Dann erscheint Kerstin – mit Strickzeug. Keine schlechten Aussichten. Ute erklärt Kerstin, was sie ihr jedesmal erklärt. Kerstin nickt und nickt und schaltet, als Ute aus der Tür ist, sofort den Fernseher an. Während ich die Vögel auf dem Nachbardach betrachte, gucken die beiden fern. Aus der Magen-Darm-Richtung kommt kein beunruhigendes Grummeln. Ich hefte meine Kotzerei unter «unerledigte Geheimnisse» ab.

Heute sitzen Tauben vor dem Fenster. Eine hat sich unheimlich aufgeplustert. Vielleicht friert sie. Auf der Straße knallt es wie ein Schuß. Die Tauben fliegen hoch und landen ein Dach weiter. Die dicke Taube bleibt sitzen. Entweder hat sie das Temperament von Franz-Joseph oder sie ist krank. Auf diesen Gedanken komme ich zur Zeit ziemlich schnell. Ihr Gesicht ist nicht zu erkennen, sie hat es ins Gefieder gesteckt.

Arme Taube, vielleicht gehst du ein. Da, sie ruckelt sich zurecht, bleibt aber sitzen. Dann regnet's auch noch. Die schmutziggraue Hauswand, das schwarze Pappdach, der dünne Schornstein mit der Leiter an der Seite, der vollgeschissene Mauervorsprung vor dem mit Zeitungspapier verklebten Dachfenster und auf dem Mauervorsprung die kranke Taube, die jetzt auch noch naß wird. Beklommenheit schleicht mich an, weil es mir so gut geht. Wenn ich es im Magen habe, kotze ich den teuren Spannteppich voll und kriege es weggewischt. Ein Service wie im Hotel. Die Taube fällt vom Dach und ist hinüber.

Wie kann ich mich von diesen trüben Gedanken ablenken? Ich renne durch den Flur, verbeiße mich im Jackenärmel von Franz-Josephs Lieblings-Wildlederjacke (für Baden-Baden hat er eine schickere Jacke angezogen und einen Mantel noch dazu). Ich renne den Flur zurück, Kehrtwendung, kurz aus dem Fenster geguckt und dann zum drittenmal die Runde. Danach soll Kerstin mich streicheln. Sie versucht es, aber wenn sie etwas zarteres tun soll als einen Baum zu fällen, wird es ziemlich grob. Benny will mich auch streicheln. Aber ich sehe es seinen Augen an: Er sucht Streit. Ich verschwinde lieber hinter dem Sessel. Ist ja interessant: Da hängt was raus. Es ist nicht viel, nur ein Faden. Nachdem ich mich einige Minuten damit beschäftigt habe, ist es schon mehr: 100 Fäden. Jetzt lohnt es wenigstens. Ich werde die weitere Entwicklung der Sesselwunde im Auge behalten. Passiert ja viel zu selten, daß in diesem Revier irgendwo was raus- oder runterhängt. Im

Verhältnis zu meiner Heimat ist es hier entsetzlich aufgeräumt. Die paar Dreckinseln konzentrieren sich auf Bennys Zimmer (total), die Gegend vor Utes Bett (sie läßt, was sie abends liest, anschließend fallen), die Regale im Kiosk und die Region um Utes Nähmaschine. Sie hat schon lange nicht mehr genäht. Vielleicht haben die Kinder aus Lateinamerika geschrieben, daß jetzt alle in kratzenden Beinkleidern herumlaufen und Ute bitte von weiteren Hosen absehen soll.

Kerstin fängt an zu stricken. Grund genug, meine Anwesenheit hier vorne etwas auszudehnen. Benny ist friedlich. Ist er noch geschwächt oder ist er einfach zufrieden? So lange darf er sonst natürlich nicht fernsehen. Seine Eltern genieren sich sowieso, daß ihr Fleisch und Blut dermaßen gerne fernsieht. Sie würden sich wundern, wenn *ich* anfangen würde, dieses Gerät anzustarren. Für mich ist das Geflimmere und sonst gar nichts. Einige Male habe ich genauer hingeschaut, weil Vögel in dem Kasten herumflatterten. Das war ganz spannend. Sonst läßt mich das kalt. Das ist doch nichts Wirkliches. Um was man nicht herumgehen kann, an was man nicht herankommt, das ist wie Futter in der geschlossenen Dose. So, da haben wir den Faden. Biß – herrlich! Das ist ein Gefühl! Wie Leckertöpfchen, nur auf einer anderen Ebene. Drauf rumkauen, mit dem Gesicht drin verschwinden. Zähne, Schnauze, Nase hineinstecken und dann hin- und herschleudern. Wären Mäuse so wollig, wir hätten sie vor Jahrhunderten ausgerottet.

«Äääh, du Vieh! Laß das. Hau ab oder du kriegst einen Tritt.»

Erwähnte ich schon, daß Kerstin genauso spricht, wie sie aussieht? Ich ziehe mich zwei Meter zurück und warte ab, bis sich das kapitale Kind beruhigt hat. Dann wieder ran, aus Kerstins Plastikbeutel lugt ein zweites Knäuel. Ich versinke in Wolle – und kriege einen Tritt. Zwar hat Kerstin keine Schuhe an, aber ihre Zehen sind so hart wie Utes Winterstiefel. «Brauchst gar nicht zu fauchen. Ich habe keine Angst vor Katzen.» Eben, eben, das habe ich schon befürchtet. Moderne Erziehung! Die Nachwuchsmenschen verlieren jeden Respekt vor der Kreatur.

Ich gehe im Flur auf und ab, muß den Tritt verdauen. Dafür beiße ich ihr den Faden durch und dann aufs Regal, wo es am höchsten ist. Da kriegt sie mich nie, soll sie das Regal doch abreißen. Benny entwickelt sich, ohne daß er es weiß, zu meinem Verbündeten. Er streitet mit der Treterin herum, ob er ins Bett gehen soll. Diesmal wähle ich den weiträumigen Sicherheitsanmarsch im Schutz der Möbelstücke. Die Wollknäuel lachen mir entgegen. Entweder nimmt Kerstin mich nicht ernst (unverzeihlicher Irrtum, eines Kindes würdig) oder sie will mich provozieren. Benny zappelt und schreit, und Kerstin ist so nett, ihn ein bißchen zu würgen. Sie ist abgelenkt. Sessel, kleiner Tisch, Rankenwerk der gigantischen Grünpflanze, und ich bin an der Tüte. Unwiderstehlich, diese Wolle. Jedes Katzengericht würde mir mildernde Umstände zubilligen. Leichtes Spiel für meine Eckzähne. Ich spüre kaum, wie sie den Faden durchsäbeln. Viel Spaß beim Stricken, paß auf, daß du nicht zu viele Luftmaschen in den Pullover kriegst.

Als ich jünger war, habe ich dabeigesessen, bis die Aufrechten das Malheur entdeckten. Mit zunehmendem Alter bin ich auch auf diesem Gebiet reifer geworden. Das ist keine Feigheit, das ist ökonomischer Umgang mit meinem Nervenkostüm. Den Rest des Abends bin ich für niemanden zu sprechen und zu sehen. Leider tut mir Kerstin nicht den Gefallen, lautstark zu schimpfen. Man ist ja doch stolz, wenn man ein akustisches Erfolgserlebnis bekommt.

Irgendwann ist Ute wieder da. Ich lasse mich sofort vorne sehen. Wenn ein erwachsener Aufrechter im Raum ist, wird Kerstin darauf verzichten, mich zu schlagen. Sie will ja ihren Babysitter-Job behalten. Ute zahlt der Treterin gerade Geld in die Hand. Kerstin blickt mich an und kriegt einen schmalen Mund. Steht ihr nicht schlecht.

Im Raum stinkt's, Ute dünstet etwas aus, keine Minze. Meine Nase ist wie betäubt. Ich rücke dicht an Ute heran. Es kommt aus ihrer Haut. Ute ist Anhängerin von Knoblauch.

Der Wasserfall auf dem Klo brüllt los, ich zucke leicht zusammen. Warum teilt mir keiner mit, daß eine neue Person im Revier ist? Ich erinnere mich: Die Frau mit den vielen gelockten Haaren, die, wenn sie am Reden ist, nicht mehr aufhört. Ute legt Musik auf, sie spielen ein Gesellschaftsspiel. Die neue Frau raucht Zigarillos, das haben wir selten im Revier. Ich kann Rauch nicht leiden. Nicht wegen der Nase, wegen der Augen. Ute und Franz-Joseph rauchen nicht, Ute neigt jedoch dazu, sich «in Gesellschaft» (Zitat Ute) so ein Stäbchen ins Gesicht zu stecken. Dann husten und keuchen sie, reiben sich die Augen, holen Reste aus dem Mund und lassen Asche auf ihre Kleider fallen – es ist eine einzige Schweinerei. Solche Laster sind bei uns Katzen vollkommen unbekannt.

Ute schnappt sich ein Zigarillo und hilft der Frau beim Einnebeln. Wenn sie sich nicht sehen wollen, sollten sie besser das Licht ausmachen. Ute macht sogar noch eins an, eine Kerze. «Die verzehrt den Rauch», behauptet sie.

Ich verzehre mich in Sehnsucht nach einem Raum ohne Gestank. Ute blickt immer wieder zum Telefon.

«Ich habe die Nummer», murmelt sie, «ich könnte anrufen.»

«Das würde ich auf keinen Fall tun», ruft die Lockige. «Das bringt die ganze Geschichte auf eine schiefe Ebene. Dann kann er jederzeit behaupten, du würdest ihm nicht trauen.»

«Tu ich ja auch nicht.»

«Das ist die eine Seite. Die andere ist die taktische Seite. Du mußt dein Gesicht wahren.»

Während sie mit kosmetischen Tips beschäftigt sind, dusele ich ein. Mein Magen hat sich den Tag über bombig gehalten.

Rind am Morgen vertreibt Kummer und Sorgen. Warum nicht immer so? Fühlt sich einer bedroht durch die Tatsache, daß wir Katzen durchgehend glücklich sein könnten? Das Putzen, sowieso schon eine Freude, macht nach solcher Spachtelei noch mehr Spaß. Klingeln. Mich ambulant weiterputzend, trotte ich neben Ute zur Tür. Vielleicht ist es der Briefträger mit einem Wertpaket: eine kombinierte Rinder-Leckertöpfchen-Sendung. Ich bin ein Schelm. Ute öffnet die Tür, und ich bin eine Rakete.

«Nele!» gellt Ute.

«Friedhelm!» gellt eine Frau.

Aber Friedhelm hört nicht zu. Friedhelm muß Nele jagen. Vor meiner Tür stand ein Hund! Wer ahnt denn so was? Und dann noch am frühen Morgen. Rein in den Kiosk, rauf aufs Regal. Natürlich hat der Kläffer eine lausige Kurventechnik, schlägt mit seinem Kantkopf gegen die Wand, bevor seine Zappelbeine Grund fassen. Dann steht er unten am Regal, springt hektisch und bellend in die Höhe. Mein Gott, es ist nur ein Pudel. Ich bin vor einem Pudel abgehauen. Wie blamabel. Aber es hat ja keine Mitkatze gesehen. Pudel erledigen wir im Normalfall durch einen trockenen Hieb mit ausgefahrenen Krallen. Das Ding auf die Nase gesetzt, und der Pudel muß zum Notarzt. Auf dem Flur poltert es, Ute und eine Frau drängen in den Kiosk.

«Friedhelm, sofort Platz! Friedhelm!» Friedhelm hustet ihr was, er muß bellen. Friedhelm ist ja ein Hund. Wo kommt dieses Viehzeug her?

«Ich verstehe das gar nicht», jammert die Frau und zieht Friedhelm am Halsband nach hinten. «Er ist sonst ganz friedlich.»

«Nun gucken Sie sich unsere Katze an», sagt Ute und lacht. «Die ist doppelt so groß wie sonst. Alles gesträubt.»

Meine Krallen sind nicht gesträubt, sie sind gespitzt. Ich hau dem eine rein, ich mach den alle. Der soll seinen Kindern von mir erzählen. Ich spring den an. Wenn der ein schwaches Herz hat, überlebt der das nicht. Oje, oje, bin ich aufgeregt. Igitt, was ist das denn? Ich bin ja naß. Stimmt, ich war beim Putzen, als diese Kreatur in mein Revier stolperte. Wer hat uns Katzen ins Erbgut gelegt, daß wir vor Hunden flüchten? Das entspricht nicht den wahren Stärkeverhältnissen. Da, Friedhelm reißt sich wieder los und springt am Regal hoch, aber nun hat die Frau die Nase voll. Sie packt ihn, als wenn sie ihn erwürgen will. Sie knallt ihm auch ein paar. Ha, herrlich, mehr davon! Wenn er am Boden liegt, komme ich herunter und erledige den Rest.

Der Hund hechelt, seine Zunge hängt ihm bis zu den Knien. Widerwärtig, sieht aus wie ein Lappen. Ute hätte mich nicht in diese Lage kommen lassen dürfen, schon gar nicht kurz nach dem Frühstück. Jetzt muß ich ständig aufstoßen. Mein armer Magen, alle sind gegen ihn in letzter Zeit. Diese Rennmaschine in meinem Leib dürfte das Herz sein. Für einen schwachen Kreislauf wäre so ein Schock das Aus. Ein Pudel! Und ich auf der Flucht! Ein Pudel. So was Läppisches hatten wir bei uns auf dem Land gar nicht. Schäferhunde, Setter und Jagdhunde, auch ein paar dieser heimtückischen (dabei nicht uncharmanten) Teckel hechelten in meiner Nachbarschaft herum. Meine Mutter sorgte dafür, daß wir uns fernhielten. Es war keine Angst, sondern eine Vorsichtsmaßnahme. Ich mußte ja auch erst lernen, wie Hunde funktionieren. Sie legten sich gern mit einem von den großen Katern an. Aber es wurde nicht mehr als eine flotte Verfolgungsjagd. Boxer lernte ich erst kennen, als ich hier lebte. Seitdem meine ich: Jeder ist für sein Aussehen selbst verantwortlich (Perserkatzen!).

Was immer man über die Hunde auf dem Land sagen mag: Sie strahlen Robustheit aus. Man glaubt ihnen, daß sie aus eigener Kraft das Bein zum Pinkeln hochkriegen (Bein hoch beim Pinkeln! Warum einfach, wenn's auch kompliziert geht). Aber Pudel! Sie trippeln mit unerträglich gezierten Schrittchen über den Bürgersteig, daß ich vom bloßen Zusehen aggressiv werde. Achgottchen, achgottchen, hoffentlich mache ich meine schönen kleinen Füßchen nicht schmutzig. Mir tut jeder Schäferhund leid, weil er mit solchen Wesen die Bezeichnung «Hund» gemeinsam hat. Klar, Schäferhunde beißen ab und zu mal einen Aufrechten. Aber sie können das wenigstens! Ich möchte mal einen Menschen sehen, an dem ein Pudel eine Stunde lang herumgebissen hat. Wahrscheinlich hat der Mensch nicht einmal blaue Flecken. Dieses hochfrequente Winseln, die hibbelige Fortbewegungsweise, dieser beschränkte

Gesichtsausdruck. Und dann die Frisur. So wird der Hund zum Affen.

Und vor so was bin ich geflüchtet. Ich versinke in tiefe Nachdenklichkeit. Mit mir kann man es offensichtlich ja machen. Nele, du mußt Flagge zeigen. Geh hin, tu ihm was an und wenn du dir dabei eine Schramme einfängst. Geh hin und wahre deine Würde.

Ich kann die einzelnen Herzschläge wieder voneinander unterscheiden, mein Puls ist also unter 200 gesunken. Von Regalbrett 8 über 7 auf 6. Ich bin fast unten, da:

«Friedhelm! Laß das! Du hast zu Hause getrunken.»

Hoch aufs Regal. Das Ungeheuer sabbert mein Wasser weg! Ich brauche sofort einen kompletten Satz neuer Näpfe, Trinkgefäße und Toiletten auch. Überhaupt: eine Generalreinigung der gesamten Wohnung.

«Friedhelm, laß das sein. Du trinkst der armen Katze ihr schönes Wasser weg.»

Es ist wie üblich eine abgestandene Suppe mit reichlich Streueinlage. Wenn der Pudel einen Magen hätte und keinen Müllschlucker, wäre er heißer Kandidat auf eine Magenverstimmung. Ich bleibe sicherheitshalber auf dem Regal, bis man mich unter Einsatz von Gewalt oder Hunger runterholt. Irgendwann klappt die Wohnungstür, aber das kann ein Trick sein.

Ute ist dann so einfühlsam, nach dem Schatz in ihrer Wohnung zu schauen:

«Na, komm, du Würmchen und guck nicht so eingeschüchtert. Der Hund ist weg.»

Echt?

«Ehrenwort. Komm, ich heb dich runter.» So Katzen-unlike bin ich noch nie vom Regal gekommen. Aber es ist der kürzeste Weg auf ihren Arm, und los geht das Streicheln. Der Wassernapf ist leer. Widerlich. Auf dem Weg durch den Flur mache ich einen langen Hals. Überall stinkt es nach dem Kläffer. Vielleicht ist es auch sein Frauchen, die sind bestimmt nicht mehr voneinander zu unterscheiden. Auf dem Tisch liegen

Zettel und Aktenordner. Ute setzt mich aufs Sofa, räumt die Papiere weg.

«Das war eine neue Nachbarin. Wenn du Pech hast, kommt sie öfter mit ihrem Hund zu uns. Sie liebt ihn nämlich, ihren Friedhelm. Und ihr tut jeder leid, der Friedhelm nicht liebt.»

Na bitte, balla balla. Pudelbesitz-Spätfolgen. Ich muß sofort Gegenmaßnahmen einleiten. Ich weiß nur noch nicht, welche. Wie das überall stinkt. Ute riecht natürlich nichts. Sie könnte ein Zimmer als Müllabladeplatz untervermieten und hätte keine Probleme damit. Durch die Dürftigkeit ihrer Sinne sind die Aufrechten wie durch eine Glasscheibe vom richtigen Leben getrennt. Sie kriegen nur mit, was plump genug ist, durch diesen Filter hindurchzugelangen. Alle Feinheiten entgehen ihnen.

Ute telefoniert mit den Angehörigen ihrer Mieterinitiative. Angeblich hat die Pudelfrau neue Informationen gebracht. Neuen Gestank hat sie auf jeden Fall eingeschleppt. Und sie hat vergessen, ihn wieder mitzunehmen. Ute legt auf, und es klingelt.

«Ach nee, der Herr Gemahl. – Entschuldige bitte, daß ich telefoniere, ohne dich um Erlaubnis zu fragen. War's schön gestern? – Na, toll. – Mmh, lecker, so was Gutes kriegst du hier nicht zu essen. – Und der Wein, genau. – Und die Atmosphäre, natürlich. – Was? Ja, wenn du willst. Hattest ja Zeit genug, dir eine Ausrede zu überlegen. Ich war jedenfalls zu Hause und habe auf deinen Anruf gewartet.»

Ute hört lange zu. Ich stelle mein Fell gern zur Verfügung, aber sie braucht ihre Hand selber. Nervös kaut sie auf den Nägeln herum.

«Bist du fertig? Ist das alles? Ich muß schon sagen, ich bin enttäuscht. Ein bißchen mehr Fantasie hätte ich dir doch zugetraut.» Und dann schreit sie plötzlich los: «Du bist ein Schwein.»

Danach ist sie ruhig. Vielleicht lauscht sie Franz-Josephs Grunzen.

«Ich habe die Nummer vom Hotel, das stimmt. Aber in der

Regel ruft der an, der weggefahren ist. Außerdem wollte ich dich nicht kompromittieren. Und Christels Nummer hatte ich leider nicht. Bist du ganz sicher, daß du nicht zufällig aus ihrer Wohnung anrufst? – Ich bin nicht polemisch, ich bin enttäuscht.» Heftiges Nägelbeißen. «Nein, das interessiert mich nicht. Auf Wiedersehen.»

Hörerknallen, Nägelbeißen, hektische Bewegungen im Sitzen, Aufspringen, raus aus dem Raum, Rumoren in der Küche, Badezimmer und zurück. Ute sendet Aggressivität aus. Kein Katzenfell ist dick genug, sich dem zu entziehen. Ich verlasse den Raum. Ich höre noch, wie sie wieder telefoniert:

«Und was sagt er? Es war zu spät. Ich habe mich nicht mehr getraut, dich anzurufen. Ich wollte dich nicht aufwecken. Wie finden wir denn dies?» Und wie finden wir den leergeschlabberten Wassernapf? Wann desinfiziert sie endlich dieses Zeug? Am besten ins Feuer damit.

Ute hält es aus, bis die Sonne untergeht. Dann ruft sie Baden-Baden an, das Hotel. Da kennen sie Franz-Joseph offensichtlich, aber er ist nicht da. Vielleicht sucht er gerade das Haus aus und legt besonderen Wert auf genügend Auslauf für seine kleine Katze.

Am nächsten Tag steht Franz-Joseph im Flur und hofft, daß sich jemand um ihn kümmert. Benny ist bei einer Freundin. Ute rauscht an ihm vorbei, als ob sie ihn nicht kennt. Franz-Joseph streckt einen Arm aus, läßt ihn sinken und begrüßt wenigstens seinen freundlichsten Mitbewohner.

«Hallo, Wachhund.»

Er kennt die schrecklichen Ereignisse von gestern nicht, sonst wäre sein Scherz unverzeihlich. Ute hat den Napf nicht gewechselt. Ich trinke nur noch aus dem Verdunstungsgefäß. Im weiteren Verlauf des Tages versucht Franz-Joseph mehrere Male, mit seiner Frau zu reden. Aber Ute hält das Schweigen durch. Franz-Joseph stromert durchs Gelände und ist froh, daß er vor Jahren einen Sohn gezeugt hat. Sonst hätte er jetzt niemanden, der sich mit ihm abgibt.

«Ist Baden-Baden toll?»

«O ja, Benny. Du wirst sehen, da unten gefällt es dir.»

«Muß ich jetzt nach Baden-Baden?»

«Das wird sich noch herausstellen. Dein alter Vater kriegt vielleicht einen ganz tollen Posten da unten. Freust du dich?»

«Und Tanja?»

«Wer ist Tanja?»

«Tanja ist meine beste Freundin.»

Gestern stand Tanja noch auf Platz 4.

«Tanja muß natürlich hierbleiben. Tanjas Vati arbeitet ja nicht in Baden-Baden.»

«Und Nele? Kommt Nele mit?»

«Natürlich kommt Nele mit. Die wird doch gar nicht gefragt. Die geht überall hin, wo wir hingehen.»

Ich mache mir nicht die Mühe, aufzuwachen. Aber ich hätte doch gerne gesehen, wie es in Franz-Josephs Gesicht aussieht, wenn er solch haarsträubenden Blödsinn abläßt. Daß ich mich meistens dort aufhalte, wo diese Aufrechten herumlaufen, ist ein Akt von Freiwilligkeit. Daraus irgendwelche Rechte abzuleiten, ist ein starkes Stück. Wenn ich will, lasse ich diese Aufrechten hinter mir wie die Erinnerung an das Futter von gestern (nichts liegt so weit zurück wie das Futter vom Vortag).

«Nele ist doch eine Stubenkatze. Die kann doch gar nicht überleben ohne uns.»

Hat sich Franz-Joseph in Baden-Baden den Magen verdorben? Oder redet er freiwillig so? Die Stichwörter Velours, Rauhfasertapete und Blumentopf ziehen durch mein Hirn. Wenn ich gleich anfange, habe ich bis zum Abend den Sessel sperrmüllreif, die Tapete von der Wand geholt und einen der Grünzeugtöpfe auf den Teppich geschmettert. Dann werden wir ja sehen, für wie hilflos und unselbständig sie mich halten.

«Mutti freut sich nicht, daß sie nach Baden-Baden muß», sagt Benny.

«Mutti braucht einige Zeit. Dann freut sie sich auch.»

Wahrscheinlich will er sie hundertmal mit dem Kopf gegen den Stadtplan von Baden-Baden schlagen. Aber ich kenne

Ute, die ist zäh. Kann durchaus sein, daß sie vor 200 Jahren eine Katze in der Familie hatte. So was verliert sich nicht so schnell.

«Hast du schon ein Haus gekauft?»

Wahrscheinlich küßt Franz-Joseph jetzt seinen Sohn aus lauter Dankbarkeit, daß er immer so nette Fragen stellt.

«Ich kann doch kein Haus kaufen, ohne mit Ute darüber gesprochen zu haben.»

«Ist mein Zimmer in dem Haus größer?»

«Aber natürlich. Wir kaufen nur ein Haus mit einem riesigen Kinderzimmer.»

Franz-Joseph sucht Verbündete. Demnächst wird er zu seiner kleinen Katze kommen und ihr einreden, daß für Katzen das Leben in Baden-Baden gleich nach dem Leben als Firmenkatze in einer Dosenfutterfabrik kommt. Wie sie mich wohl nach Baden-Baden kriegen wollen? Ich bin in meinem jungen Leben zweimal mit einem Automobil gefahren. Das Auto war dabei mobiler als ich. Eine schreckliche Kiste mit unangenehmen Schwingungen. Nach der ersten Autofahrt ließ ich eine Ration Leckertöpfchen mehrere Stunden unbeachtet in der Ecke stehen – muß ich mehr über die Wirkung von Autofahren auf mich sagen? Beim erstenmal fuhren sie mich vom Bauernhof in ihre Wohnung. Beim zweitenmal war ich ohnmächtig. Das war nach der Operation.

Immer wenn einer der Aufrechten sauer ist, kriege ich mein Essen besonders pünktlich hingestellt. Ich will ihnen nichts Schlechtes wünschen, aber die Pünktlichkeit, die könnten sie sich angewöhnen. Es ist für einen Magen auf Dauer Gift, wenn er sich vor beißendem Hunger auf die Größe einer Murmel zusammenzieht, bevor der Dosenöffner sein gnädiges Werk tut.

Benny zeigt sich heute wieder als norddeutscher Meister der Familienzusammenführung. Er hat so eine Art, die Großen abwechselnd anzusprechen, daß sie nach fünf Minuten nicht mehr darum herumkommen, einen Satz an den anderen zu richten. Ist natürlich auch möglich, daß Benny nichts mit Absicht macht, sondern einfach seine meterlangen Sätze herausplappert.

Ute sieht aus, als ob ein naher Angehöriger verstorben ist. Franz-Joseph guckt verbissen. Benny futtert. Nele putzt sich. «Nun mähre dich schon aus», knurrt Ute über ihr Corned beef hinweg.

«Ute.»

Das Wort verhungert unter der Küchendecke. Benny hat ein Messer ergattert und probiert, wie klein man Wurstscheiben schneiden kann.

«Ute, es war nichts.»

«Na, was für ein Pech aber auch. Dann mußt du ja deinen Arbeitsplatz im hohen Norden behalten.»

«Das meine ich nicht. Ich meine Christel.»

«Ach, Christel. Wer war gleich noch mal Christel?»

Benny und ich unterbrechen unsere Beschäftigungen und gucken die Gesichter der Aufrechten nach ersten Anzeichen von Wahnsinn durch.

«Ja, wir haben uns zum Essen getroffen. Und ich war hinterher auch noch bei ihr. Ein Stündchen.»

«Wie possierlich. Ein Stündchen.»

«Eine Stunde sind 60 Minuten. Eine Minute sind 60 Sekunden. Und eine Sekunde sind 60 kleine Babysekunden. Toll, was?»

Während Benny seine Erzeuger anstrahlt, wirft er ständig Wurststückchen in den Schlund. Ich würde nie auf den Gedanken kommen, mir das Essen dermaßen unnötig zu verkomplizieren.

«Geschlafen habe ich dann, wie es sich gehört, in meinem Bett im Hotel», sagt Franz-Joseph gequält.

Vielleicht tut ihm etwas weh. Als ich vor kurzem die Katastrophe im Magen-Darm-Trakt durchlitt, fühlte ich mich so ähnlich, wie er jetzt guckt.

Ute zerkrümelt ihre Brotscheibe, Benny reicht ihr sein Messer. Mich berührt das alles nur peripher. In der ersten halben Stunde nach dem Fressen müßten sie schon dickere Klopse (ich liebe Bilder aus der Welt des Spachtelns) auffahren, um mich in Unruhe zu versetzen. Beispielsweise den Satz:

«Ojemine, jetzt ist der Dosenöffner kaputtgegangen. Und die Geschäfte haben erst wieder in vier Tagen geöffnet.»

So ein Satz könnte mich aus der Ruhe bringen. Aber doch nicht ihre Kloppereien mit Wörtern. Die Aufrechten besitzen arttypische Zweikampfformen. Bei meinem Vater war es dieser Hieb, den er blitzschnell aus dem Gelenk heraus zwischen Nase und Auge setzte. Bei den Dauergästen in meinem Revier sind es Wörter. Das blutet auch nicht so, jedenfalls nicht im Gesicht. «Ute, du mußt das akzeptieren», sagt Franz-Joseph vibrierend. «Benny, hör mit der Schweinerei auf deinem Teller auf. Iß schneller. Heute machst du deinen Abgang zur Abwechslung mal ein bißchen zügig.»

Benny forscht in Mutters Gesicht und findet darin unbarmherzige Strenge. Das kenne ich gut. Ich hatte selber mal eine Mutter, allerdings eine sehr freundliche. Sie war, selbst wenn sie böse war, noch dermaßen freundlich, daß wir einige Zeit brauchten, bis wir kapierten, was die Glocke geschlagen hatte. Irgendein Krümel hat mir drei Barthaare verklebt. Ich putze, lecke, rupfe, zupfe, ziehe, zerre, ich könnte einen Ersatzbart gebrauchen. Um die Angelegenheit in Ruhe klarzukriegen, ziehe ich mich aufs Fensterbrett zurück. Dabei mache ich die betrübliche Entdeckung, daß die Marienkäfer streiken. Sie sind verschwunden. Was soll nun dies? Was habe ich ihnen getan? Ich habe sie im fairen Zweikampf erlegt, wie es meine Art ist. Fressen und gefressen werden – so lautet das appetitliche Gesetz der Natur, jedenfalls solange man zu den Fressern gehört. Bestimmt kennen auch die Marienkäfer irgendwelches Viehzeug, das noch schwächer ist als sie: Obwohl ich mir schlecht vorstellen kann, wie klapprig ein Käfer aussehen muß, damit ein Marienkäfer ihn in den Schwitzkasten kriegt.

Im Hintergrund schaffen sie das Kind ins Bett. Sie gehen dabei gemeinschaftlich vor. Benny hat keine Chance, einen gegen den anderen auszuspielen. Sollen sie sich ruhig an ihresgleichen abreagieren. Ich halte das für eine saubere Lösung.

Fast so sauber wie mein Fell. Selbst den verdammten Knoten im Bart kriege ich endlich aufgeweicht. Es wäre auch eine Schande, wenn ich einen meiner wichtigsten Körperteile auf den Müll werfen müßte. Allerdings habe ich festgestellt, daß ich in meinem neuen Revier die Schnurrhaare weniger dringend benötige als draußen in der «freien Natur» (Zitat Ute). Man kann gegen die einzelnen Abteilungen meines Reviers gewiß viel einwenden. Ich wende mal eben: Bäume sind schöner als Regale. Gras auf der Weide hat einen würzigeren Geschmack als ein furztrockener Gummibaum (Ausnahme: Minze. Ach ja). Ein Isolierfenster ist im Vergleich zu einer Scheunentür so fest verschlossen wie Frau Werys Herz für Benny. Aber trotzdem: Ich habe Platz bzw. «Auslauf». Im vorderen Trakt sind sie ja ganz versessen darauf, praktisch nichts in die Räume zu stellen. Unter den Aufrechten wird man mit Respekt angesehen, wenn man es schafft, in einem 40 Quadratmeter großen Revier weniger als drei Stück Möbel unterzubringen. Das Eßzimmer beherbergt den Tisch, einen Haufen Stühle sowie einen unmotiviert herumstehenden Schrank. Der Flur ist außer dem unsäglichen Kleiderständer (Kleiderabwerfer oder Wackler wäre eine treffendere Bezeichnung) nackt wie der Maurer ihn schuf. Im Schlafzimmer: ein Bett, ein Kübel Grünzeug und massenhaft Wollmäuse. In der Küche auf der rechten Seite des Flurs und dem Waschmaschinenkabäuschen auf der linken Seite wird es voller. Mein Revier ist im hinteren Teil ungefähr hundertmal schwerer als vorne. Der Kiosk bricht fast zusammen unter dem vielen Papier. Und Bennys Zimmer... Ständig dellt er sich seine kleinen Körperteile an und brüllt nach Vater oder Mutter. Nach mir hat er noch nie gebrüllt. Ich wüßte auch nicht, was ich mit einem plärrenden Kind anfangen sollte. Einmal – es muß vor mehreren Jahren gewesen sein – habe ich seinen angeblich schmerzenden Arm abgeleckt. Ich leckte nicht mehr als drei bis vier Zentimeter. Benny vergaß schlagartig seine Schramme, packte mich im Nacken und wollte mich zwingen, ihn sofort ein weiteres Mal abzulecken. Die Folge war ein verbissener

Zweikampf, in dessen Verlauf Benny versuchte, meine Zunge aus dem Hals zu ziehen. Aber man kann uns Katzen nicht zwingen. Man kann uns höchstens totschlagen.

Endlich liegt das Kind im Bett. Vielleicht haben sie einen Schrank vor die Zimmertür gerückt. Jedenfalls taucht Benny nicht mehr auf. Das ist selten, passiert eigentlich nur, wenn er auswärts schläft. Glas klirrt. Ich leiste mir den schwärmerischen Gedanken, daß sie mir jetzt einen gläsernen Napf schenken werden. Mein Gesicht wird melancholisch, mein Blick schweift ins abgrundtief Ferne, und aus meiner Kehle kommt ein kapitales Bäuerchen. Es schmeckt nach Thunfisch. Solche Gefühlsregungen sind mir die liebsten: Es muß etwas Eßbares dabei sein.

Franz-Joseph schafft Gläser und Wein nach vorne, zwei Gläser. Sie erwarten keine Gäste. *Wir* erwarten keine Gäste – kleiner Katzenscherz. Die Verdauung läuft auf vollen Touren. Ich bin kerngesund, schön anzusehen, geschmeidig in den Bewegungen, eine Augenweide in der Fülle des Fells (bis auf die eineinhalb Ausnahmestellen), meine Sinnesorgane sind gut geschmiert, in der Küche lagert Dosenfutter für einen Monat, der Dosenöffner ist heil, Ute und Franz-Joseph besitzen jeweils zwei funktionsfähige Dosenöffnerhände, Benny schläft: herrliche Welt.

Ich fühle mich rundum wohl. Und wenn Franz-Joseph es wider Erwarten schaffen sollte, heute abend den Korken heil aus der Flasche zu bugsieren, fühlt er sich bestimmt auch ein bißchen besser. Gucken wir doch mal unauffällig zu. Er hat die Flasche zwischen den Schienbeinen klemmen, zieht ächzend den Korkenzieher Richtung Zimmerdecke. Da – ein Krümelregen fliegt auf den Spannteppich, Franz-Joseph betrachtet haßerfüllt die paar Korkenbrocken, die in den Windungen des Korkenziehers hängengeblieben sind.

«Na, das Übliche?» fragt Ute nebenbei, als sie mit der Knabberzeugschale den Raum betritt. Sie sagt es nicht höhnisch oder aggressiv, sie nimmt es hin wie etwas Unabwendbares.

Ein paar Minuten später sitzen sie sich zum Endkampf gegenüber. Ute schlägt mit einem Aschenbecher auf die armen Pistazien ein. Franz-Joseph hebelt den Kronkorken von der Bierflasche und betrachtet strahlend das Ergebnis.

«Mir leuchtet das Kronkorkenprinzip auch viel mehr ein», behauptet er.

Ute winkt ab, ich richte mich auf dem Fensterbrett zu einer Runde Schönheitsschlaf ein. Soweit ich mitkriege, will Franz-Joseph diese geheimnisvolle Christel also nicht heiraten, und geküßt hat er sie auch nicht. Nur umarmt, als sie sich zum erstenmal gegenüberstanden. Und in ihren leichten Popeline-mantel hat er ihr geholfen, weil Franz-Joseph nämlich ein Kavalier ist. Außerdem ist Christel auch gar nicht so wichtig, weil er ja nicht deshalb nach Baden-Baden gefahren ist. Ute erschlägt die armen Pistazien mit dem Aschenbecher, Franz-Joseph knackt sie mit den Zähnen auf, was Ute nicht mit ansehen kann, weshalb sie jedesmal ganz intensiv hingucken muß.

Weitere Ergebnisse des Abends: Ute will nicht mehr behaupten, daß Baden-Baden ein Kuhdorf ist. Dafür wird Franz-Joseph beim nächsten Zusammentreffen mit Chris diesem lediglich einen Arm brechen und nicht, wie er eigentlich geplant hatte, den Hals. Ute und Franz-Joseph werden ihren Urlaub in der Normandie verleben. Benny muß mit, Nele darf nicht mit. In dieser Phase des Gesprächs stehen meine Ohren senkrecht in die Höhe. Leider vergessen sie, mir mitzuteilen, wie ich in dieser Zeit die Dosen aufkriegen soll. Im letzten Sommer waren sie auf Sardinien, übrigens ein Ort, dessen Name für Katzen einen gewissen Wohlklang besitzt. Ich hätte gerne die Kollegen in Sardinien gefragt, wie es sich in so einer Gegend lebt. Aber sie schickten mir Franz-Josephs Vater auf den Hals, einen schweigsamen, unheimlich mageren Mann, dessen Blick mir bis zum Schluß Angst einjagte und der zu überfall-artigen Streicheleinheiten neigte. Nicht, daß er mich schlug oder – schlimmer – hungern ließ. Aber er war merkwürdig.

Weitere Ergebnisse: Auf der Rückfahrt von der Normandie werden sie mit dem Wagen einen größeren Bogen fahren und in Baden-Baden vorbeischauen. Ute wird sich die Stadt (nicht das Kuhdorf) vorurteilslos und unter Verzicht auf jede spitze Bemerkung ansehen und danach – von Franz-Joseph weitgehend unbeeinflußt – ein Urteil abgeben. Ein Treffen mit Christel ist nicht geplant. Als sie das soweit klar haben, gehen sie ins Bett und machen dort keinen Lärm. In dieser Nacht schlafe ich auf der Fensterbank, was selten passiert.

Frau Wery will sterben. Ersatzweise soll Benny seine Lebensäußerungen einschränken. Die alte Frau aus der Nachbarwohnung steht im Flur und erzählt Ute über Alterszucker, Rheuma, Gicht und drei, vier weitere Gebrechen, die ich noch nie gehört habe. Aufrechte erzählen sich häufig über ihre Krankheiten, nicht nur über Allergien. Ich habe keine Meinung dazu, ich bin ja nie krank. Und wenn – wie bei der geheimnisvollen Vergiftung – bringe ich es in Windeseile hinter mich. Auf dem Bauernhof gab es einen Kater, der hinkte ganz entsetzlich. Immer wenn sein linkes hinteres Bein mit dem Aufsetzen dran war, hob sich sein gesamter Hinterkörper und er setzte nur mit der Fußspitze auf. Angeblich war er unter ein Auto geraten. Ich fand, daß er dafür noch erstaunlich manierlich aussah. Ich habe im zarten Kindesalter von fünf Wochen die Reste eines Igels gesehen – ohne schonende Vorwarnung. Ich hoppelte meines Weges. Möglich, daß ich hinter einer Scheißhausfliege her war. Plötzlich stand ich am Straßenrand, und da lag er. Hätte meine Mutter mir nicht erzählt, daß es sich bei dem Haufen um einen ehemaligen Igel handelte, von allein wäre ich nicht darauf gekommen. Damals dachte ich noch, daß ein Autoreifen, der einen Igel breitfährt, sein Leben lang nicht darüber hinwegkommt. Ich war jung damals, rührend irgendwie.

Trotz ihrer zahlreichen Krankheiten schleppt sich Frau Wery lebend aus der Wohnung. Ute spricht mit Benny am Abend eineinhalb Sätze über das Lärmmachen. Ich glaube, daß Frau Wery in diesem Kampf zweiter Sieger bleibt. Soll sie doch selber Lärm herstellen, dann hört sie Bennys Geräusche nicht so stark. Routinehalber schaue ich bei den Marienkäfern vorbei.

Ebbe. Wahrscheinlich sind sie von einer heimtückischen Seuche hinweggerafft worden. Bei der Gelegenheit fällt mir ein, daß es eine Krankheit geben soll, die Katzenseuche heißt. Ich kenne niemanden, der sie gehabt hat. Ute und Franz-Joseph bellen sich alle paar Wochen an, wie gefährlich es doch sei, daß sie mich in meiner Jugendzeit nicht impfen ließen. Wenn mir das eine Autofahrt erspart hat, will ich ihnen verzeihen. Ich wünsche ihnen und mir, daß ich nie Katzenseuche kriege, was immer das sein mag.

Der Nachmittag bringt ein Fest. Kaum höre ich, wie verändert ihre aus der Küche kommenden Lebensgeräusche klingen, fliege ich auch schon herbei und bremse auf dem Balkon millimeterdicht vor der Minze. Ute steht mit Benny auf dem Balkon und hört zu, wie sich Benny mit einem Jungen unterhält, der einen Stadtteil weiter auf seinem Balkon steht. Hallo Minze! Gut drauf mit dem Wachsen? Mach keinen Ärger. Laß dich düngen, eggen, harken und was sonst noch alles dazugehört, damit am Ende ein Festessen für mich herausspringt. Hingebungsvoll halte ich meine Nase an die Blätter. Mir fallen vor Seligkeit die Augen zu. Wenn Minze das einzige Gegengift bei Katzenseuche wäre, möchte ich auf der Stelle Katzenseuche bekommen. Wie kriegen die Aufrechten es fertig, auf dem Balkon herumzustehen, ohne von den betörenden Minzeschwaden weiche Knie zu bekommen? Wahrscheinlich kriegen sie es fertig, weil sie die Minze überhaupt nicht riechen. Wenn es nicht nach Knoblauch oder Neles seit Tagen überfälligem Klo stinkt, riechen sie nichts. Minze! Ich sehe die Notwendigkeit auf mich zukommen, das Stadium von Lyrik und Theorie hinter mir zu lassen und... happ. Doch, doch doch, das hat was. Ein leichter Schlag auf den Kopf. Ute signalisiert mir, daß sie auch im Hinterkopf Augen hat. (Kennen Sie den? Kommt eine Frau mit der Katze zum Tierarzt. ‹Herr Doktor, Herr Doktor, mein Mohrle sieht in letzter Zeit so schlecht. Ich habe Angst, daß er blind wird.› Der Doktor untersucht Mohrle und sagt: ‹Kein Grund zur Sorge, liebe Frau. Mohrle ist ganz normal. Mohrle ist eine Perserkatze.› Astrein, was?)

«Geh von den Pflanzen weg. Fang lieber eine Maus, wie sich das gehört.»

Es sind solche Sätze, die mich manches Mal räsonieren lassen, ob die Wahl meines Reviers und der Mitbewohner glücklich war. Wie können sie mich einerseits in Isolierhaft halten und auf der anderen Seite darüber jammern, daß ich in meinem Leben bisher keine (null) Maus gefangen habe? Ich halte Marienkäfer, Menschenwaden und Wollmäuse für lediglich minimale Abweichungen von der idealen Gestalt einer Maus. Ich weiß auch gar nicht, wieso Aufrechte, wenn sie sich über Katzennahrung auslassen, in neun von zehn Fällen Mäuse nennen. Bei uns draußen schnappten die Großen, was sie erwischten. Das konnte eine Ratte sein oder ein Kaninchen. Das konnten auch Vögel sein. Einmal wurde ich Zeuge, wie der Rot-Schwarze von nebenan einen Frosch verkostete. Er ließ das Ding nach zwei Happen angewidert liegen. Meine Geschwister und ich nichts wie hin und Lage gepeilt. Ein Frosch besteht aus zwei Beinen und vorne dran etwas Körper, der die Beine zusammenhält. Ein Bein stand ihm putzig vom Körper ab.

Eine Maus! Mal abgesehen von der Maus als solcher. Maus nur genommen als Sammelbegriff für Nahrung unter freiem Himmel, in deren Adern Blut pulsiert. Dagegen sieht eine Dose Leckertöpfchen natürlich alt aus. Sie hat kein Fell, sie riecht nicht. Sie hat keine Ähnlichkeit mit Lebendigem. So eine Dose appelliert nicht ansatzweise an meinen Jagdinstinkt. Doch ich kann damit leben, solange die Dose an meinen Lieblingsinstinkt appelliert: Hunger! Wild ist die Ausnahme. Aber ich weiß aus Erfahrung, daß nach Wild auch wieder bessere Zeiten kommen. Wild ist das Tal, Leckertöpfchen ist der Gipfel, über dem die Sonne von Lebensfreude und knackigen Verdauungsgeräuschen scheint.

Wenn die Dose Beine, wenn sie Kopf und Ohren hätte, wäre ich dann näher dran an der Natur? Über mir wölbt sich nun mal nicht die Sichel des Mondes, sondern die schlecht geklebte, an den Rändern sich ablösende Rauhfasertapete samt fetten Stuckengeln. Ich bin eine Katze des ausgehenden

20. Jahrhunderts. Ich lebe in einem hochentwickelten Staat mit nicht ganz so hoch entwickelten Aufrechten. Selbst auf dem Bauernhof wurden mehr Tiere und Menschen von Autos überfahren und von Mähdreschern geköpft als von Blitzen, stürzenden Bäumen, der Maul- und Klauenseuche oder ähnlich naturverbundenen Waffen. Ich sehe die Welt durch Glasscheiben; Natur, wie ich sie von früher kenne, kommt in meinem Revier nur in zwei Formen vor: in Blumentöpfen und in mir selbst. Der Rest schwankt heftig zwischen Plastik, Aufrechten und Abbildungen (Fernsehen).

«Nele!»

Ja, ja. Ich trete einen taktischen Rückzug an, der mich fünf Zentimeter vom äußersten Minzeblatt entfernt. Und dann geht alles sehr schnell. Ich schieße nach vorn, rupfe ein Blatt ab und starte zügig nach hinten durch. Ute verfolgt mich einen halben Meter weit und paßt dann doch lieber auf, daß Benny sich nicht zu weit über das Balkongitter lehnt.

In letzter Zeit sitze ich häufiger vor der Wohnungstür. Im Treppenhaus winselt, wiesel t, keucht und bellt Friedhelm, die Hundekatastrophe. Seit Franz-Josephs letztem Betriebsausflug, der in einem Bowlingzentrum endete, weiß ich, daß «Pudel» die Bezeichnung für einen total mißglückten Wurf ist, für Null. Quod erat demonstrandum, wie diese unglaublich dicke Katze zu sagen pflegte, die damals einen Kilometer weiter in der ehemaligen Dorfschule lebte. Beneidenswert finde ich das Selbstbewußtsein der Pudel. Pudel gehen davon aus, daß Aufrechte, die ihnen begegnen, sich über sie freuen. Das komplette Leben des Pudels beruht also auf einem kapitalen Mißverständnis. Ähnlich muß es im genetischen Bereich des Pudels aussehen. Was immer die Natur sich dabei gedacht hat, bestimmte Arten hervorzubringen, nie ist sie größere Umwege gegangen als bei der Zusammenstellung des Pudels. Ich habe auch einen Namen für diese Art von Weg: Sackgasse.

Pudel Friedhelm erklärt im Treppenhaus jede einzelne Stufe zu seinem persönlichen Feind und bekämpft sie mit piepsigem, hektischem Fieseln im oberen Frequenzbereich, genau dort, wo es anfängt, für eine Katze unangenehm zu werden. Friedhelms Vibrationen tragen weit. Es ist wenig sinnvoll, sich in den hinteren Teil des Reviers zurückzuziehen. Ich will vorne bleiben, weil ich mich hier besser aufregen kann. Außerdem ist es eine Gänsehaut erzeugende Vorstellung, nur durch eine läppische Tür von Friedhelm getrennt zu sein. Wenn ich wollte, könnte ich die Tür jederzeit mit eineinhalb Hieben in Kleinholz zerlegen und dem Köter den frisch ondulierten Hals umdrehen. Friedhelm weckt Instinkte in mir, von denen ich nicht wußte, daß ich sie habe. Ich weiß nicht mal, ob es sich bei diesen Wünschen um Instinkte handelt. Vielleicht ist es auch bloß so: ich kann diesen Kerl nicht leiden.

Schritte, munteres Summen, dann ein großer Schritt, ein Körper kommt aus dem Gleichgewicht:

«Verdammtes Vieh! Leg dich nicht immer mitten in den Weg.»

Na klar, Franzi, selber vollblind, aber ich habe schuld. Sie tun so, als ob ich die Größe eines Daumennagels hätte. Sie sollten sich endlich entscheiden, für was sie mich halten. Entweder ich bin... (natürlich spreche ich dieses Wort nicht aus) oder ich bin klein, zart, zierlich. Heute ist die Kollisionsgefahr aber auch besonders groß, denn alle wieseln hin und her. Das tun sie immer, wenn sie das Revier für längere Zeit verlassen. Als sie damals ihr Wochenendhäuschen angemietet hatten, brach jeden Freitag nachmittag Hektik aus. Sie packten im Laufschritt aus Kühlschrank, Kleiderschrank und Bennys Schrank Klamotten ein. Plötzlich war ich ein Hindernis, das sie mit Fußtritten aus der Landschaft hebelten. Einziger Vorteil: Ich kriegte einen wahnsinnigen Haufen Futter hingestellt.

«Das muß für zwei Tage reichen. Teil es dir also ein und schling nicht so», gab mir Franz-Joseph jedesmal mit auf meinen Weg durch das menschenleere Wochenende.

Natürlich war der Fleischberg nach maximal zehn Minuten aus der Welt. Satt und träge schlingerte ich mit tiefhängendem Bauch durch die Wohnung, gab dem Velours, was des Velours ist, putzte mich mit einer Ruhe, die sie mir im Alltag nie lassen, genoß die Sonne, dachte viel nach – und bekam am Samstag morgen einen dermaßen beißenden Hunger, daß ich mich spätestens Samstag abend mit den winzigen Resten meiner Kraft durch die Räume schleppte, um nach Brotresten und Kartoffelschalen Ausschau zu halten.

Bis die Wochenendhaus-Euphorie nachließ, ahnten sie nicht, daß ihre Katze dutzende Male mit knapper Not am Hungertod vorbeigeschrammt war. Einmal bekam Franz-Joseph einen waidwunden Blick von mir mit:

«Teil dir doch das Fressen ein. Nimm dir ein Vorbild an uns.»

Wenn ich nur 24 Stunden am Stück nachahmen würde, was mir die Aufrechten täglich vorleben, wäre ich längst eingeschläfert, weil sie mich für tollwütig halten. Vielleicht würde ich auch als Vagabund leben, wie die dicke Katze, die im ehemaligen Schulhaus wohnte. Sie war praktisch Alleinmieter, weil Aufrechte sich nur an den Wochenenden in dem Gemäuer aufhielten. Den Rest der Zeit schlief oder fraß sie und quälte ihre 30 Pfund auf unseren Bauernhof, um mal wieder Katzen zu sehen.

«Du wirst blöd unter Menschen», sagte sie zu meiner Mutter. Damals war mir natürlich die volle Tragweite und Wahrheit dieser Bemerkung nicht bewußt. Damals hielt ich Menschen für gescheiterte Lebewesen, die es nicht geschafft haben, so vollendet zu werden wie wir. Ach, war ich unschuldig als Junior. Einteilen! Zeige mir das wilde Tier, das sich an seine Beute anschleicht – sagen wir an ein Reh –, das Reh ausknockt und zum Zwecke der Kalorienzufuhr losspachtelt. Soll das wilde Tier sich das halbe Reh über die Schulter werfen und den Förster bitten, es in der Tiefkühltruhe frischzuhalten?

Nachwuchs-Aufrechte wie Benny scheitern mit der Vorratstheorie jeden Tag aufs neue. Was immer sie ihm in die Hand drücken – vorausgesetzt es ist eßbar –, der kleine Kerl kriegt mit auf den Lebensweg:

«Teil es dir ein. Nicht alles auf einmal.»

Benny kann dann meistens kaum noch antworten, weil er auf
98 Prozent des Lebensmittels schon mit seinen Kiefern herum-
hämmert. Es war an diesen von Magenverwerfungen gepräg-
ten einsamen Wochenenden, an denen ich meinen ersten Zwieback aß. Ich versuchte es mit einer eingetrockneten Apfelsine
und nahm einen Hauch Kaugummi, Korbstuhl sowie die Kle-
bestelle eines Briefumschlags. Es war ein Glück, daß mich niemand dabei beobachtete.

«Nele, bitte! Du hast 25 Zimmer zur Auswahl. Laß uns in
Ruhe.» So herzensgut Ute sonst sein mag, immer wieder wird
sie von solchen Rückfällen heimgesucht.

Tief in mir rumort ein Gefühl. Nein, nein, nicht Hunger. Der
rumort ja nicht, der schreit. Und auch nicht tief unten, sondern
Millimeter unter der Haut. Es ist ein Gefühl wie Wochenende.
Was das Gefühl jedoch irritierend macht: Heute ist *kein* Wochenende. Franz-Joseph ist nicht zur Arbeit gegangen, und sie
haben Benny nicht aus dem Haus geworfen. Also haben sie
etwas Bedeutendes vor. Vielleicht wollen sie einen ganzen Tag
gemeinsam in der Wohnung verbringen. Das wäre für mich
Grund genug, 24 Stunden nonstop auf dem obersten Regalbrett
im Kiosk zuzubringen. Aber ich ahne es schon: Sie werden
wegfahren. Vielleicht kommt jetzt diese Zusammenballung
von zahlreichen Wochenenden. Die Aufrechten fahren in den
Urlaub. Mein Blick bleibt nicht auf dem Vogel im Birnbaum
auf dem Hinterhof kleben, er schweift zum Horizont ab. Gut,
daß ich relativ satt bin. Die Wucht der Erkenntnis würde mich
sonst vielleicht umwerfen. Sie werden mich allein lassen.

Der Reihe nach: 1. Nahrung, wie, wo, was, wieviel, warum
nicht mehr, von wem? Wieder dieser finstere, dünne Mann mit
dem Blick, der Katzen verscheucht? Wenn seine Armmuskula-
tur in Ordnung ist und sein Zeitgefühl natürlich auch (Morgen-
und Abendfütterung), meinetwegen. Besser als nichts. Schau-
erliche Vorstellung: nichts. Wie lange kann eine Katze ohne
Nahrung leben? Mein Rekord ist 46 Stunden und ein paar Minuten. Aber ich bin nicht sicher, ob mich die Folter nicht wert-
volle Hirnzellen gekostet hat.

Sie werden mir bestimmt den alten Mann auf das Fell schikken. Er sieht viel fern, und er trinkt eine Flüssigkeit, danach riecht es in meinem Revier heftig nach Wald und Heide. Ich muß Gewißheit haben. Ich muß aufschnappen, was sie sich untereinander erzählen. Dabei ist es von Vorteil, wenn einer von ihnen begriffsstutzig oder Kind ist. Solchen Wesen erzählen sie es zehnmal und haarklein.

«Nele! Ich sperr dich auf den Balkon!»

Was Schöneres könnte mir nun wirklich nicht passieren – vorausgesetzt, sie nimmt den Minzebalkon und nicht die Steinöde hinten raus, wo es den Ständer des Sonnenschirms gibt und sonst gar nichts. Nicht mal einen Schutz gegen den Wind, der im vierten Stock natürlich pfeift wie Ilse Werner (Zitat Franz-Joseph, der sich bestimmt etwas dabei gedacht haben wird). Wollen wir die Entwicklung doch mal etwas zuspitzen!

«Nele! Nimm deinen Rüssel aus der Kühltasche!»

Das war Teil eins des schlauen Plans.

«Nehele! Hau ab. Ich muß da ständig durch.»

Teil zwei abgehakt.

«So! Nun reicht's.»

Sie schnappt mich, schleppt mich durch den Flur. Minze, ich komme!

Tür auf, Nele macht eine Schwalbe, Tür zu. Im Prinzip hatte ich also recht. Wenn ich genug nerve, werden sie mich internieren. Leider darf ich das Ende der Kofferpackerei im Kiosk abwarten. Scheiße. Dieser Raum ist schon für die Aufrechten dermaßen uninteressant, daß er genausogut fehlen könnte. Nur die Regale sind natürlich nicht übel. Wenn ich als Erdenwurm dicht vor dem Regalgebirge stehe und den Kopf in den Nacken lege, bekomme ich eine Ahnung, was Höhe bedeuten kann. Unvorstellbar, daß es noch Höheres gibt. Die Futterdosenpyramiden, die mich durch meine Träume begleiten, die sind höher. Apropos Ernährung: Ich kann mich nicht entsinnen, daß in der letzten Zeit ein Sattelschlepper vor dem Haus hielt und mehrere Doppelzentner

Dosen abgeladen wurden. Wenn sie nun vergessen haben, Vorräte einzukaufen? Schlagartig beginnen meine Därme zu lärmen. Natürlich kann ich im Angesicht dieser ungeheuerlichen Gefahr jetzt nicht aufs Regal kraxeln und dort oben eine Stunde schlummern.

Als sie mich nach Stunden rauslassen, kommt ihnen steifbeinig ein Nervenwrack entgegen. Warum nimmt mich niemand auf den Arm, blickt mir in meine schönen grünen Augen und erzählt mir, was Sache ist? Sie haben alle Schränke leergeräumt. Vielleicht wollen sie nicht verreisen, sondern ausziehen. Benny trägt mit Händen und Zähnen immer mehr Stofftiere auf den Flur. Dort kippt er sie auf den Haufen mit anderen Stofftieren und wetzt in seine Höhle, um Nachschub ranzuschaffen. Ich weiß überhaupt nicht, was er mit diesen nachgemachten Tieren will. Sie sitzen, hängen und liegen in Bennys Bett – im oberen. In Bennys Zimmer steht ein Doppelbett. Ich habe im Revier außer Benny noch kein zweites stationäres Kleinkind entdeckt. Ob sie früher mal eins hatten? Vielleicht ist es an Katzenseuche eingegangen. Bestimmt haben sie es verhungern lassen, das könnte ich mir bei ihren Talenten noch am ehesten vorstellen. Oder sie haben das Bett auf Vorrat hingestellt. Benny ist der erste Wurf, und sie basteln schon fleißig an einem zweiten. Meine Mutter pflegte pro Jahr wenigstens einmal mit nicht weniger als drei Kindern hinzulangen. Ich bin Kind Numero 11. In ihrer Jugend hat meine Mutter noch den einen oder anderen Kater ausprobiert. Ihr Fazit:

«Die sind alle nicht das Gelbe vom Ei.»

Ächzend wirft Benny einen neuen Schwung Stofftiere auf den Stofftierhaufen. Ute nimmt sich den Sohn zur Brust. Er muß den gesamten Haufen von oben nach unten durchflöhen und darf zwei sogenannte Lieblingstiere mitnehmen – wohin auch immer. Den Rest soll er anschließend gefälligst zurück in seine Höhle schaffen. Fluchend fängt er an. Benny kennt zwei Schimpfworte, «Scheiße» und «Arschkacke». Ein bißchen dürftig, aber er läßt sie nicht staubig werden und setzt sie ein, wo es nur geht. Paß doch auf! Zwar ducke ich mich mit Hilfe meiner sagenhaften Reaktionsfähigkeit zur Seite, dennoch kriege ich ein Stofftier ab. Benny nennt es «Löwe». Wo ich herkomme, gab es so etwas nicht, und wir haben nichts vermißt. Menschenskind, wenn ihr etwas sehen wollt, das nicht nur Ähnlichkeit mit Natur hat, sondern ein prächtiges Stück Original – und Live-Natur darstellt, dann benehmt euch mir gegenüber anständig, und ich werde euch mit einem Anblick belohnen, an dem ihr euch Hände und Füße wärmen könnt. Wir sind gar nicht besonders kratzbürstig, ihr behandelt uns nur toffelig. Kaum zu glauben, daß die meisten Aufrechten der Meinung sind, Tierquälerei begänne mit einem Boxhieb oder Fußtritt. Sie beginnt schon viel eher: mit dem Versuch, das Tier zu streicheln oder es auf den Arm zu nehmen. Mit unserer angeblichen Unnahbarkeit bieten wir euch diskret die Chance, in euch zu gehen. Was habe ich da eben wieder mit meiner kleinen Katze gemacht? Warum fasse ich meine kleine Katze immer so an, als ob sie ein Flußpferd wäre? Wie komme ich auf den Gedanken, daß meine Katze einem Ball nachlaufen will, nur weil ich gerade Lust habe, einen Ball durch die Gegend zu werfen? Ab und zu ein paar Erkundungen in dieser Richtung, die Folge wäre eine dramatische Klimaverbesserung. Benny schnappt den sogenannten Löwen, transportiert ihn samt allen Krokodilen, Bibos, Elefanten und Hunden in seine Höhle. In die Endauswahl gekommen sind ein Känguruh und ein Affe, den er liebt, weil er ihn an seinem meterlangen Schwanz in die Runde schleudern kann. Ich habe volles Verständnis dafür, wenn es Benny nur von meinem hinteren Ende ablenkt. Denn natürlich konnte ich in der Anfangszeit meinen Schwanz gar nicht so schnell zusammenrollen, wie die Nerv-Maschine nach ihm griff, um Knoten hineinzudrehen oder um einfach daran zu ziehen. Wer keinen Schwanz hat, weiß nicht, wie weh das tut.

Zu viert stehen wir im Wohnzimmer vor den ungeheuren Haufen, die sie aufgeschichtet haben.

«Jedes Jahr das gleiche», sagt Franz-Joseph muffelig und tritt gegen eine Kühltasche.

«Ich will Veronika mitnehmen», mault Benny. Daran habe ich noch gar nicht gedacht. Man kann gegen Veronika sagen, was man will, aber an irgendeinem Ende ist sie ja auch nur eine Kreatur wie ich (an einem sehr entfernten Ende. Es ist mit bloßem Auge nicht zu erkennen).

«Die Pullover brauchen wir in jedem Fall», behauptet Ute.

«Aber die Gummistiefel», greift Franz-Joseph an. «Wir wollen baden und keine Wattwanderung unternehmen. Da gibt es gar kein Watt.»

«Ich will eine Badehose haben», sagt Benny. «Ich bin zu alt, um ohne herumzulaufen.»

«Schweig, Sohn», fertigt ihn sein Vater ab, «wir laufen genauso rum.» Schneller Blick zu Ute. «Jedenfalls, wenn nicht zuviele Leute am Strand sind. Die Franzosen sind da noch nicht so weit wie wir, soweit ich weiß.»

«Wo ist da der Fortschritt, wenn Hunderte von germanischen Fettbäuchen in die Normandie einfallen und ihren Wanst in den Atlantik hängen?» will Ute wissen. «Denen werden doch die Austern sauer von dem Anblick.»

Natürlich kann sich Franz-Joseph den Satz «Austern werden nicht sauer. Das unterscheidet sie von dir» nicht verkneifen. Dann faßt er das schwächste Glied ins Auge.

«Warum mußt du zwei von diesen Viechern mitnehmen? Eins reicht dicke.»

Benny fällt fast auf die Knie vor Schreck. Er preßt die Viecher an sein bißchen Brustkorb und jammert:

«Dietrich und Tarzan sollen mitkommen. Sonst bleibe ich hier.»

Franz-Joseph stänkert noch ein bißchen weiter, macht sich über Kühltaschen lustig und will von Ute wissen, warum sie insgesamt acht Hosen braucht. Nach einer Stunde haben sie den ganzen Haufen komplett umgeschichtet. Kleiner geworden ist er nicht.

«Na gut», sagt Franz-Joseph mutlos.

Momentan hält sich seine Urlaubsfreude in Grenzen. Benny entspannt sich, und Ute rennt in die Küche, um die Kühltasche vollzustopfen. Ich begleite sie, um gleich einschreiten zu können, wenn sie aus Versehen eine Dose von mir einpacken sollte.

«Nele, geh aus der Tasche. Hier guck». Sie öffnet beide Türen des Küchenschranks.

Das nenne ich einen Anblick: Dose an Dose. Du würdest kein Blatt Minze dazwischengesteckt kriegen. Rote, blaue, grüne (na ja) und gelbe, gelbe, gelbe Dosen: Leckertöpfchen. Vor Monaten ging ich durchs Zimmer, als aus dem Fernsehgerät ein Film aus China herausstrahlte. Die Aufrechten da besitzen einen leichten Gelbton, der mich sofort an Leckertöpfchen erinnerte. Wie mögen Chinesen schmecken? Wie glücklich sind Katzen in China? Und warum nennen sie ihr Revier Rotchina? Rot sind, wenn ich das jetzt nicht verwechsele, Rind und Leber.

«Na?» will Ute wissen.

Das kann sie haben: Ich schalte das Brummen ein und werde sofort gestreichelt. Heute habe ich sie gut im Griff. Wenn sie jetzt nur weiter mitspielen...zack, sause ich durch die Luft und komme auf dem Rücken in Utes Arm liegend wieder zur Besinnung. Sie polkt in meinem Bauchfell herum, verkneift sich jede Bemerkung über die Anteile von Fell und Fett:

«So, du Biest. Es heißt Abschied nehmen.»

Mir bricht das Herz, wenn du jetzt die Sache mit dem Dosenöffner vergißt.

«In der ersten Woche wird Kerstin nach dir gucken.»

Immerhin. Kerstin hat ordentliche Muckis (= katzenähnliche Koseform für Dosen öffnende menschliche Armmuskeln), läßt sich gut ärgern, ist aber auch schnell wieder versöhnt.

«Und später kommt dann Chris nach dir sehen.»

Ich blicke Ute ins Gesicht, weil mir klar ist, daß sie sich versprochen hat. Also wer nun? Daß Chris nicht kommt, ist ja wohl klar. Wahrscheinlich muß doch wieder der Vater von Franz-Joseph ran. Wir werden schon miteinander auskommen. Es dient ja einem guten Zweck: Nele am Leben zu erhalten.

«Liane kommt zwischendurch auch mal gucken.»

Will sie mir ihren gesamten Freundeskreis runterbeten? Ich recke und strecke mich, winde mich aus ihrem Arm. Zwar versucht sie wie immer, mich noch ein bißchen festzuhalten. Aber ich bin wie üblich einfach zu stark für Ute. Um meinen Willen zu brechen, müßte sie zu einem Vorschlaghammer greifen. Außerdem bin ich sauer. Was soll diese Verarsche mit den vielen Namen? Und dann noch Chris! Vielleicht fällt das ja unter «Humor». Eigentlich müßte ich es Franz-Joseph weitersagen. Dann schickt er Ute und Benny allein in Urlaub und legt sich mit der Nudelrolle auf die Lauer.

Franz-Joseph und Ute schaffen die Klamottenberge nach unten, wo sie das Gelumpe in ihr Automobil stopfen. Benny darf die Dose in meinen Napf füllen. Ich weiß nicht, ob ich ihm dabei zusehen soll oder lieber die offenstehende Wohnungstür in Augenschein nehmen.

Ich riskiere es, das Futter schlecht werden zu lassen. Das Treppenhaus hat sich seit dem letzten Mal nicht verändert. Frau Werys Tür riecht wie Frau Wery. Gut für die Tür. Von oben gleißt Licht durchs Glasdach. Ute kommt hoch.

«Na, Freiheit schnüffeln?»

Sie verzichtet darauf, mich mit dem Schuh zurück in die Wohnung zu kicken. Sie traut mir wohl keinen ernsthaften Ausbruchsversuch mehr zu. Im Hintergrund klappert Benny mit Dose, Löffel und Napf. Die Geräuschkulisse fesselt mich mit eisernen Ketten an mein Revier, obwohl... ein, zwei Stufen Richtung Dach könnten nicht schaden. Hopp, hopp. Noch ein paarmal hopp, und ich sitze auf der Plattform, wo die Treppe einen Knick macht und weiter nach oben führt. Franz-Joseph kommt nach oben geschlurft, bemerkt mich nicht. Er verschwindet in der Wohnung. Dann ächzt und stöhnt er innen und kommt mit eineinhalb Reisetaschen wieder heraus. Gleich danach folgt Ute.

«Nelchen, happi happi machen!»

Im Sauseschritt bin ich ganz oben. Hier wohnt niemand mehr, hier gibt es nur noch den Dachboden, hinter einer Tür.

Ein kurzer Blick wäre nicht schlecht. Vielleicht ist irgendwo ein Loch, dann könnte ich raus aufs Dach. Meine Mutter hat uns das damals vorgemacht. Es war zwar nur das Haus, in dem die Traktoren standen. Aber es war ein richtiges Haus und ein richtiges Dach. Oha! Ich verdoppele meinen Umfang, weil sich alle Haare sträuben. Die Tür ist nur angelehnt. Was will mir das Schicksal damit sagen? Vorwärts jetzt! Mit der Pfote aufhebeln, Kopf dazwischen, schieben und ich bin drin.

Auf diesem Dachboden könnten die Aufrechten Fußball spielen. Sie müßten nur vorher die Wäsche von der Leine nehmen. Alles ist neu für mich. Die Geräusche: dumpfes Brummen; selbst meine Luxusohren filtern keine einzelnen Lärmquellen mehr heraus. Das Licht: alles in gedecktes Gelb getaucht. Nichts sieht wie Bauernhof aus, nichts ähnelt meinem derzeitigen Revier. Die Welt ist bunt wie ein Blumenstrauß. Und ich dämmere zwischen Spannteppichen und Plastiknäpfen herum! Hinter mir Poltern. Sie stürzen die Treppe herauf, es gibt ja auch etwas ganz seltenes zu bestaunen: eine Katze in Freiheit.

«Da», piepst Benny.

Ein harter Griff, Utes Gesicht:

«Mußt du dich fünf Minuten, bevor wir weg sind, noch einmal wichtig machen?»

Traurig für euch, wenn ich das nötig habe. Sie trägt mich ins Revier zurück und giftet Franz-Joseph an:

«Schließ gefälligst die Bodentür ab. Sonst geht sie uns noch stiften. Die hat doch jetzt Blut geleckt.»

Die restlichen Minuten bis zu ihrem Abgang verbringe ich auf dem Fensterbrett. Ich blicke hinaus dorthin, wo die Weite ist. Wie lebe ich eigentlich? Was habe ich und was entgeht mir? Wie arm dran muß ich sein, daß mich ein popeliger Dachboden dermaßen beeindrucken kann? Sollte ich nicht lieber meinen Napf unter den Arm nehmen und auf die Sekunde warten, in der die Wohnungstür ein Zentimeterchen offensteht? Während ich dies noch denke, purzeln die ersten

Regentropfen gegen die Scheibe. Ich werde das Ende des Regens abwarten und dann erneut über meinen Heimatwechsel nachdenken.

Dann sind sie endlich soweit. Als letzten Akt haben sie sich aufgehoben, ihre zarte Katze einem brutalen Belastungstest zu unterwerfen. Sie nennen das «Auf Wiedersehen sagen». Einer nimmt mich auf den Arm, boxt, stupst und schlägt, um mich dann nicht etwa an den Notarzt, sondern an den Nächsten weiterzureichen, der mit mir das gleiche anstellt. Benny ist noch der Gnädigste, weil er es nicht schafft, mich auf seinen mickrigen Ärmchen zu halten. Deshalb kriege ich die Gemeinheiten auf dem Fußboden ab.

Und dann bin ich allein. Ich sitze im Flur vor der Wohnungstür, durch die in absehbarer Zukunft Kerstin und Liane kommen werden; und ein Scherzkeks namens Chris. Ich will nicht stänkern, sondern ihnen eine faire Chance geben. Vielleicht wachsen sie ja über sich hinaus und benehmen sich makellos.

Ohne Eile, die mit jedem Schritt wachsende Vorfreude auskostend, schlendere ich zum Freßplatz. Benny hat reingequetscht, was reinging. Sympathisches Kerlchen. Leider füllt er zu selten den Napf.

Nach dem Essen kann ich nicht mehr Papp sagen. Mein Bäuerchen hat Mühe, bis oben durchzukommen. Es muß sich durch pfundweise Rind hindurchboxen. Ach, ist das schön, endlich einmal satt zu sein. Nicht immer kalorienmäßig auf der Kippe, ständig vom Absturz in den nackten Hunger bedroht. Noch zwei Bissen mehr, und mein Bauch würde beim Gehen über den Fußboden scheuern. Der Satz auf den Sessel, der mir sonst lässig gelingt, läuft heute unter dem Motto «Ein nasser Sack will hoch hinaus». Oben angekommen, bin ich gerade noch zu einem notdürftigen Putzen fähig, dann fällt mir der Kopf herunter. In den nächsten Stunden gibt es in der Wohnung kein einziges denkendes und gleichzeitig waches Wesen (womit ich Veronika mal wieder sauber ausgegrenzt hätte).

Abends sitze ich auf dem Fensterbrett. Die Euphorie des Fressens hat sich gelegt. Ich habe einen mörderischen Haufen in den Sand gesetzt.

«Mit dir könnten wir nie auf Sylt Urlaub machen», hat Franz-Joseph einmal angesichts einer meterlangen Wurst von mir gesagt. «Du untergräbst die Dünen.»

Anschließend mußte Ute ihm auf den Rücken klopfen, weil er sich an seinem eigenen Lachen verschluckt hatte. Ich fühle mich entschlackt, aber auch ernüchtert. Ich kenne das. Es ist die übliche Erscheinung am ersten Tag einer Phase, in der sie nicht in der Wohnung herumlärmen. Ich werde nicht etwa melancholisch, weil ich mich von den Aufrechten abhängig fühlen würde. Lachhafte Vorstellung. Es ist die Gewohnheit. Ich muß jetzt sehen, wie ich mit der Leere fertig werde. Morgen wird es noch schlimmer sein, übermorgen kommt hoffentlich Kerstin.

Und die Zeit vergeht doch nicht immer gleich schnell. Ich erfahre es schmerzlich am Tag, der auf die königliche Fresserei folgt. Warum kommt Kerstin nicht endlich? Sie wohnt im selben Haus. Wäre doch ein Klacks, mal kurz hereinzuschauen. Mir ist schleierhaft, was mich zum wiederholten Mal an den Napf zieht. Meine Fantasie reicht durchaus, sich das nackte Grauen vorzustellen: einen gähnend leeren Napf. Sauberer als sauber kann ich ihn nicht auslecken. Ich schnüffele die Topfpflanzen durch. Keine Offenbarung. Das Gewächs, das am dunkelgrünsten aussieht, neigt dazu, Blätter abzuwerfen. Lustlos mümmele ich auf einem herum. Schmeckt nach Pappe, doch ich kann mir wenigstens einbilden, etwas für meine Ernährung getan zu haben.

Hallo Veronika! O mein Gott, dieser Blick! Ich gucke ja schon manchmal etwas weniger geistreich (z. B. wenn ich satt bin. Also minutenlang). Veronika ist Besitzerin eines Standardblicks, eines einzigen. Mit dem muß sie durchs Leben kommen. Was wird dieses Tier für einen Schreck kriegen, wenn es sich eines Tages sieht! In einem Spiegel oder im Wasser. Wahrscheinlich hat Veronika sich längst gesehen. Vielleicht ist ihr jetziger Blick die Spätfolge des damaligen Schocks. Mit Spiegeln habe ja selbst ich Probleme – ähnliche wie mit dem Fernsehapparat. Da obwaltet ein gigantischer Trick, den ich nicht durchschaue. Muß aber auch nicht sein. Bei uns draußen wußte auch keiner mit Spiegeln Bescheid, und trotzdem waren alle zufrieden. Natürlich ist es eine faszinierende Sache, sich selbst zu begegnen. Denn das bin ja ich, soviel habe ich mitgekriegt, wenn sie mich in meiner Kindheit vor einen Spiegel gestellt haben und sich vor Lachen bepinkelten, wenn ich hinter den Spiegel ging, um diese ausnehmend sympathische Katze zu begrüßen. Ich komme mit mir sehr gut klar, auch ohne wissen zu müssen, wie ich für Dritte aussehe. Meinetwegen könnte ich aussehen wie mein Vater, mich würde das nicht stören. Wahrscheinlich würde es aber die Aufrechten nerven, in einem Revier mit solch einem verschrammten Riesenkerl leben zu müssen. Mit wem sollte sich mein Vater hier kloppen? Die Schrammen wären in kürzester Zeit abgeheilt, oder er müßte Franz-Joseph zum Zweikampf stellen. Tschüs Veronika! Diese vertrockneten Kötel auf dem Stück Borke dürften deine Nahrung sein. Wie das Tier, so das Fressen.

Die Zeit zieht sich und zieht sich. Auf den Bürgersteigen wimmeln Aufrechte und Hunde. Vor dem Schlachterladen sind einmal sogar zwei Bellos angebunden. Die haben was, worauf sie sich freuen können. Irgend jemand hämmert und bohrt im Haus, daß die Wohnungstür zittert. Frau Wery hustet mir zweimal am Tag etwas vor. Es klingelt auch, ich im Galopp hin. Vor der Tür ein Aufrechter. Er klingelt ein zweites Mal. Ich miaue leise. Er soll gleich sehen, daß das Revier unter scharfer Bewachung steht. Der Briefkastenschlitz klappert, zwei Prospekte segeln auf den Fußboden. Ich rieche dran. Nichts, was die Fantasie beflügelt.

Nebel kommt auf. Weil mir jeder Anstoß von außen fehlt, rutsche ich mählich in einen Zustand zwischen Hungertod und Dauerschlaf. Ich bewege mich kaum noch. Wo ich gerade zum Liegen gekommen bin, bleibe ich liegen. Eins ist so gut wie das andere, alles ist egal. Es soll sofort jemand kommen und in meinem Revier einen Aufstand anzetteln. Und wenn er nur etwas umkippt. Er soll seine schmutzigen Strümpfe waschen, meinetwegen Popel durch die Luft schießen wie Franz-Joseph, wenn außer mir niemand im Raum ist. Meinetwegen soll er in der Küche sitzen und essen und mir keinen Brocken abgeben. Ich gehe bis an die äußerste Grenze der Selbstverleugnung. Ich will endlich ein bißchen Zerstreuung.

Am Abend des zweiten Tages geht es mit mir zu Ende. Ich dämmere ins Hungerdelirium hinüber. 10 oder 20 Versuche, einen krabbelbehinderten Marienkäfer zu fangen, schlagen fehl. Wäre ich nicht viel zu schwach für diese Gefühlsaufwallung, würde ich mich zu Tode schämen. Ich probiere noch einmal sämtliches Grünzeug: Es geht nicht, es geht wirklich nicht. Systematisch Bennys Zimmer durchkämmend, spüre ich Lebensmitteln und Verwandtem nach und finde als einzige Freßkandidaten ein eingetrocknetes Etwas, das sich als Radiergummi herausstellt sowie einen Joghurtbecher, in dem ein Plastiklöffel, ein Rest Joghurt sowie eine blühende Schimmelkultur ihr Wesen treiben. Ich wußte nicht, daß sich Benny so gesund ernährt. Wahrscheinlich griff er zum Joghurt, als er eines Tages ein kleines Zwischendurch-Hungergefühl verspürte. Natürlich wurde das Kind nicht von solch existentiellem Würgegriff gepackt wie ich. Mir fehlen die Zwischenstufen. Zum Beispiel kenne ich nicht das, was die Aufrechten «Appetit» nennen. Ich bin entweder satt oder ich habe Heißhunger. Im Moment stecke ich im lebensgefährlichen Zwischenraum zwischen Heißhunger und Hungertod. Würde jetzt eine Maus vor mir auftauchen, sie könnte eine Pirouette drehen oder mir die Zunge rausstrecken – ich würde es tatenlos, tatzenlos mit ansehen.

Es ist nackte Verzweiflung, die mich dazu treibt, den Faden
in Franz-Josephs Fernsehsessel um einige Zentimeter zu ver-
längern. Der Hautkontakt mit dem Velours reißt mich auch
nicht vom Sessel, höchstens von den Beinen. Und dann das
Geräusch an der Wohnungstür! Natürlich höre ich nicht richtig, es ist meine umwölkte Fantasie, die da Kobolz schießt.

«Na, Nele, du fetter Braten! Bißchen Verhungern spielen,
was? Steh schon auf und gib nicht so an, sonst kriegst du einen
Tritt in den Bauch. Der kann es vertragen.» Kerstin bückt sich.
«Aber hallo. Gut gepolstert. Kann ich ja wieder gehen. Nimm
du mal ein bißchen ab. Das erhöht die Lebenserwartung.»

Ich muß sie dazu kriegen, daß sie eine Dose aufmacht. Die
Strafe für ihre gemeinen Reden kratze ich ihr später in die
Haut. Wie provozierend langsam sie zur Küche latscht! Ich bin
immer zwei Schritte vorweg. Kerstin sieht aus wie ein Ballon
mit Beinen. Sie trägt einen schlabberigen Pullover, der erst bei
den Knien aufhört. Die strubbeligen Haare sehen aus, als wenn
sie tagelang durch Regen gerannt ist. Die Füße sind schmutzig,
Kerstin geht barfuß. Sie soll bloß aufpassen, daß sie sich keinen...

«Au verdammt! Scheiß Splitter! Holzfußboden mistiger.»

Kerstin setzt sich vor die Küchentür und begutachtet den
Schaden. Immer noch besser Splitter im Fuß als in der Hand.
Nachher kann sie nicht mehr die Dose festhalten. Oder den
Öffner. Ich werde Zeuge, wie sie versucht, den Fuß so zu drehen, daß sie den Splitter sehen kann. Ich habe mir noch nie
einen Splitter reingedonnert, und ich gehe täglich mehrere
hundert Male über diesen Flur. Auf ganzer Länge und barfuß
mit doppelt so vielen Beinen. Kerstin ächzt, verrenkt sich,
stöhnt, flucht. Sie flucht heute ununterbrochen. War ich jemals
so kindisch? Dieses Stadium streifen wir Katzen nur am
Rande. Die Aufrechten müssen durch dieses tiefe, tiefe Tal hindurch. So Kerstin, genug herumgepokelt. Sie soll endlich aufstehen und 1. die Küchentür öffnen, 2. die Dose öffnen, 3. ihr
Herz öffnen und mich streicheln. Aber bitte erst nach dem Essen, keine Reizüberflutung. Benny bringt es ja fertig und strei-

chelt mich, wenn ich einen Haufen in den Sand setze. Benny ist weit weg, außerdem kann Benny keine Dosen öffnen. Das ist neben allen Unzulänglichkeiten sein prinzipieller Fehler. Benny ist ein Dosenöffner in spe.

Nun fängt sie an und will diesen verdammten Splitter aus dem Fuß herausoperieren. Ich gucke genau hin: Mit bloßem Auge ist das Ding kaum zu erkennen. Das hätte doch alles Zeit bis nach dem Dosenöffnen. Das hätte sich verwachsen bis nach dem Dosenöffnen. Aber Kerstin pokelt und pokelt unter ihrem Fuß herum. Ich schubbere mich an ihrem Schienbein. Wenn ich das früher tat, verging sie vor Seligkeit. Heute muß ich einen Sprung machen, um keinen Schlag abzukriegen. Ich störe! Eine Minute lang sinne ich über mein Leben nach und zwar sehr, sehr grundsätzlich. In diesem Zusammenhang kommt auch ein fetthaariges Mädchen vor, dem jemand das Gesicht zerkratzt haben muß.

Zum Glück für mich benötigt Kerstin auf einmal unbedingt ein Messer. Und wo liegen in meinem Revier die Messer? In der Küche wären wir also schon mal.

«Nele, nerv nicht. Du siehst doch, daß ich den Splitter rausoperieren muß. Das gibt sonst eine Blutvergiftung, daran kann man sterben.»

Ich kann mir nicht vorstellen, daß ein so winziger Splitter ein dermaßen massiges Mädchen meucheln könnte. Wenn sie mir keine Dose öffnet, ist es genauso, als wenn sie tot wäre.

«Na gut, du Nervensäge. Kriegste erst mal Körner.»

O nein, nicht das! Da poltern die Steine schon in meinen nach Fleisch schreienden Napf. Natürlich kann Kerstin sich nicht verkneifen. «Guten Appetit» zu sagen. Und um ihre Rolle als Ekelpaket bis zur Perfektion auszureizen, hockt sie sich neben den Napf.

«Na, so groß kann dein Hunger aber nicht sein.»

Immerhin steht sie nach diesem Beitrag auf und klappert in der Küche mit Messern. Brekkies soll ich also knacken. Das Zeug stinkt. Im Gegensatz zu allen Fleischsorten (auch Wild), die immerhin einen Geruch oder eine Ahnung von Geruch ausströmen, bringt es dieses Granulat-Futter nur zu einer muffigen Ausdünstung. Als wenn es jahrelang in irgendeiner Ecke vor sich hingemodert hat. Du kannst die Klunkern auch nicht einfach in dich hineinschlabbern, du mußt sie dir erarbeiten. Immer zwischen die Kiefer plazieren und konzentriert zudrükken. Es knallt im Oberstübchen. Du mußt knacken und knakken, bevor du auf die Menge kommst, die du dir bei ordentlichem Dosenfleisch in Null Komma wenig reingezogen hast. Zehn Minuten nach dem Knacken der Brekkies setzt ein brüllender Durst ein, der mich minutenlang an der Wasserquelle festhält. Die Folge sind beträchtliche Seen, die ich in den Sand setze und ein ständiges Gluckern im Bauch. Im Endeffekt sind Brekkies nichts als eine unnötige Verkomplizierung normalen Fressens. Wenn ich Pech habe (ich habe gewöhnlich Pech), haben sie wieder vergessen, mein Wasser auszuwechseln, und ich trotte dann angesichts der Algenkultur, die sich in dem Gammelnapf entwickelt, notgedrungen nach vorne und zapfe das Verdunstungsgefäß an.

Einmal habe ich im Waschbecken gesessen, weil ich mitgekriegt hatte, daß das silberne Rohr Wasser läßt. Als ich in dem verdammten Becken saß, merkte ich schnell, daß es gewisser Vorbereitungen bedarf – drehen. Was Menschen bauen, ist so konstruiert, daß wir Katzen scheitern müssen. Auf diese Weise machen sich die Aufrechten unentbehrlich. Eine schlaue Taktik. In diese Schublade fällt auch unser Revierleben in enger Nähe zu den Zweibeinern. Vor 100 Jahren begegneten wir einem Aufrechten nur, wenn wir durch die Natur streiften und er 50 Meter weiter gerade in einen Kuhfladen trat. Früher waren wir weiter voneinander entfernt. Dann paßten meine Vorfahren irgendwann nicht auf. Vielleicht haben die Menschen sie unter Vorspiegelung falscher Versprechungen in ihre Reviere gelockt. Jedenfalls waren meine Vorfahren so vertrauensselig, sich in die Container zwischen Decken, Wänden und Fußböden locken zu lassen. Das haben wir nun davon. Sie haben uns so gut in Schuß, daß wir angesichts einer offenstehenden Tür Herzjagen kriegen und nicht das tun, was einzig unsere Art ist: rasante Absetzbewegung in gestrecktem Galopp. Im Prinzip ist es eine Blamage, daß ich mich von diesen Zweibeinern wie eine Schildkröte vom Dachboden wegpflücken und zurück in ihre Wohnung transportieren lasse – ohne einen Funken Gegenwehr, ohne vorherige Hetzjagd, ohne ein Knurren aus der Region zwischen Magen und Darm, daß sie sicherheitshalber Handschuhe und Tauchermaske anlegen, bevor sie sich mir auf weniger als 10 Meter nähern.

Eigentlich bin ich so gefährlich wie ein Waschlappen. Was bei mir noch an Katze erinnert, ist Kulisse und Attrappe, Täuschung, Schminke, Mimikry. Ich glaube, ich höre besser auf mit diesen Brekkies. Die Depression setzt bereits ein, bevor sie den Magen erreicht haben.

«Na, satt?»

Sie sollte, wenn sie den Fuß fertig hat, mit dem Messer am Kopf weiterschnitzen. Vielleicht säbelt sie den Hirnlappen ab, der ihr solche klassischen Fehleinschätzungen aus dem Mund treibt. Wie kann man satt sein mit einem Fuder Wackersteinen im Magen? Zwar mag ich im Moment nichts mehr essen, aber satt? Satt sein hat mit Wohlfühlen zu tun. Brekkies bunkern ist unsinnliche Kalorienzufuhr. Mag sein, daß 98 Prozent aller Katzen vor Freude auf der Schwanzspitze stehen, wenn sie das Geräusch von Brekkies hören, die ein Aufrechter in der Pappschachtel schüttelt. Mir erscheint das Geräusch wie eine Warnung vor Unausweichlichem. Sie bieten uns ja nicht in zwei Näpfen Brekkies und Leckertöpfchen an. Sie werfen Brekkies in einen Napf, und dicht daneben lauert der Sensenmann. Würge ich die Steine nicht in mich hinein, macht er fette (d. h. entsetzlich abgemagerte) Beute. Warum habe ich mich seit Tagen darauf gefreut, daß ein Aufrechter ins Revier kommt? Ich bin doch nun wirklich nicht der Typ Katze, der immer gleich gedanklich ins Grundsätzliche abschweift. Aber sie lassen mir keine andere Wahl. Vielleicht habe ich einfach die falschen Mitbewohner. Daß ich die falschen Nachbarn habe, sehe ich gerade vor mir. Immerhin hat Kerstin jetzt den Winz-Stachel aus dem Fuß gewürgt.

«Komm, du Ratte. Dafür sollst du auch einen Nachschlag kriegen.»

Oha, welch unerwartete Wendung. Offensichtlich bin ich gerade Zeuge eines Mutationssprungs in Kerstins Kopf geworden. Vielleicht hat auch einfach wieder ihr Herz angefangen zu schlagen. Dann kommt so ein bißchen Katzenliebe ganz automatisch. Thunfisch, immerhin. Es hätte schlechter kommen können. Und weil er nicht im Kühlschrank steht, folgt nun auch nicht die bittere halbe Stunde Wartezeit (Stichwort: Zimmertemperatur). Ich kann sofort loslegen. Hinterher bin ich völlig fertig. Ich esse in letzter Zeit einfach zu unregelmäßig. Mein natürliches Gleichmaß, wo steckt es? Daran ist nur die Angst schuld, daß Kerstin verschwinden könnte und ich wieder vor langen Stunden des absoluten Nichts stehe. Ja, ja, wenn mich die Endzeit anfaßt, bleibt kein Auge trocken. (Kennen Sie den? Kommt eine Frau zum Tierarzt: ‹Herr Doktor, Herr Doktor, in meiner Wohnung tropft es seit vier Wochen Tag und Nacht. Dabei sind alle Wasserhähne in Ordnung.› ‹Beruhigen Sie sich, gnädige Frau. Das sind nur die Augen ihrer Perserkatze.› Gut, was?)

Diese Glanzlichter tierischen Humors sollten auf den Etiketten der Futterdosen abgedruckt werden. Ich möchte als Honorar nichts weiter als ein lebenslanges Deputat Leckertöpfchen sowie einen Aufrechten als Diener, der die gelben Dosen haargenau dann öffnet, wenn *ich* es wünsche und nicht, wenn es *ihm* in den Kram paßt.

Kerstin besinnt sich auf ihre Bestimmung und wuselt mir ein paarmal durchs Fell. Ich biete ihr verschiedene Stellen an. Nach ein paar Minuten ist schon alles vorbei. Kerstin muß angeblich los. Sie will wohl überall den Splitter rumzeigen und sich beglückwünschen lassen, daß sie Freund Hein von der Schippe gesprungen ist. Ich fühle mich trostlos, trotte nach hinten und setze mich vor die Balkontür. Draußen lacht ein Sommertag, drinnen leidet eine Kreatur. Wenn das Einzelgängertum eine Schattenseite hat, dann diese: Es kann dir passieren, daß du dich verdammt einsam fühlst. Ute und Franz-

Joseph, die ein Bücherbrett voll mit Katzenliteratur besitzen, haben mir erklärt, daß sich eine Katze niemals einsam fühlt. Aus dieser papiernen Erkenntnis leiten sie die Berechtigung ab, mich wie ein vollgeschnieftes Taschentuch in der Ecke liegenzulassen. Natürlich bin ich kein Hund, der Tag und Nacht Frauchen und Herrchen auf dem Schoß sitzen muß. Ich brauche Abstand von der polternden Art der Aufrechten. Aber mir reicht es völlig, wenn sich dieser Abstand in Metern messen läßt. Sie müssen nicht gleich ins Auto springen und in die untergehende Sonne abdüsen.

Mit wehem Herzen stehe ich dann vor dem Klo. Natürlich hat Kerstin nicht daran gedacht, für hygienische Minimalausstattung zu sorgen. Kurz und saftig einen Haufen auf den teuersten Sessel gesetzt, und alle würden sich um mich kümmern. Aber ich weiß ja, wem das Zeug hinterher am meisten stinkt: mir.

Da! Ein Marienkäfer. Versonnen sehe ich ihm beim Krabbeln zu. Neben allen anderen Instinkten (außer dem zu überleben) ist natürlich auch mein furchterregender Jagdtrieb im Augenblick abgemeldet. Später wieder – wenn es ein Später geben sollte. Um nicht in Vergessenheit zu geraten, kratze ich eine Runde am Velours wie vielleicht vorher noch nie. Ein Wunder, daß der Sessel anschließend noch steht.

Mir kommt es vor, als wenn Monate vergangen sind. Es kann sich aber auch um Stunden handeln. Jedenfalls wird ein Schlüssel in die Tür gesteckt. Ich bin eigentlich überzeugt, daß mir zum Aufstehen die Kraft fehlt, wundere mich also, daß ich plötzlich im Flur stehe und Liane gleich feste um die Beine gehe.

«Nelchen, du Schmusekatze! Bist völlig ausgehungert nach Streicheleinheiten, was? Na komm, hier hast du eine Runde Streicheln. Da magst du's doch, zwischen den Ohren oder? Ja klar, da mag sie es. Du Nähmaschine. Brummst vor lauter Freude, daß wieder einer da ist? Komm, jetzt gibt es erst mal Atzung.»

Diese Sätze sollten auf alle Tapeten der Welt gemalt werden: So viele Worte und kein einziges überflüssiges dabei. Diese Frau ist ein Volltreffer. Ich begreife nicht, wie sie es schafft, ohne Katze zu leben. Alles in ihr schreit doch nach solch einem liebenswürdigen Wesen.

Wie elegant sie den Dosenöffner handhabt! Mit welch fließenden Bewegungen sie das Futter von der Dose in den Napf umfüllt. Und selbst dabei hat sie noch eine Hand frei, um mich zu streicheln, während ich auf dem Tisch sitze und zugucke. «Nele, Nele! Wenn das dein Frauchen sehen würde.»

Das siehst nur du, Liane. Und ich. Eine verschworene Gemeinschaft. Wenn Liane mir beim Fressen zusieht, stört mich das überhaupt nicht. Mit Rind hat sie immerhin meine zweitliebste Sorte getroffen. Und das trotz der angefangenen Thunfischdose im Kühlschrank. Aber:

«Also nein, das kann man einer ausgehungerten Katze ja nicht zumuten, jetzt noch zu warten, bis das Essen warm geworden ist. Komm, ich mache dir schnell eine neue Dose auf.»

Ein Naturtalent.

Es klingelt. Chris! Ich kann mir nur einen Grund vorstellen, warum dieses Scheusal hier auftaucht: Er will mir mein Futter wegnehmen. Ich stelle mich zum Kampf. Zwar hasse ich Kloppereien mit vollem Magen. Von meinem Vater weiß ich, daß man sich nach dem Essen nicht prügeln soll. Aber es muß sein. Komm nur! Hier stehe ich, ich kann auch anders, nämlich dir mit allen vier Beinen ins Gesicht springen. Komischerweise tut das im nächsten Moment Liane. Lediglich mit dem Unterschied, daß sie nur zwei Beine zur Verfügung hat, sie will ihm auch nicht das Gesicht zerkratzen, sie will ihn küssen. Igitt! Sie stehen in meinem Revier und knutschen, daß die Fensterscheiben beschlagen (manchmal übertreibe ich wirklich).

So, jetzt habe ich, was ich wollte: das Revier voller Aufrechter. Aber wollte ich das auf diese Weise: vor der geschlossenen Wohnzimmertür sitzend? Angenommen, Chris wäre gekommen, als Liane mir noch nicht die Dose geöffnet hatte:

Hätte sie mir erst die Dose geöffnet oder erst die Wohnzimmertür hinter sich zugemacht? Warum hat mir nie jemand erzählt, daß Liane an zeitweiligen Ausfallerscheinungen im geschmacklichen Bereich leidet? Haben die beiden kein eigenes Revier? Wissen Ute und Franz-Joseph, was hier gespielt wird? Gibt Chris mir auch noch eine Ration Futter? Vielleicht wollen sie mich totfüttern, ein für allemal Schluß machen mit mir. Vielleicht sind Ute und Franz-Joseph nur deshalb weggefahren, um nicht mitansehen zu müssen, wie sie mich um die Ecke bringen. Und Benny haben sie mitgenommen, damit das Kind keinen Schock fürs Leben kriegt. Ein mörderischer Rülpser entringt sich meinen Eingeweiden.

Plötzlich reißt ein Aufrechter die Tür auf und versucht, mich breitzutreten.

«Na, Katze», sagt Chris, als er merkt, daß er beinahe zum Totschläger geworden wäre.

Mehr sagt er nicht, rennt statt dessen auf die Toilette. Rein ins Wohnzimmer. Liane liegt hingegossen auf dem Sofa.

«Na, Nele, satt?»

Ich springe aufs Sofa. Sofort ist die Streichelhand da. Chris kommt zurück und setzt sich unverfroren auf exakt meine Quadratzentimeter. Ich rette mein Leben, sehe vom Fußboden aus zu, wie Chris mit Liane Händchen hält. Genauso war das damals mit Ute, bloß daß Ute nicht lange genug stillhielt, damit er seine Griffe ansetzen konnte. Liane hält still. Schlimmer noch: Liane packt selbst zu. Die liebliche Hand, die gerade noch den erregenden Rhythmus des Dosenöffners bestimmte, sie harkt jetzt durch Chris' Haare und stößt dabei Laute aus, wie mein Vater damals, wenn er sich über Küchenabfälle hermachte. Sie waren also nicht miteinander verabredet. Chris wollte Liane überraschen, und das ist ihm ja offensichtlich gelungen. Noch ein Rülpser. Chris guckt mich an:

«Schwein.»

Hätte Liane gerülpst, hätte er es süß oder niedlich gefunden (ich kenne Menschenmänner). Aber kaum benimmt sich ein Tier menschlich, ist es ein Schwein. Aus Chris und mir wird nie das Liebespaar des Jahres werden. Jetzt geht er meiner Liane auch noch an die Wäsche. Der Ablauf ist wie zwischen Ute und Franz-Joseph, nur daß es sich bei denen im Schlafzimmer abspielt. Einerseits würde ich ganz gerne zugucken, andererseits reißt mich die Turnerei auch nicht vom Hocker. Lebenserfahrenen Katzen muß man schon was Besonderes bieten.

Ich drehe mich gerade um, da keucht Chris:

«Warte, ich schmeiß nur schnell die Katze raus.»

So! Das hast du nicht umsonst gesagt. Ich wollte gehen, ich war praktisch schon draußen. Aber jetzt bleibe ich hier. Komm her und fang mich. Versuch's doch. Chris steht auf und macht eine wedelnde Handbewegung:

«Sssh, hau ab.»

Mit dieser Aktion könnte man selbst Veronika nicht verjagen. Also bitte ein paar Stufen ernsthafter, ja. Sonst fühlte ich mich gar nicht erst angesprochen.

«Laß sie doch», bittet Liane.

Vielen Dank, aber das ist jetzt eine Sache zwischen Chris und mir. Wenn du Zweikämpfe schlecht vertragen kannst, würde ich dir empfehlen, den Raum für eine Viertelstunde zu verlassen. Länger werde ich nicht brauchen. So stabil ist er ja nun auch wieder nicht. Oh, wenn jetzt mein Vater Zeuge wäre. Und auch für meine Mutter wäre es ein Fest, wenn sie mit ansehen könnte, daß sie keine Perserkatze großgezogen hat, sondern eine Katze, die weiß, daß sie ihre Krallen nicht nur besitzt, um sich mit ihnen hinter den Ohren zu kratzen.

«Na, du Stubenpanther, frech werden?»

Doppelstrategie: Mit Worten beleidigt er mich, gleichzeitig rückt er mir mit seinem Körperbau auf die Pelle. Kein Grund zur Panik, im Rücken habe ich genug Luft. Jetzt versucht er, langsam die Kurve zu kriegen, um mich Richtung Tür zu schieben. Er hätte besser Marienkäferjäger werden sollen. Eineinhalb müde Sätze, und ich bin im Eßzimmer.

«O Chris, paß auf. Sie faucht.»

«Sssh, hau ab. Oder...»

Chris schnappt einen Schuh. Das verschärft die Lage. Franz-Joseph neigt auch dazu, mit Hausschuhen nach mir zu werfen. Demnach dürfte es sich um typisches Männerverhalten handeln. «Na los, hau endlich ab.»

Er drückt mich an die Wand, ich weiche seitlich aus. Und dann attackiert er! Täuscht links an, tritt nach rechts aus und wirft, als ich lossprinte, den Schuh in die Mitte. Leider nicht unintelligent, der Schuh erwischt mich am Schwanz. Wenn ich nicht genau wüßte, daß eine Katze beim Kampf keinen Schmerz kennt, würde ich sagen: Es tut höllisch weh. Hinterm Sofa setze ich mich erst mal hin, bestimmt stehe ich unter einem gefährlichen Schock.

«Chris, du bist ein Ekel», ruft Liane.

Sachlich richtig, aber mich beunruhigt, daß ihre Stimme dabei locker und flockig klingt. Als wenn es sie amüsiert. Wenn das so wäre, wäre es so schlimm wie ein komplettes Schuhgeschäft, das mir auf den Schwanz fällt. Liane, meine beste Freundin Liane, schlägt sich auf die Seite dieses Unmenschen. Wut schießt hoch, ich lange um die Sofaecke, schlage meine schneeweißen, messerscharfen Beißer in das Erstbeste, das ich zu packen kriege. Leider sind es keine Weichteile, sondern nur sein rechtes Schienbein. Ich haue mir beinahe einen Eckzahn aus. Chris schreit los wie ein Stier: Sphärenklänge! Mein Herz springt vor Aufregung hoch und runter. Irgend jemand miaut hier. Ich sehe mich erstaunt um. *Ich* miaue. Mann, bin ich aufgeregt. Was ist das für eine Welt, die für uns Katzen solche Strapazen bereithält? Ich bin solchen Streß nicht gewöhnt. Mein Leben verläuft doch sonst in ruhigen Bahnen. Chris hört gar nicht wieder auf zu schreien. Kopf um die Ecke gestreckt – welch ein erquickender Anblick. Chris sitzt auf dem Sofa und wehklagt. Liane krempelt ihm gerade ein Hosenbein hoch und betrachtet sich gemeinsam mit mir die Wunde. Herzlichen Glückwunsch, Nele! Du hast die Ehre deiner Rasse klasse vertreten.

«Vier Punkte», sagt Liane erstaunt. Punkte! Ich habe dem Ekelpaket klaffende Wunden verpaßt, und wenn er nicht schnell vier Korken reinsteckt, verteilt sich Chris in der nächsten Minute als rote Pfütze über den Spannteppich. Gut, gut, ich mäßige mich. Er ist nicht gerade in Gefahr, auszubluten. Aber bluten tut's. Da! Schon wieder kullert ein roter Tropfen sein Schienbein entlang Richtung Strumpf. Und das ist bereits der zweite Tropfen. Toll! Was ich alles kann. Ich lebe hier doch praktisch auf Sparflamme. Ich komme doch im Alltag gar nicht richtig aus mir heraus. Die kennen doch nur eine Seite von mir: die pflegeleichte, beherrschbare. Sie glauben doch, daß sie mich im Sack haben: Daumen drauf, Nele ist ja nur ein Haustier – mit Betonung auf Haus. Sofakissen auf vier Beinen. Da, der dritte Tropfen! Ich bin gerührt. Mein Vater wäre mit mir zufrieden, meine Mutter wäre stolz auf mich, meine Geschwister wären grün vor Neid. Nun müßte nur noch Liane aufhören, ihn zu pflegen. Sie soll sich lieber zu mir aufs Sofa setzen, und wir Frauen gucken uns dann an, wie ein zerfetzter Mann seinen Nachlaß ordnet. Aber sie bemuttert ihn. Fehlt nur noch, daß sie ihm die Wunde aussaugt, wie ich es einmal draußen auf dem Bauernhof gesehen habe.

«Dieses Mistvieh», stöhnt Chris. «Ich kriege einen Wundstarrkrampf.»

Schmeichler.

Mein Herz bummert nicht länger gegen die Rippen. Offen und friedlich gehe ich auf den Gegner zu. Als faire Sportskatze halte ich den Kampf für beendet. Er hat verloren (hat jemand anderes erwartet?), er hat meine Überlegenheit anerkennen müssen. Aber er hat überlebt. Das Leben geht für ihn weiter, obwohl ich in den nächsten Wochen an Chris' Stelle den Kopf ein wenig niedriger tragen würde. Ich setze mich neben Liane, da erst sieht mich Chris. Er schreit auf, ich kriege die Nackenrolle um die Ohren geschlagen. Sie holt mich von den Beinen. Ich rapple mich hoch, renne hinters Sofa und denke in den folgenden Minuten über die Aufrechten im allgemeinen und Chris im besonderen nach. Ich könnte diesem Schläger an die Gurgel gehen, ritzeratze mit der Tatze. Ich könnte ihn... Mir wird sehr blümerant zumute. Die Nerven!

Nebenan turteln sie schon wieder. Offenbar hat sich Chris entschlossen, die Verwundung zu überleben. Wenn ich nur wüßte, was ein Wundstarrkrampf ist. Wenn ich Chris richtig verstanden habe, bin ich jedenfalls imstande, ihm so etwas aufs Auge zu drücken. Nicht schlecht. Mühsam bringe ich die nötige Konzentration zum Putzen auf. Eigentlich ein trauriges Zeichen, daß mich eine Auseinandersetzung so mitnimmt. Ich bin außer Form, ich muß aufpassen, daß ich nicht vorzeitig altere. Dieses endlose Herumgammeln muß aufhören. Ich bin ja kaum noch von Bennys lächerlichen Stofftieren zu unterscheiden. Gleich morgen fange ich mit Training an. Ich lege mich hin. Ich habe zwischen Sofa und Zimmerwand zu wenig Platz. Die beiden auf dem Sofa haben massig Platz, aber sie nutzen ihn nicht. Sie benehmen sich, als wenn sie zwischen ihren Bäuchen Blätter trockenpressen wollen.

In der nächsten Zeit bekomme ich mein Futter von dem merkwürdigen Gespann Liane und Chris. Chris' Zweikampfniederlage hat unser Verhältnis auf eine neue Stufe gehoben. Er wird stets sehr aufmerksam, wenn ich mich nähere.

Merkwürdige Beobachtung: Veronika wird schlapper und schlapper. Sie hat das Temperament nicht erfunden und saß stets lustlos und breitarschig herum. Doch hat sie bisher immerhin ihren faltigen Hals schräg in die Höhe gehalten. Das läßt nach, der Hals sinkt herunter, die Augen sind geschlossen. Einmal schwimmt Veronika noch hektisch in ihrem Sud herum, und ich wundere mich schon, was das zu bedeuten haben kann. Am nächsten Tag schwimmt Veronika nicht mehr. Sie hat sich ihr grünes Haus über die Ohren gezogen. Da ich auf meinen Rundgängen höchstens einmal pro Tag in Bennys Höhle hineinschaue, versagen meine Instinkte. Vielleicht konzentriere ich mich zu ausschließlich auf Chris. Der wohnt ja fast hier. Jedenfalls steht er sofort auf der Matte, wenn Liane in mein Revier kommt und nach einigen Schäkereien mein Futter hinstellt. Ich weiß nicht, ob schon mal jemand an seiner eigenen Spucke erstickt ist. Ich kann es mir jetzt aber vorstellen. Da ich ja nie weiß, wann Liane das nächste Mal vorbeikommt, bin ich doppelt froh, wenn der Schlüssel im Loch knirscht. Dementsprechend hastig fällt meine Eßgeschwindigkeit aus. Veronika in ihrer Eigenschaft als Mittier hätte vielleicht Verständnis für mich gehabt. Ich weiß es nicht, fragen kann ich sie nicht mehr, konnte es nie. Uns trennen Welten. Jetzt trennt uns noch eine mehr, denn Veronika ist tot. Verhungert. Sie haben vergessen, daß sie außer mir auch die Schildkröte füttern sollten. So ein Spiel kann man mit einem Tier nur eine begrenzte Zeit spielen. Weil für mich der Tod ein Teil des Lebens ist und ich nicht dazu neige, die Dinge zu verkomplizieren, wirft mich ihr Abgang nicht um. Über diesen Bordstein müssen wir alle, wenn ich auch noch 20 Jahre Zeit habe (was immer 20 Jahre sein mögen). Außerdem hatte ich das Gefühl, als wenn Veronika aus der Tatsache, daß sie lebendig ist, zu wenig machte. Weil Chris gern in fremden Revieren herumstöbert, findet er die tote Veronika. Er ruft Liane.

«Aber das ist ja schrecklich», sagt meine Lieblings-Dosenöffnerin.

«Naja, eine Schildkröte.»

Liane guckt ihn strafend an. Ich habe das gar nicht mehr für möglich gehalten.

«Chris!»

«Ist doch wahr.»

«Chris, ich habe ihnen versprochen, daß wir Veronika füttern. Nele und Veronika. Ich habe das... es tut mir so leid, aber ich habe das einfach vergessen. Das ist schrecklich. Wie sie daliegt.»

Ich springe auf Bennys Schreibtisch. Veronikas Haus liegt auf dem Stück Borke. Dieser Trick mit dem Haus ist ja auch was Seltenes. Vielleicht war sie deshalb so lahmarschig. Eigenheim macht immobil. Dieser Meinung war Franz-Joseph auch, als ich ins Revier kam. Erst seitdem er mit einem eigenen Haus spekuliert, hat er seine Meinung geändert.

«Chris, wir müssen was tun.» Liane blickt Chris an.

Selbst in diesem Moment bringt sie es fertig, eine Streichelhand für mich übrig zu haben. Ich weiß nicht, wie sie das auf die Reihe bekommt: gleichzeitig mit solch entgegengesetzten Wesen wie Chris und mir zu kommunizieren. Diese Fähigkeit von Liane ist mir unheimlich. Sie ist mir etwas zu hemmungslos in ihrer Sucht, alles, was krabbelt und kraucht, zu lieben. Einziger Trost: der scheele Blick, mit dem mich Chris bedenkt. Ich muß dringend herauskriegen, warum sie sich ausgerechnet in meinem Revier treffen. Hat Chris keine Wohnung? Hat Liane neuerdings eine Katze, die den Kerl auch nicht leiden kann? Wohnt Liane im zehnten Stock und Chris schafft mit seiner Verwundung so viele Stufen nicht? Das wäre meine Lieblingslösung.

Die weißlichgelbe, irgendwie ungesund aussehende Sonne ist zweimal untergegangen, als mich mein Lebensweg in Bennys Räuberhöhle führt. Ich gucke nur aus alter Gewohnheit in ihren Glaskäfig – und sehe Veronika! Eine halbe hundertstel Sekunde später (wir Katzen haben ja keine Schrecksekunde wie die lahmarschigen Aufrechten) sitze ich auf dem Schreibtisch und starre sie an. Natürlich ist es nicht Veronika. Wenn es aber nicht Veronika ist, warum sieht das Wesen wie Veronika aus? Wie kann man sich nur so ähnlich sehen? Es ist erschütternd. Sollte es auf der Erde eine zweite Katze geben, die so aussieht wie ich? Irgend etwas in meinem Weltbild bricht nicht gerade zusammen, knackt jedoch hörbar. Sind wir denn alle Dutzendware? Schon zweimal wäre genau einmal zuviel. Ich muß unbedingt an diesem Veronika-Doppelgänger einen Unterschied zu Veronika entdecken. Der Blick ist schon mal haargenau so stier. Aber die Größe: Mir scheint dieses Wesen ein winziges Stück kleiner zu sein. Aber weiß man's? So genau habe ich bei Veronika nicht hingeguckt. Wer so aussieht, braucht sich nicht darüber zu wundern, daß alle Blicke um ihn einen großen Bogen machen.

Leider muß mir Liane ausgerechnet in diesem Augenblick eine Freude bereiten: Sie klappert im Flur mit der Brekkies-

Packung. Als Zwischendurch-Snack lasse ich mir die Klumpen gefallen; eine kleine Erinnerung für die Magennerven, wozu sie auf der Welt sind; Verheißung auf bessere Zeiten, diskrete Warnung auch: Die Nerven sollen froh sein, daß ihnen solche Steinc in der Regel erspart bleiben. Dann aber gleich wieder Richtung Veronika 2. Noch nie bin ich mir so auswechselbar vorgekommen wie jetzt, wo ich vor dem Becken sitze und dieser Schildkröte dabei zusehe, wie sie es schafft, knapp an mir vorbeizugucken. Sie hat einen Blick wie eine Stricknadel. Sage mir, wie du guckst (stier), und ich sage dir, wie du bist (beschränkt). Dagegen ist mein Blick ein Feuerwerk. An meinen Augen können sie sich Hände und Füße wärmen. Wo ich hingucke, werden Knie wackelig, entwickeln Hände ein Eigenleben, das die Händeinhaber zwingt zu streicheln. Wo ich mich blickmäßig voll einklinke, ist Gegenwehr zwecklos.

Im vorderen Trakt wetzen sie schon wieder nackt durch die Räumlichkeiten und kichern dazu. Diese Kleiderlage hat den Vorteil, daß ich mir das Tempo ansehen kann, mit dem die klaffenden Wunden, die meine Zähne schlugen, an Chris verheilen. Die Löcher einer anderen Katze wären längst unsichtbar. Meine Erzeugnisse sehen aus, als ob sie jederzeit wieder aufbrechen könnten. Astrein, ich verstehe gar nicht, warum ich meine Zähne so selten einsetze. Ute und Franz-Joseph geben mir allerdings auch wenig Anlaß dazu. Und Benny würde ich nie beißen. So tief unter mein Niveau sinke ich nicht, daß ich Säuglinge zerfleische. Vielleicht, wenn ich sie in Zukunft ein wenig provoziere, mehr und immer mehr, so daß sie sich am Ende nicht anders zu helfen wissen, als mich zu verfluchen oder sogar zu bedrohen. Dann könnte ich endlich zubeißen, dann hätte es einen Sinn. Sie lullen mich ja richtig ein. Ich könnte doch strenggenommen meine Krallen und mein Gebiß an der Garderobe abgeben.

Chris hat auch sein Gutes: Er hat dafür gesorgt, daß ich mir meiner selbst wieder richtig bewußt geworden bin. Danke, du Ekel. Pluspunkt für dich. Das macht bei den bisher angesammelten 450 Minuspunkten nur noch 449. Liane ist völlig aus dem Häuschen. Chris hier und Chris da, Chris oben und unten. So nett, wie sie tut, kann gar kein Aufrechter sein. Vielleicht ist ihre Tierliebe schuld daran. Was Liane an Feeling für mich und meinesgleichen aufbringt, muß sie ja irgendwoher nehmen. Das fehlt ihr dann hinterher, wenn es darum geht, Leute wie Chris richtig einschätzen zu können.

«Morgen kommen sie zurück», säuselt sie und fährt mit dem Finger Achterbahn in Chris' großem Ohr.

«Schöner Scheiß», muffelt Chris.

«Es war schön», stößt Liane hervor.

«Es *ist* schön», korrigiert Chris.

«Ich hatte seit Jahren keine sturmfreie Bude mehr», sagt Liane und kichert eine Runde.

Ab einer gewissen Lebenserfahrung spielt man nur noch um den Preis der völligen Entblödung «20 Jahre jünger». Ich kenne das von Franz-Joseph, wenn er sich seinem Sohn zuwendet und versucht, noch kindlicher herumzukaspern als Benny. Franz-Joseph spielte ein paarmal den Hampelmann, geriet in Raserei über sich selbst und hörte erst auf, als Benny zu weinen begann, weil er sich vor seinem Vater fürchtete.

«Ich mag dich nämlich unheimlich gern», sagt Liane und faßt Chris an eine Stelle, wo auch Ute bei Franz-Joseph bisweilen hingreift, wenn sie das Thema behandeln, wie gern sie sich gegenseitig haben. Chris grunzt, und ich denke schon, daß jetzt das übliche Spiel beginnt. Aber sie haben für heute offensichtlich ausgespielt.

«Waren immerhin vier Wochen weg, da kann man nicht jammern», sagt Chris.

«Aber wir haben fast eine ganze Woche verloren», gurrt Liane.

Dann lacht Chris häßlich:

«Wenn Franzi wüßte, daß ich seinen wertvollen Spannteppich entweiht habe, ich glaube, er würde mir nachts auflauern.»

«Nele! Nelchen! Ich bin wieder da! Freust du dich?»

Ein Negerkind würgt mich. Ich mache mich gerade und schaffe erst mal klare Verhältnisse. Das Negerkind benimmt sich genauso rücksichtslos wie damals Benny. Hinter ihm stiefeln Ute und Franz-Joseph ins Revier. Den Rest reime ich mir zusammen. Ich umstreiche den dunkelbraunen Zweibeiner. Zweifellos: Benny. Er ist mir fremder als die Großen. Und die sind schon merkwürdig.

«Na, Nelchen, erst mal wieder Witterung aufnehmen?»

Ute läßt mir die Zeit, die ich brauche. Sie hält sogar Benny auf Abstand, der mit mir fortsetzen will, was er im Urlaub wahrscheinlich mit seinen Steiff-Tieren anstellte (Knoten im Schwanz!). Franz-Joseph schnüffelt hektisch durch die Räume. Natürlich sieht das bei den Aufrechten nicht so elegant aus wie bei mir.

«Den Geruch kenne ich doch», sagt er knurrend.

Also trägt er seine Nase doch nicht nur zur Zierde im Gesicht. Als Zierde wäre das Ding auch kaum zu gebrauchen. Ich rieche hauptsächlich die fremden Gerüche, die sie von draußen mitgebracht haben. Ute strahlt etwas aus, das sich mit einem Boxhieb auf meine Nase vergleichen läßt.

«Ich kenn diesen Geruch», sagt Franz-Joseph bestimmt. Er steht mitten im Raum, hält den Rüssel in die Luft und produziert rasselnde Geräusche.

Ute schenkt ihm ein bißchen Aufmerksamkeit:

«Vielleicht hat Nele einen Haufen in den Blumentopf gesetzt.» Da fällt mir ein, was ich in den letzten Wochen keine Sekunde vermißt habe: ihren Humor.

«Meinst du?» fragt Franz-Joseph und guckt mich scharf an.

Pech für sie, daß sie kein Organ haben, das ihnen anzeigt, wie lächerlich sie auf ihre Katze wirken. Benny rast durch die Räume, Ute guckt die Blumentöpfe durch, sagt immer wieder «Naß. Viel zu naß», und Franz-Joseph schnüffelt. Als schon keiner mehr damit rechnet, daß dabei etwas herauskommt, vollführt er einen Luftsprung.

«Chris. Es riecht nach dem Pfeifentabak von Chris. Dieses süßliche Zeug, als ob er das Kraut aus dem Puff bezieht.»

Mal abgesehen davon, daß ich nicht weiß, was ein Puff ist, beeindruckt mich Franz-Joseph jetzt doch. Er hat nämlich recht. Chris ist mit seinem ambulanten Schornstein durchs Revier gelaufen, und Liane hat noch gesagt:

«Laß das lieber. Der Gestank hängt tagelang in den Vorhängen.»

«Sag mal», fragt Franz-Joseph, «kann es sein, daß Liane neuerdings Pfeife raucht?»

«Kann sein. Kann auch nicht sein.»

«Aha. Kann es auch sein, daß sie heimlich was mit diesem Stinkstiefel hat?»

«Liane?»

«Ja.»

«Mit Chris?»

«Ja.»

«Liane mit Chris?»

«Ja doch, Himmelherrgott. Die Wege der Frauen sind unerforschlich.»

«Na, also weißt du.»

«Wenn ich rauskriege, daß die beiden sich hier getroffen haben, daß die beiden hier auf meinem Sofa womöglich noch...»

Franz-Joseph beginnt, die Sofabestandteile durch die Luft zu werfen. Ich weiche sicherheitshalber aus. Die Flugbahnen von Dingen, die Franz-Joseph in die Luft schleudert, sind unerforschlich.

«Was machst du denn da?»

«Ich suche nach Zeichen. Kämme, Lippenstifte, Unterhosen.»

«Franzi, du hast zuviel Phantasie.»

«Ach ja? Ich werde dich bei Gelegenheit daran erinnern, wenn du mir mal wieder vorwirfst, daß ich keine Phantasie habe.» Sofakissen fliegen durch die Gegend, Benny rast durch die Wohnung, Ute räumt Plastiktüten und Reisetaschen aus, und Franz-Joseph schnüffelt im Schlafzimmer herum. Der Urlaub hat ihnen nicht geschadet, sie sind die alten geblieben. Sie erinnern sich sogar noch dunkel, daß man seine Katze alle paar Stunden füttern muß, wenn man nicht bald einen Kadaver im Weg liegen haben will. Das wäre mittelfristig ein Geruch, der eindringlicher wäre als der Tabak von Chris. Bei uns draußen fließt ganz weit hinten (ich war nie dort) ein Kanal, auf dem richtige Schiffe Platz haben. Vom Kanal führen kleine Stichkanäle in die Wiesen. Dort spielten wir manchmal, und einmal lag da eine tote Bisamratte. Sie war genauso lange tot, daß ich sie noch identifizieren konnte, aber auch schon lange genug tot, um den Würmern Nahrung zu bieten. Die Bisamratte stank.

Meine Mitbewohner gewöhnen sich schnell wieder ein. Sie finden Klo und Küche, erinnern sich glücklicherweise noch an die Funktionsweise eines Dosenöffners und nehmen mir damit eine Last von meinen zarten Schultern. Nach zwei Tagen findet Ute sogar das Geschenk, das sie mir mitgebracht haben.

«Na Nelchen, was haben wir denn da Gutes?»

Sie haben also offensichtlich in einem zivilisierten Land Urlaub gemacht. Andere Länder dürften noch nicht bis zur Dosenfutterproduktion vorgedrungen sein. Schwanzwedelnd signalisiere ich gesteigertes Interesse – und bekomme ein Etwas vor die Nase gesetzt. Es ist klein, riecht nach Farbe, fällt leicht um und ist absolut uneßbar. Nach fünf Sekunden hat mein Interesse die Nullmarke erreicht.

«Undankbares Vieh», schleudert mir Ute in den Nacken, «das ist eine niedliche Katze aus Stein. Die war teuer.»

Wahrscheinlich war sie so teuer wie zehn Dosen Leckertöpfchen. Warum haben sie dann nicht zehn Dosen Leckertöpfchen mitgebracht?

Wenn die Aufrechten länger als einen Tag weg waren, findet nach ihrer Rückkehr eine mittlere Telefonorgie statt, damit auch keiner verpaßt, daß sie wieder da sind. Bei dieser Gelegenheit erfahre ich den aktuellen Stand über Baden-Baden. Zum erstenmal höre ich, wie Ute den Namen ihrer Lieblingsfeindin Christel ausspricht, ohne zu würgen. Was ist passiert? Während ich mit einem Auge nach Marienkäfern Ausschau halte (trauriges Ergebnis), bin ich ohrenmäßig voll dabei.

Zwar hat Ute nicht zum Äußersten gegriffen und ist Christel vors Angesicht getreten. Aber Franz-Joseph hat in Utes Gegenwart mit Christel ein Ortsgespräch geführt, ohne daß Ute die Telefonschnur durchgebissen hat. Ute berichtet das in einem Tonfall, als ob sie gelobt werden will. Meine Mitbewohner haben sich dann insgesamt vier Häuser angesehen.

«Die standen zwischen Hauptbahnhof und französischer Grenze», erzählt Ute ins Telefon und lacht. «Zwei waren Asche, konnte man sofort vergessen. Das waren die beiden, deren Adresse wir über Christel bekommen haben.» Ute lacht bösartig. «Aber die beiden anderen, ich sage dir, ein Traum. Besonders das eine, das mit dem Wintergarten. Da geht dir das Herz auf. So eine Weite, so viel Raum. Und ein Licht, so was kennen wir hier oben doch gar nicht.» Ute muß zur Abwechslung mal zuhören und ringelt die Telefonschnur um ihren Zeigefinger.

Ich entdecke unten vor dem Schlachterladen einen angeleinten Hund, der gerade Besuch von einem freilaufenden Hund bekommt. Sie schnüffeln aneinander herum, da könnten Liane und Chris noch was von lernen. Manchmal wünsche ich mir auch, Besuch zu kriegen. Eine Katze, Alter, Geschlecht und Rasse egal (nur kein Perser, versteht sich. Ich spreche ja auch von Katzen und nicht von Katzenimitationen). Die Katze kratzt an der Tür, ich lasse von einem meiner Aufrechten öffnen. Dann begrüßen wir uns, stellen gleich zu Anfang klar, wer hier das Sagen hat (ich). Ich gebe ein bißchen mit meinem Revier an, damit der Besuch gar nicht erst auf den Gedanken kommt, er könnte irgendwelche territorialen Ansprüche stellen – und wenn es ein lumpiger Quadratmeter wäre. Bestimmt erwischt er ausgerechnet meinen Lieblingsquadratmeter. So sind sie doch, diese fremden Katzen. Kommen an und glauben, daß sich alles nach ihrer Nase dreht. Das artet schnell in eine Klopperei aus. Wenn ich mir es recht überlege, bin ich gar nicht sicher, ob ich Besuch so toll finden würde. Die Hunde unten sind auch gerade fertig miteinander. So ist das Leben: flüchtig, flüchtig.

«Und der Garten von dem Haus mit dem Wintergarten, ich sage dir: Ich gerate wirklich nicht leicht in Verzückung, wenn's um Gärten geht. Aber dieses Stückchen Erde...»

Ute verdreht die Augen, obwohl ihr nichts wehzutun scheint. Erde, nicht schlecht. Ich weiß ja gar nicht mehr, wie Erde aussieht, wie sie sich anfühlt, wie sie riecht und schmeckt. Dies bißchen Erde in den Blumentöpfen hier oben ist nichts Halbes und nichts Ganzes. Auf dem Balkon allerdings... Minze schießt durch mein Gehirn, mir wird ganz schwach. Ich habe tagelang nicht an Minze gedacht! Entsetzliche Bilder türmen sich vor meinem geistigen Auge auf: Die Minze war vor vier Tagen reif. Einen Tag lang hat sie sich darauf gefreut, daß Nele kommt, die Minze wegputzt und ihr dadurch das Gefühl gibt, nicht umsonst gelebt zu haben. Schöngemacht hat sie sich für mich. Im prächtigen Kleid der Reife stand sie auf dem Balkon und wartete auf das Geräusch der Balkontür. Sie hat gewartet und gewartet und wer nicht kam, war ich, weil ich Idiot irgendwas Weltbewegendes zu tun hatte: meine Netzhaut mit dem Anblick von Chris behelligen oder mir von Liane das Fell fadenscheinig streicheln lassen. Am zweiten Tag wurde die Minze schon etwas traurig. Mit dem untrüglichen Instinkt eines lebendigen Wesens ahnte sie, was kommen würde, nichts nämlich. Erst ließ sie ein Blatt hängen, dann zwei, dann kam die Nacht und dann der nächste Tag. Einen ganzen elend langen dritten Tag lang hatte ich noch die Chance, die Minze ihrer Bestimmung (= meinem Magen-Darm-Trakt) zuzuführen. Was habe ich gestern gemacht? Ich weiß es schon nicht mehr, so völlig belanglos war es. Chance gehabt, Chance verpaßt. Aus und vorbei. Die Minze ist verblüht, die Brekkies bleiben, weil sie bis zum Ende des Jahrtausends halten. Ist ja nichts dran an ihnen, das schlecht werden könnte.

«Nele, was soll denn das? Was machst du vor der Küchentür? Du wirst es wohl noch erwarten können.»

Ein klassischer Menschensatz vom äußersten Rand ihres Vorstellungsvermögens. Ihnen fällt immer gleich Dosenfutter ein, wenn sie mich sehen. Aber ich will kein Dosenfutter, ich will zu meiner Minze. Ich will sie sehen, auch wenn ich hinterher zwei Wochen Schonkost brauche, um wieder auf die Beine zu kommen. Glück muß die Katze haben, Ute geht in die Küche, um irgendwas aus dem Kühlschrank zu holen, ich witsche rein und stehe vor der Balkontür senkrecht. Wäre ich ein Mensch, mir würden Tränen der Rührung kommen. Die Minze steht in ihrem Topf wie eine Eins. Wie lieblich sie sich im Wind wiegt. Und wie gesund das Grün aussieht. Vielleicht, daß die Stengel ein bißchen spillerig wirken. Aber das ist kein Zeichen von Schwäche, das ist ein Zeichen von Minze. So ist sie eben. Das liegt in ihrer Natur, wie es in meiner Natur liegt, ein harmonisches Wesen zu sein. Und wie es zur Natur des Menschen gehört, seine kleine Katze unbarmherzig mit Scheuchbewegungen aus der Küche zu jagen. Wenn sie mich jedesmal fragen müßten, ob sie die Küche betreten dürfen, sie würden wahrscheinlich die Menschenrechtskonferenz einschalten. (Ich merke mir die Themen, über die Franz-Joseph im Radio spricht, einige wenigstens.) Es ist dieses Sture an ihnen, das mich so mitnimmt. Kein Fell am Körper – Instinkte, die so zurückgeblieben sind, daß sie in der freien Wildbahn nach einer Viertelstunde nicht mehr am Leben wären; aber uns Kreaturen, bei denen das alles noch stimmt, uns engen sie ein, fesseln und knebeln sie – im übertragenen Sinn.

«Nun geh endlich! Sssh, raus!»

Warum wedelt ihr nicht vor Veronika so albern herum? Apropos Schildkröte: Sie haben die neue Veronika geschluckt. Sie haben sich die Neue unterjubeln lassen. Sie sind noch nicht einmal irritiert gewesen. Einmal Veronika, immer Veronika. Aber so sind sie, die Aufrechten. Nach außen hin Depressionen hier, vegetative Zipperlein dort. Aber da kann einer den halben Revierbestand auswechseln, und sie merken es nicht.

Gesetzt den Fall, ich würde heute abend sterben. Ute und Franz-Joseph wollen Benny den Schock ersparen und besorgen eine Katze, die eine entfernte Ähnlichkeit mit mir aufweist. Wäre der kleine Mann zu täuschen? Benny, Benny, du tobst da hinten in deinem Zimmer herum und ahnst nicht, daß unser Verhältnis auf der Kippe steht. Aber wie komme ich überhaupt dazu, mich mit Veronika zu vergleichen? Natürlich bin ich nicht auszuwechseln. Ich bin ich, ein Charakter, eine Schönheit, ein bleibendes Ereignis, ob für die Seele (Liane) oder für das Schienbein (Chris). Wenn ich nicht mehr bin, wäre es, als wenn sich im Revier ein Abgrund auftäte. Es würde alle verschlingen wie ich nachher mein Leckertöpfchen (Optimist sein, heißt eine Dose um ihrer selbst willen zu verspachteln). Wenn ich nicht mehr bin, werden sich Ute und Franz-Joseph fragen, was das Leben für sie noch bringen soll außer 30 Jahren quälender, aber natürlich auch beglückender Erinnerung an mich. Benny, der ist noch klein. Er wird vergessen, wird fähig sein, sich dem Leben zuzuwenden. Aber Ute und Franz-Joseph: gebrochen, mit dieser sich dahinschleppenden Körperhaltung, wie ich sie von Utes Freunden kenne, die von Beruf Lehrer sind. Bei denen ist es nur die Erschöpfung nach einem höllischen Fünfstunden-Arbeitstag. Bei Ute und Franz-Joseph in der Nach-Nele-Ära wird es die Leere sein. Wenn ich nicht mehr bin, wird es sein, als wenn einer die Heizung aus dem Revier gerissen hat. Kalt wird es sein, klamm und ungemütlich. Zugluft pfeift durch alle Räume, Ungeziefer marschiert auf, und keiner wird es ihnen lässig wegfangen. Meinen Nutzwert haben sie doch gar nicht auf der Rechnung. Sie glauben doch, daß ich mir hier einen schönen Tag mache, meine ausfallenden Haare auf die Polstermöbel verteile und eine Dose nach der anderen wegmümmele.

Aber zum Beispiel meine Bedeutung für ihren Seelenhaushalt! Ich sehe es doch als erste, wenn sie nach Hause geschlurft kommen. Ich sehe doch, wie sich die versteinerten Züge beim Anblick ihrer kleinen Katze schlagartig aufhellen. Es ist nicht so, daß sie jedesmal vor Begeisterung brüllen und mir spontan ein halbes Pfund Sonderration hinstellen *(seufz)*. Aber in ihren müden Augen glimmt etwas auf, wenn sie mich sehen. Wenn ich mich ihnen zeige, fühlen sie sich besser. Ich mache es ihnen leichter, ihr Leben auszuhalten.

Es scheint ihnen ja häufig sauer aufzustoßen. Ausnahme: Franz-Joseph, wenn er von dem Haus spricht, das er in Zukunft bewohnen wird. Da kann er sich begeistern und in Rage reden. Da kriegt er Farbe auf den Wangen und Feuer in den Augen.

So war er auch schon vor ihrer Reise. Wer sich geändert hat, ist Ute. Ute will jetzt auch ein Haus. Da bahnt sich was an. Wird es mein Leben verändern? Neues Revier, neues Glück? Wir Katzen sind ja vom Naturell her keine Weltenbummler. Dieses hektische Hin und Her zwischen Bauernhof und Afrika, wie es die Schwalben damals bei uns draußen an den Tag legten, das geht uns ab. Zwar sind wir auch nicht so stur wie die Kühe, die du morgens auf die Weide stellen und abends vom selben Fleck wieder abholen kannst. Und gegen Trantüten wie Veronika 2 bin ich ein Wirbelwind. Doch ich schätze ein festes Revier. Ich muß wissen, was mich hinter der nächsten Ecke erwartet. Und hinter der übernächsten auch. Und hinter der überübernächsten... na ja, am Ende kommt dabei heraus, daß ich ein festes Revier schätze. Geräumig muß es sein, Auslauf muß es haben, eine Gerade zum Beschleunigen und Hochschalten bis ins Sprinttempo ist was Feines. Das bißchen frische Luft auf Balkonen ist leider nichts Halbes und nichts Ganzes. Aber ich hatte das Ganze schon, damals in meiner Kindheit. Ich werde das Ganze schon noch wieder bekommen. Ich habe die Zukunft auf meiner Seite. Was immer Zukunft im einzelnen sein mag, denn mit der Zeit und all ihren Erscheinungsformen stehe ich nicht auf Duzfuß. Die Zeit und der Spiegel... vielleicht haben die beiden etwas miteinander zu tun.

Weil sie am Nachmittag beginnen, schneller als sonst herumzurennen, weiß ich, daß heute abend etwas anders sein wird als sonst. Weinflaschen klirren, Einkaufstüten werden in die Küche getragen, die Flaschen aus dem Bierkasten auf dem Balkon wandern in den Kühlschrank. Sehr günstig, denn Sekundenbruchteile, nachdem Franz-Joseph die Balkontür geöffnet hat, steckt meine Nase in der Minze. Jetzt keine Zeit mit verzückten Blicken verlieren, das geht nur alles auf Kosten der Nettofreßzeit. Ich reiße Blätter ab, verschiebe das Kauen auf später und bunkere sie erst mal im Magen. Die Aktion wird mir nicht unwesentlich dadurch erleichtert, daß Franz-Joseph auf einem der Nachbarbalkone eine Frau entdeckt, die ihre Bauchseite in die Sonne hält und sehr wenig Kleidung anhat. Ich kenne die Frau nicht, aber ich danke ihr, weil sie mir unmittelbar zuarbeitet. So soll es sein, wir Frauen müssen zusammenhalten.

«Na, Franzi, bißchen geiler Spanner spielen?»

Er schüttelt sich den Kopf schwindelig, aber er hört bald damit auf, denn Ute ist nicht auf Streit aus und verschwindet wieder in der Küche. Ich rupfe und rupfe und... hallo Franz-Joseph, bißchen Minze fressen? Franz-Josephs Gesicht taucht auf der anderen Seite der Minzepflanze auf. Er will keine Minze abrupfen, er benutzt die Blätter als Deckung, um weiter die Frau auf dem anderen Balkon zu beäugen.

Das Gucken läßt ihm immerhin Zeit, «Schmatz nicht» zu sagen. Das ist auch so eine Spezialität der Aufrechten. Sie haben Schubladen für natürliche Geräusche. Manches ist erlaubt, sogar allerliebst. Manches finden sie so scheußlich, daß sie sich übereinander lustigmachen oder sich als «Schweine» bezeichnen.

«Na, ihr zwei beide? Etwas für die Verdauung tun?» Ute steht wieder auf dem Balkon, Franz-Joseph blickt mir tief in die Augen und erhebt sich.

«Nele frißt die ganze Minze auf», sagt er.

«Aha.» Und dann Ute deutlich an mich gerichtet: «Laß dir nicht einfallen, heute abend den Teppich vollzukotzen. Wir haben die Wohnung voller Gäste.»

Na klar, falls mir schlecht werden sollte, werde ich selbstverständlich an einem Magendurchbruch sterben, anstatt das einzig Vernünftige zu tun und das, was mich innen piesackt, der Welt zurückzugeben. Manchmal sind sie eine Zumutung. Manchmal allerdings bereiten sie Platten mit Fleisch und Käse und geben mir einen Brocken ab, ohne daß ich darum gebettelt hätte. Ute ist so nett. Ein bewegender Moment, wie sie mir von dem Fleisch etwas absäbelt, es auf die Erde wirft und mir anschließend, selbst von dem Fleisch essend (von dem auf dem Tisch) beim Fressen zusieht. Fleisch zu Fleisch, Nele zu Ute. Wie gerne würde ich Franz-Joseph in diesen Seelengleichklang einbeziehen. Es wäre so einfach, er müßte nur darauf verzichten, das Fleisch pfundweise in sich hineinzustopfen. Er müßte mir ein winziges Stückchen darreichen. Ach, Franz-Joseph, warum hast du nur einen Kühlschrank statt eines Herzens in deiner Brust? Im Moment mag ich Ute bedeutend lieber. Und da, man sieht und faßt es nicht: noch ein Stück.

«Laß das doch. Die fängt doch sonst nur an und bettelt.»

Toll, Franz-Joseph Frowein, wirklich toll. Kriegt die Worte kaum an den Fleischstücken im Mund vorbei in die Küche geschoben, aber Ute Vorwürfe machen, daß sie die Distanz zwischen den Aufrechten und der Natur zu verringern trachtet. Ob es auf der Welt eine einzige Katze gibt, die in einem Revier mit Aufrechten lebt, von denen alle ohne Ausnahme ein Feeling für Katzen haben? Wahrscheinlich nicht, denn wenn eine Katze jemals dieses Erlebnis gehabt haben sollte, ist sie vor Schreck längst gestorben. Oder geflüchtet.

Hoppla, ein donnerndes Aufstoßen flappt mir aus dem Maul.

«Siehste», bemerkt Franz-Joseph häßlich, «es geht schon los.» Dabei grinst er widerwärtig. Ich rieche Minze, nur noch Minze, und es ist mir sehr angenehm. Da kommt schon wieder ein Böllerschuß.

«Geh raus, das ist ja ekelhaft», befiehlt Franz-Joseph und wirft einen ungeheuren Brocken Fleisch in seine Mundhöhle. Verreck dran.

Ich schlendere zum hinteren Balkon. Alle paar Schritte hebt es mich vom Boden ab. Solche Rülpser habe ich noch nicht

erlebt. Nicht, daß ich mich schlecht fühle. Es ist nur sehr
fremd.

Eine halbe Stunde später gehe ich auf die Toilette. Heute
kacke ich sehr bewußt. Ich scharre das Ergebnis hinterher
nicht sofort weg, sondern gucke es mir in Ruhe an. Eine wunderschöne, braun-schwarz melierte Wurst mit der üblichen
Zugabe in Form von zwei kleinen Murmeln. Na bitte, ich vertrage also Minze. Obwohl... es ist die alte Geschichte mit der
Vorfreude und dem tatsächlichen Eintritt des Geschehens. Was
habe ich mich auf die Minze gefreut! Jetzt ist es passiert, fühle
ich mich euphorisch? Ich fühle mich rundum zufrieden, aber
insgesamt hätte nach dieser monatelangen Vorlust ruhig ein
heftigeres Ergebnis herauskommen können. Vielleicht bin ich
heute wieder ein Stück reifer und weiser geworden. Nachdem
sich Ute und Franz-Joseph beim sogenannten Abschmecken
kugelrund gefuttert haben, machen sie sich daran, Benny ins
Bett zu schaffen. Sie sind noch mitten bei der nervenden Operation, als es klingelt, und Frau Wery sagt statt «Guten Abend»
zur Begrüßung:

«Huch! Bin ich zu früh?»

Natürlich ist sie zu früh. Wenn sie nicht zu spät kommt,
kommt sie zu früh. Franz-Joseph knirscht mit den Zähnen und
paßt vorne auf, daß Frau Wery ihre Herztropfen einnimmt
oder nicht einschläft oder sonstwas. Ute liest Benny etwas vor.
Ich höre zu, vielleicht werde ich ja auch müde dabei. Die Aufrechten haben Schrifttum, das sie zu brüllendem Gelächter
führt (= Humor); solches, das sie klüger macht, anderes, das
sie unterhält, weil es ihr Mitbewohner gerade nicht schafft, sie
zu unterhalten. Und dann gibt es noch Geschichten, die kriegt
Benny zu hören, wenn er einschlafen soll. Benny steht gerade
auf eine Geschichte, bei der ein Junge ein Pferd geschenkt bekommt und mit den Eltern Streit kriegt, weil er bei dem Pferd
im Stall schlafen will. Die Eltern des Jungen haben Angst, daß
das Pferd den Jungen breittritt. Ein sehr vernünftiger Einwand. Ich kenne Kuhfüße. Insgesamt finde ich die Geschichte
ziemlich lebensfremd, weil Benny schließlich kein Pferd hat,

sondern nur mich und die untergejubelte Veronika-Imitation.
Soll er doch sagen, wenn ich ihm nicht genüge. Soll er doch
Bauer werden, wenn es ihm hier nicht mehr paßt.

Benny gibt endlich Ruhe, Ute macht, daß sie nach vorne
kommt. Es klingelt und klingelt, der Geräuschpegel im vorderen Teil des Reviers steigt und steigt. Bennys Kindergeburts-
tage sind nichts dagegen. Ich werde alle paar Meter von einem
Minze-Aufstoßer vom Boden gehoben. Jetzt weiß ich, mit
was die Flugzeuge gefüttert wurden, die bei uns draußen über
die Felder donnerten.

Benny liegt im Bett und brabbelt vor sich hin. Wahrscheinlich kippt er abends alle Wörter aus dem Mund, die er tagsüber
nicht gebraucht hat, damit er Platz für morgen schafft. Weil sie
abends immer die Tür einen Spalt offenlassen müssen, kann
ich mich zu dem kleinen Menschen reindrücken.

«Nelchen!» juchzt er. «Psst, keinen Lärm machen», sagt er
laut, als ich aufs Bett springe.

Ich und Lärm machen: Kindermund! Ich weiß gar nicht, wie
das geht, Lärm machen. Da muß schon der braune Holzschuh
kommen, in dem Franz-Josephs Fuß steckt; und er muß, während er durch den Flur stampft, daß die Fußbodenbretter splittern, einen meiner Füße drunter kriegen. Damals habe ich
Lärm gemacht. Der gellende Schrei steckt mir bis heute im
Kopf. So was schüttelst du nicht einfach ab als Katze, so was
wirkt weiter, macht dich vorsichtig, ganz, ganz vorsichtig.
Franz-Joseph zieht seitdem keine Holzschuhe mehr an. Ich
finde das sehr anständig von ihm.

«Komm, komm zu Benny.»

Ich will aber nicht in den Würgebereich seiner Arme. Mir
reicht es völlig, mich zwischen seine dünnen Beinchen zu legen. Warum kann das Kind nicht mal zufrieden sein mit dem,
was ich ihm anbiete? Er versucht, mich zu sich hochzuziehen.
Ich mache den Bauerntrick, fange an zu schnurren. Benny läßt
mich sofort los. Wenn ich schnurre, wird er immer ganz andächtig. «Nicht anfassen. Nicht kaputtmachen», hat er mal zu
Ute gesagt. Ute und ich guckten uns nur an. Weiß der Him-

mel, welchem Mißverständnis Benny da erliegt. Aber mir kann es recht sein. Mir ist alles recht, was die Aufrechten dazu bringt, den Sicherheitsabstand, den ich brauche, nicht zu durchbrechen. Wenn ich gestreichelt werden will, mache ich euch das schon klar. Ansonsten bitte einen Meter zwischen euch und mir, darunter geht nichts. Ihr habt die Wahl: mich mit Abstand oder mich im Nebenraum.

Benny wird so leise, wie er eben kann. Er bemüht sich sogar, leiser zu atmen. Er will mein Schnurren hören, und er hat Angst, daß ich damit aufhöre. Warum soll ich ihm die Freude nicht gönnen? Ich fühle mich durchaus in Schnurrlaune in diesem dunklen Raum mit dem Keil Licht, der vom Flur hereinfällt. Im Hintergrund das Gegröle der Besucher.

«Nele», flüstert er. «Nele und Benny.»

Er sagt das sehr andächtig. Wahrscheinlich glaubt Benny in diesem Moment, daß ich ihn für voll nehme. Als ich Kind war, habe ich mich auch oft geirrt. In Veronikas Becken gluckert etwas. Vielleicht schwimmt sie jetzt eine Runde. Oder sie hat sich von ihrem Stück Borke ins Wasser fallen lassen, weil sie ertrinken will. Kenne sich einer aus mit diesen Schildkröten. Ein Schatten fällt ins Zimmer, und aus dem oberen Ende eines schwarzen Körpers kommt die geflüsterte Frage:

«Schläfst du, Nase?»

Leider sieht Ute im nächsten Moment den zierlichen schwarzen Haufen am Fußende, und los geht die Jagd. Ich trete einen taktischen Rückzug an. Daß die sich immer so haben müssen! Aber wenn Fremde da sind, tun sie, als wenn eine Katze für die kindliche Entwicklung das A und O sei. Manchmal – ich bin ganz sicher – bedauern es die Aufrechten, daß an mir kein Knopf dran ist, mit dem sie mich an- und ausknipsen können. Nach einem Viertelstündchen auf dem Regal gehe ich vorne vorbeigucken. Aufrechte haben es gern, wenn man sich um sie kümmert.

«Also nein, Ute, das hätte ich nie von dir gedacht.»

Eine Frau, die auch im Haus wohnt, blickt Ute an, als wenn sie ein voller Mülleimer wäre. Ute versucht, tapfer zurückzugucken. Franz-Joseph juxt sich. Frau Wery hat eine Flasche Portwein vor der Nase stehen. Mir kommt es vor, als ob ihre Nase roter ist als sonst.

«Es ist doch noch gar nichts entschieden», entgegnet Ute matt und blickt zu Franz-Joseph.

Vielleicht soll er ihr helfen. Aber Franz-Joseph hat alle Hände voll damit zu tun, auf eine ganz besonders interessante Stelle an der Wand zu gucken.

«So bröckelt die Front ab», sagt einer der Lehrer traurig und reibt mit beiden Händen seine Augen. Vielleicht hat der Sandmann schon die erste Schaufel gelandet.

«Eins darf ich doch noch?» fragt Frau Wery, hebt die Flasche und gießt sich das Glas voll.

«Mich hat das schon lange gestört», hebt der müde Lehrer an, «daß bei euch in jeder Ecke diese Zeitungen rumliegen. ‹Mein Haus›, ‹Ambiente›, ‹Schöner wohnen›. Ist doch affig so was. Kleinbürgertum. So was überwindet man und verliert kein Wort mehr darüber.»

«Aus deinen Worten spricht der nackte Neid», lästert Franz-Joseph.

Da wird der Lehrer putzmunter: «Ich bin Beamter. Ich kann ins BHW *(was immer das sein mag)* gehen, da sind die Zinsen konkurrenzlos günstig.»

«Leider», knirscht Franz-Joseph. «Ein weiteres kleines, gemeines Beispiel für die skandalöse Bevorzugung der Beamtenkaste in diesem Beamtenstaat.»

«Ach du», ruft der Lehrer, «dein Verein ist doch auch nicht anders. Ihr Öffentlich-Rechtlichen habt doch Pensionsanspruch. Unkündbar seid ihr auch. Und ihr seid genauso faul wie wir. Wo ist denn da der Unterschied?»

«Ich habe nur fünf Wochen Urlaub», kontert Franz-Joseph.

«Das schon wieder», stöhnt der Lehrer genervt.

Es klirrt. Alle starren Frau Wery an, die gerade ein volles Glas in die Speiseröhre kippt.

«Außerdem steht euch das BHW genauso offen», mischt sich ein anderer Mann ein. «Ute als Lehrerin...»

«Ja, ja», muffelt Franz-Joseph, «sage ich ja seit Jahren. Aber ich predige tauben Ohren. Bisher hatte Ute auch den einen oder anderen Einwand gegen die Bauerei.»

«Ute war immer der vernünftigere Teil in eurer Beziehung», behauptet die Frau mit der Unmenge Locken. Sie ist für ihre Verhältnisse bisher überraschend schweigsam gewesen. Vielleicht tut ihr was weh. Oder sie hat Blähungen. Mich schüttelt die Minze.

«Ute ist höchstens der lautere Teil», stellt Franz-Joseph klar, «aber nicht der klügere.»

Ein Mann trompetet in ein Taschentuch und betrachtet interessiert das Tuch. Frau Wery verschluckt sich, Franz-Joseph schlägt ihr auf den Rücken. Er tut das auch noch, als sie längst mit dem Husten aufgehört hat. Frau Wery rückt mit dem Stuhl zur Seite. Franz-Joseph schlägt zweimal in die Luft und läßt das Klopfen dann sein.

«Du tust mir leid, Ute», sagt die Lockenfrau. «Du findest die Bauerei doch in Wirklichkeit gar nicht gut. Du hast nur resigniert, weil er dich immer wieder bedrängt hat.»

Ute guckt Franz-Joseph an, der zuckt mit den Schultern.

«Also was is nu?» ruft Frau Wery mit kerngesunder Gesichtsfarbe. «Schreiben wir der Firma jetzt einen Brief, der sich gewaschen hat, oder was?»

Richtig, deshalb kam mir die Runde so bekannt vor. Das sind die Aufrechten, die gegen Mieterhöhungen gekämpft haben und jetzt verhindern wollen, daß die Reviere zu Eigentumswohnungen umgewandelt werden. Ute läßt eine Hand von der Stuhllehne hängen. Ich weiß nicht, ob es was bringt, aber ich gehe hin und bekomme zweieinhalb uninteressierte Diagonalstreichler ab.

«Frau Wery», hebt Franz-Joseph an, «Sie haben ja recht. Aber ich weiß nicht, ob wir heute abend damit noch weiterkommen.»

«Halt du dich da lieber raus», mischt sich der Müde ein, «dich berührt das Ganze doch gar nicht mehr. Du bist doch innerlich schon ausgezogen.»

«Ja, Leute», ruft Ute und klatscht in die Hände, «wir sind vom Thema abgekommen. Wir müssen zum Thema zu...»

«Oh nein, oh nein», bellt eine Frau, «es geht um Wohnen, im einen Fall und im anderen Fall auch. Bisher standen wir Mieter des Hauses Numero 85 alle auf einer Seite. Wir hatten alle die gleichen Interessen. Das ist seit heute abend anders.»

«Du spinnst doch, Vera», sagt Franz-Joseph.

«Seit heute abend», fährt Vera ungerührt fort, «sind wir nicht mehr eine einzige Fraktion.» Es klirrt, Frau Wery hebt unauffällig ihr Glas auf und verreibt etwas auf dem Tisch.

«Seit heute abend haben wir ein Paar unter uns, das offen zugibt, daß es in einem Haus wohnen möchte, in einem eigenen Haus. Das, liebe Ute, lieber Franz-Joseph, entzieht uns die gemeinsame Geschäftsgrundlage.»

Buhrufe, Klatschen, Frau Wery bekommt einen Schluckauf, die Lockenfrau fährt sich durch ihren Haardschungel und wirft die Pracht auf den Rücken. Einige Aufrechte schwitzen, auch wenn man es nicht bei jedem so deutlich sieht wie bei Franz-Joseph. Er hat dunkle Flecken unter beiden Armen.

Die Minze sorgt dafür, daß ich nicht tiefer als bis zu zwei Dritteln in den Schlaf komme. Ignorieren hilft nichts. Die Minze lärmt im Magen herum, fährt in den Därmen Serpentinen. Und was habe ich mich auf dieses Kraut gefreut.

Im Schlafzimmer plärrt der Wecker los. Ich nehme vor der Schlafzimmertür Platz. Auf, auf, Leute, raustreten! Ein neuer Tag lacht euch an. Die Tür öffnet sich, ich will mir die morgendliche Minimalstreicheleinheit abholen. Alles, was ich abkriege, ist ein Brummen, ein Fuß schiebt mich aus dem Weg. Ich sehe Franz-Joseph hinterher, wie er Richtung Klo schlurft. Ute tritt mich fast zwischen die Ritzen der Fußbodenbretter. Nur Benny will gleich auf mich losstürmen, das muß ich morgens wirklich nicht haben. Nur weil ich gestern nicht direkt unfreundlich zu ihm war, soll er nicht glauben, er könne daraus ein Gewohnheitsrecht ableiten.

Sie hocken am Küchentisch und halten sich an einer Tasse

fest. Ich will endlich das Geräusch der Kühlschranktür hören. Sie weigern sich, von mir Notiz zu nehmen.

Es ist schon passiert, daß sie mich glatt vergessen haben. Dann mußten sie plötzlich aus dem Haus rennen, keine Zeit mehr, das Futter warm werden zu lassen und deshalb lieblos eine Ladung Wackersteine vor meinen Magen geschüttet. Ute steht auf, nimmt etwas Großes und Schweres in die Hand, wirft mir einen merkwürdigen Blick zu und geht in den Flur. Aus alter Gewohnheit folge ich ihr bis zur Küchentür. Potzblitz, sie steht am Napf!

«So, du Räuber, dein Frühstück. Das ist gut für deine Zähne. Na los, guck nicht so blöd. Hau rein.»

Sie sitzt schon längst wieder am Küchentisch und sieht Franz-Josephs Bartstoppeln beim Wachsen zu, da stehe ich immer noch im Flur vor diesem Etwas. Was ist das, was so aussieht? Ich rieche dran. Das nächste, was ich mache, ist fressen. Donnerwetter, Fleisch, rohes Fleisch! Fleisch, aus dem Mäuse bestehen, Bisamratten, Vögel, Beute eben. Meine Beute. Nele hat Beute gemacht. Nicht mal die Schwanzspitze gekrümmt, und ein Mordstrumm von Beute liegt vor mir im Napf. Leider ist es eine sehr knochige Beute, etwa der Wade von Chris vergleichbar. Aber es ist nicht die Wade von Chris. Es schmeckt nämlich.

«Guck mal», sagt Ute leise, «sie ist am Rinderknochen zugange.»

«Die erschlägt sich doch mit dem Ding», gibt Franz-Joseph zum besten, «die ist doch viel zu ungeschickt dafür. Dekadent und vollgefressen.»

Wenn ich nicht dringend weiterfressen müßte, hätte ich gute Lust, ihm etwas anzutun. Weiß er denn nicht, daß alles, was er gegen seine Katze sagt, auf ihn zurückschlägt? Kennt er nicht die Kreisläufe der Natur? Eins ist nicht ohne das andere. Er und Ute wären nicht so nett ohne mich als Reviernachbar. Ich wäre nicht so oft genervt ohne Ute und Franz-Joseph. So einfach ist das. Einfacher jedenfalls als diese Beute. Mein Frühstück artet in einen Zweikampf aus. Ich bewege den Knochen durch den Flur. Prächtig. Nur gekaut kriege ich das Zeug kaum. Es besteht aus Knorpeln und Sehnen. Meine prächtigen Reißzähne zerbeißen nur die Luft. Ich muß mit den hinteren Zähnen an das Zeug ran. Möglich, daß ich für empfindliche Gemüter in diesen Minuten kein mitreißender Anblick bin. Tut mir leid, muß sein. Am Rande nehme ich wahr, daß Franz-Joseph ins Radio geht und Ute mit Benny Richtung Kinderladen aufbricht. Ich bleibe an meinem Knochen dran, schiebe ihn meterweit über den Flur. Noch eine halbe Stunde, und ich habe Mühe, meinen Mund zu schließen. Kann man im Unterkiefer Muskelkater kriegen? Es zieht überall. Ach du meine Güte: Einmal nach Jahren wieder annähernd gefressen wie ein wildes Tier und anschließend reif für den Tierarzt. Was wollten meine Mitbewohner mir mit dem Knochen sagen? Wollten sie mir zu dieser schmerzhaften Selbsterkenntnis verhelfen?

Unter Mobilisierung letzter Kraftreserven erklimme ich das Regal. Selbst das Putzen fällt mir schwer. Ein Wunder, daß ich noch reibungslos ein- und ausatme. Mir tun die Zähne weh! Ich habe bis heute nicht gewußt, daß einem Zähne wehtun können. Bei Menschen natürlich, denen tut es ja an Stellen weh, für die es überhaupt nur eine Entschuldigung gibt: Mensch sein. Aber ich! Ich bin ein Stück Natur. Ich bin doch nur Gast hier. Ich könnte doch jederzeit wieder zurück auf meinen Bauernhof. Ein gestirnter Himmel über mir, kein Hund hinter mir und zentnerweise Beute in Gestalt von Mäusen, Ratten, Vögeln vor mir! Das ist das Leben einer ungezähmten, wilden Katze. Alles andere sind Steiff-Tiere mit der eingebauten Echtheitsmechanik. Alles andere ist Talmi. Bin ich Talmi? Gut, daß ich zum Denken keine Kiefer benötige. Ich müßte das Denken sonst unverzüglich einstellen. Meine Kiefer sind taub. Einmal an einem echten Knochen gerochen und dafür mit Maulsperre geschlagen. Oh, ist das peinlich. Wie gut, daß mich kein Artgenosse sehen kann! Warum habe ich mich damals über Friedhelm den Pudel erhoben? Er sieht doch nur von außen so lächerlich aus wie ich innerlich bin. Denn das ist es doch, was zählt: das Innere.

Meine bezaubernde Schönheit; mein überwältigender Charme
– was ist das alles gegen das Innere? Bis heute hätte ich getönt:
«Ich bin eine stolze Katze. Wer meinen Willen beugen will,
muß mich töten.» Ab heute gilt: «Gucken Sie mal aus dem
Fenster in das Schaufenster des Schlachterladens auf der anderen Straßenseite. Der hat so ein total lächerliches Schwein aus
Plastik im Schaufenster stehen, das dämlich grinst und eine
kurze Hose anhat. So ist Nele.»

Aber noch kann ich gegensteuern. Ich muß wieder ein wildes Tier werden. Ich muß die Distanz zu den Steifftieren ver-
größern. Ich fange mit etwas Naheliegendem an, gehe nach
vorne und kratze so vehement am Velours, daß pfundweise
Staubkörner im Sonnenlicht tanzen. So, das ist schon mal besser als in ein volles Klo gekackt. Meiner Verdauung komme
ich als nächstes nach, und ich ignoriere heute völlig, ob eventuell einige Körner über den Rand fallen. Sollen sie doch de-
monstrativ mit ihrem unheimlichen Staubsauger durch die
Wohnung brummen. Ab heute wird gekackt wie's kommt,
keine Rücksicht auf Verluste. Ab heute beginnt ein neues Leben. Ich muß wieder lernen, Katze zu sein. Allein diese fortge-
setzte Benutzung des Katzenklos. Stellen mir einen nach Plastik riechenden Kasten in eine dunkle Ecke und sind davon
überzeugt, daß ich dieses diskriminierende Gerät benutze. Leider haben sie recht behalten. Wenn ich mir vorstelle, damals
draußen hätte einer von uns begonnen, ein Katzenklo zu benutzen, die anderen hätten den kollektiv durchgehauen, damit
er wieder zu Sinnen kommt.

Nervös stromere ich durchs Revier, lasse zwischendurch die
Kiefer knacken. Vielleicht habe ich mir einen Riß im Mund
geholt und werde dieses Gefühl nie mehr los. Peinlich, peinlich. Ich muß unbedingt lernen, Rinderknochen mit links
wegzuhauen. Diese Apparate dürfen überhaupt kein Thema
sein. Am Rinderknochen muß sich erweisen, was ich bin: eine
Katze oder eine Attrappe.

Nach dem Aufwachen weiß ich nicht, wovon ich geträumt habe. Es hatte etwas mit Fressen zu tun, daran gibt es leider keinen Zweifel. Außerdem grollt ganz tief in mir noch immer die Minze. Plötzlich Gebell im Haus! Zwei Sekunden später sitze ich an der Wohnungstür und sichere den Eingang. Ich glaube nicht, daß sie es mir danken werden, doch es ist mir ein Bedürfnis, unser Revier freizuhalten von optischen und akustischen Belästigungen. Friedhelm! Dieses großmäulige Mittelding zwischen Radio-Pausenzeichen und eingeklemmtem Schwanz. Was will das Tier so weit oben im Haus? Es soll unten bleiben, wo es hingehört. Auf die oberen Regionen habe ich das Monopol. O Gott, jetzt japst er direkt vor der Tür herum. Er soll ruhig kommen, ich bin bereit. Die Krallen sind gewetzt, die Zähne poliert. Ich bin exakt in der richtigen Stimmung, einen Hund auf null zu bringen. Wenn Friedhelms Frauchen nicht verdammt aufpaßt, ist sie in zwei Minuten Witwe oder wie das heißt, wenn einem sein Hund filetiert wird. Ich greife zum Äußersten, erzeuge dieses dumpfe, herrlich drohende Knurren, zu dem ich fähig bin, wenn man meine Kreise stört. Hach, tut das gut, mal so richtig die Katze rauszulassen. Keine schlechte Erfindung, diese Tür zwischen Friedhelm und mir. Da, jetzt klingelt Friedhelm, wahrscheinlich aber sein Frauchen an der Tür gegenüber. Arme Frau Wery, hoffentlich bist du nicht da. Frau Wery ist da. Sie besprechen ein menschliches Problem. Ich habe keine Zeit zuzuhören, ich brauche alle meine Sinne, um zu fühlen, was Friedhelm treibt. Wahrscheinlich beißt er gerade wie ein Besengter in Frau Werys Hausschuh. Oder er leckt sie ab, irgendwas Unappetitliches eben. Diese Hunde sind von Natur aus Kumpeltypen, keine Damen oder Herren. Bauern.

Plötzlich ist Friedhelms Bellen so nahe, daß ich glaube, er bricht durch die Tür. Ist ein Blutbad angesagt?

«Friedhelm, pfui! Sofort kommst du zu Frauchen. Da wohnt kein Hund. Da gibt es nur eine Katze.»

Danke, Friedhelm-Frauchen, danke. So prägnant hätte ich das Unvermögen und die Borniertheit von Hunde-Aufrechten nie zusammengefaßt gekriegt. Nur eine Katze! Ich muß aufstoßen. Es riecht nach Minze, aber mich wundert gar nichts mehr. Ehe ich mich versehe, tut mir Friedhelm leid. Ich muß wirklich sehr geschwächt sein. Mitleid heben wir Katzen uns für Wesen auf, die es verdienen: die Aufrechten im allgemeinen oder Benny im besonderen. Doch in dieser Sekunde dämmert mir, daß es auch Friedhelm nicht leicht hat. Immerhin muß er mit einem Frauchen leben, das zur Hervorbringung solcher Satzfolgen imstande ist.

«Ist aber eine niedliche Katze», sagt Frau Wery.

Würde er mir nicht dermaßen weh tun, würde mir jetzt der Unterkiefer herunterklappen. Wo hatte ich bis heute meine ansonsten messerscharfen Augen? Warum geht mir erst heute auf, was für eine sympathische Person diese Frau Wery ist?

«Niedlich? Die? Also ich weiß nicht. Ein bißchen dick, finde ich. Hat überhaupt einen merkwürdigen Körperbau. So gedrungen.»

Während ich versuche, den Schock zu überleben, wirft sich Frau Wery, die wunderbare Frau Wery für mich in die Bresche.

«Also ich finde sie niedlich.»

Und dann sagt Friedhelms Frauchen:

«Wie ein Hängebauchschwein.»

Was für ein Tag! Warum sieht man den Tagen nicht schon morgens an, welche Gemeinheiten sie für einen parat halten? Morgens müßte ein Signal ertönen, wie in Franz-Josephs Radio. Einmal für «Der Tag wird dein Freund»; zweimal für «Wäre nicht dumm, sich vorzusehen»; dreimal für «Unter dem Sofa könntest du den Tag mit Glück überleben». Ja, und dann eben noch das Signal zur Warnung vor der Kategorie «Hängebauchschwein», also rund zweihundertmal. Zwar habe ich noch nie im Leben ein Hängebauchschwein gesehen, aber ich besitze ja Phantasie. Hängebauchschwein – der Tag ist für mich gelaufen.

In der Welt der Aufrechten gibt es ein seltsames Kraut, Knoblauch. Wenn sie das zu sich nehmen, dann «haben wir lange was davon», wie Ute zu sagen pflegt. Knoblauch ist ein besonderer Stoff, weil sie ihn durch ihre Haut ausdünsten. Bisher hielt ich Knoblauch für eine der vielen Kuriositäten, die zum Leben der Aufrechten gehören wie Eleganz und Charme zu meinem. Mein Wissen um die Existenz von Knoblauch macht es mir leichter, meine Minze-Irritation zu überwinden. Ich rieche äußerlich nicht danach, aber ich lasse das Zeug auch nicht in Form von Würsten und Murmeln bzw. Seen und Sturzbächen hinter mir. Die Minze muß Widerhaken besitzen, mit denen sie sich in meinen Därmen festkrallt. Tagelang riecht es, wenn ich aufstoße, nach Minze. Ein bescheidenes Warnschild an dem Minzeeimer auf dem Balkon, und mir wäre viel erspart geblieben. Strenggenommen haben sie das Zeug wohl für sich selbst angebaut. Ihnen scheint es auch zu bekommen. Jedenfalls riechen ihre Rülpser nach allem möglichen, das ich nicht extra mit Namen nennen will. Wie Minze riechen sie nicht.

Nach Tagen flacht die Minze ab. Aber es braucht viel mehr Tage, bis ich den Gedanken an den Geschmack eines Minze-Aufstoßers in den Hintergrund schieben kann. Manchmal ist Sensibilität wie eine Keule, mit der du dir fortgesetzt auf den Hinterkopf schlägst.

Sie halten ihren Stimmungspegel auf noch nicht dagewesener Höhe. Benny wird auch ganz mißtrauisch und beäugt seine Erzeuger, wenn sie zusammen am Tisch im Eßzimmer sitzen und in illustrierten Zeitschriften herumblättern. Alle Bilder haben etwas mit Häusern zu tun.

Und eines Tages sitzt ein Mann mit einer karierten Jacke vorne im Revier und spielt für Ute und Franz-Joseph den Weihnachtsmann. Sie halten ergriffen Händchen, der Karierte mischt Papiere und läßt ein Feuerwerk an Zahlen ab. Es geht um Beträge, für die mir das Vorstellungsvermögen fehlt. «400000 Mark», nur mal als Beispiel. Natürlich läßt sich das spielend in Futterdosen umrechnen. Aber dabei käme ein Dosenberg heraus, für den sogar mir die Phantasie fehlt.

«Was Sie da im Auge haben, völlig berechtigt im Auge haben, sind ja nun allerdings nicht gerade die billigsten Stadtteile.»

«Das soll's schon sein», sagt Franz-Joseph stolz, «keine windelweichen Kompromisse schon im Vorfeld. Lieber hoch rangehen und sehen, wie es sich entwickelt, nicht wahr, Liebling?»

«Ja, Liebling.» Das sagt Ute und nicht etwa der Karierte.

«Schön», jubiliert der Karierte, «daß wir uns da einig sind. Und unsere Finanzierungsmodelle...» Er wirbelt in den Blättern herum, «sprechen ja eine deutliche Sprache. Ach, wie entzückend, Sie haben einen Stubentiger.»

Er nutzt die Tatsache, daß ich mich am Tisch aufgerichtet habe sofort zu einem Diagonalstreichler. Ich halte still, aber ziemlich widerwillig. Der Karierte hat kein Liane-Niveau. Zwar ist er auch nicht so ekelhaft wie Chris. Aber er ist mehr Chris als Liane.

«Da wird sich Ihr Stubentiger aber freuen, wenn er bald im Freien herumstromern kann. Nicht wahr, Mieze, darauf freust du dich.»

Während der Karierte mich streichelt, guckt er Ute und Franz-Joseph an. Vielleicht will er Eindruck schinden. Ich lege ein paar Meter zwischen den Karierten und mich. Die Fäden unterm alten Sessel lachen mich an, aber ich verkneife mir, meinem natürlichen Impuls nachzugeben. Sie würden nur wieder rumbrüllen.

«Wenn wir mal dieses Modell zugrunde legen: benötigtes Kapital 400000. Dann sieht es so aus: Eigenkapital 40000. Bausparverträge: der erste über 70000 zuteilungsreif in einem Jahr, der zweite über 50000 über die Hälfte angespart. Nettoeinkommen von Ihnen, Herr Frowein, 3900...»

«...und ich fange ja auch bald wieder an», haucht Ute.

«Natürlich», sagt der Karierte, und Ute freut sich. Er hat die beiden voll in der Hand. «Dieses Modell haben wir ja schon durchgespielt. Modell 2 ist meines Erachtens der seltene Fall eines Selbstgängers. Kleine Frage am Rande also: Warum sind Sie nicht schon seit fünf Jahren Eigenheimbesitzer?» Der Karierte keckert los. Aber ihm tut nichts weh, er hat nur «Humor».

Er rechnet ihnen vor, daß sie über einen Bauspar-Zwischenkredit, 100 000 Mark von der Bank und dem Rest über ihre Lebensversicherung wunderbar hinkämen.

«Ich weiß nicht», sagt Ute leise. «Diese großen Zahlen machen mir ein bißchen Angst.»

«Papperlapapp», ruft der Karierte und macht eine großsprecherische Bewegung. «Sie müssen die Zahlen stets im Verhältnis zu Ihren monetären Möglichkeiten sehen. Und da, das wissen Sie ja selbst am besten, kann doch nichts anbrennen. Sie sind doch beide unkündbar, wenn ich das mal in Ihrem Fall, Herr Frowein, so verwegen formulieren darf.»

Ute lächelt Franz-Joseph an, mir fällt ein Marienkäfer vor die Nase. Vielleicht können sie sich nicht mehr an der Decke festkrallen, wenn die Vibrationen dieses karierten Lachens losschwingen. Mir soll's recht sein. Pfote drauf, bißchen getändelt und den Kandidaten als Snack verspachtelt. Vielleicht freut es den Marienkäfer posthum, wenn ich die Mühe, die sein Verzehr bereitete, «Essen» nenne.

«Wenn deine Eltern nicht nur Sprüche gemacht haben, dann dürfen wir ja zuversichtlich damit rechnen, daß sie zur Feier unserer Seßhaftwerdung einen Scheck rüberschieben.»

Franz-Joseph hat ein Glänzen in den Augen. Als wenn er Utes Eltern auf einmal sympathisch finden würde. Das muß eine brandaktuelle Entwicklung sein, deren Wurzeln mir verborgen geblieben sind.

«Ja, wenn es so ist», sagt der Karierte und zieht seine Jacke aus, «dann können Sie sich ja schon Gedanken um die Begrünung Ihres Gartens machen. Ich will nicht übertreiben, aber einen dermaßen risikolosen Bauherren wie Sie habe ich seit Jahren nicht getroffen.»

Der Exkarierte, der jetzt ein rosa Geblümter ist, steht auf, stellt sich ans Fenster. Ich gucke schnell in die Runde, um ihm eventuell einen Marienkäfer vor der Nase wegzuschnappen (ich kenne den Geblümten ja nicht). Aber er will nur aus dem Fenster gucken, ich entspanne mich.

«Ich kann jeden verstehen, der das hier satt hat», sagt der Geblümte, aus dem Fenster blickend. «Haus an Haus, jeder sitzt dem anderen auf der Pelle, jeden Tag kriegst du haarklein mit, was es beim Nachbarn zum Essen gibt.»

Ute beugt sich zu Franz-Joseph hinüber und flüstert: «Der hat sich im Jahrhundert geirrt.»

Franz-Joseph macht «Sssh.»

«Sie sind jung. Sie haben einen kleinen Jungen...» Mädchen, Geblümter, Mädchen. «Und eine Katze haben Sie auch.» Ach so, der ‹kleine Junge› war Benny. «Sie sind gesund. Sie verdienen gut.» Der Geblümte dreht sich um, blickt sich um: «Sie haben Geschmack. Sehen Sie doch selber, was Sie an den Wänden hängen haben.»

Ich gucke, was meine Optik hergibt. Nicht mal die Andeutung eines Marienkäfers.

«Alles Landschaften», sagt der Geblümte. «Alles Natur. Bäume, Felder, Wiesen. Sie haben nichts anderes auf Ihren Bildern und Grafiken. Das ist die Kunst des Bausparers.»

«Na ja», versucht Franz-Joseph den Geblümten zu bremsen.

«Nein, nein», ruft der aus, «wer sich so etwas in seine Wohnung hängt, der hat eine Sehnsucht in sich, ganz tief innen drin. So ein Gefühl, wo er leben will. Das sichere Bewußtsein, wo er hingehört, wo sein Platz ist.»

Ute und Franz-Joseph ruckeln unruhig auf ihren Stühlen herum. «Wer mit solchen Bildern lebt, der lebt auf Abruf. Der wohnt wie im Exil.»

Ute beginnt sich zu winden.

«Ein Leben mit dem großen Ziel im Auge. Erst ist es nur Kunst, ist es Tinte, Farbe, Bleistiftstrich. Doch dann wird er zuteilungsreif, der Bausparvertrag. Aus Papier wird Leben. Sie können es riechen und in die Hand nehmen, das Grün des Rasens; können das Prickeln auf der Haut genießen, wenn Sie über die Nadeln Ihrer serbischen Fichte streichen; Sie glauben, Sie sind im Wald, wenn Sie im Wohnbereich sitzen, den Kopf in den Nacken legen und die prächtige Holzvertäfelung der Decke betrachten.»

Ich habe das Gefühl, daß der Geblümte gleich in Tränen ausbrechen wird. Er setzt sich wieder an den Tisch, faßt Ute und Franz-Joseph ins Auge, die daraufhin sofort wieder stillsitzen. «Ich beneide Sie, wissen Sie das?» Beide schütteln den Kopf.

«Aber Sie bekommen doch bestimmt ganz besonders günstige Konditionen eingeräumt», gibt Ute schüchtern zu bedenken.

«Ja, ja, schon», sagt der Geblümte muffelig und beginnt, selbstvergessen an dem Rankenwerk der Tischdecke herumzuzupfen. Utes Blick wird starr. Franz-Joseph neigt ebenfalls dazu, an den Ranken herumzufummeln. Er kriegt jedesmal ein strenges Verbot ausgesprochen. Ich bin gespannt, wie lange sie den Geblümten gewähren läßt.

«Ich bin zu dicht dran», fährt der Geblümte fort, «bei mir ist der Lack ab.» Er blickt die beiden an. «Das Geheimnis des Eigenheimbesitzes, dieses wohlige Schaudern, die Vorfreude, das Zittern, Bangen, Zagen und Wagen, das ist bei mir natürlich weg. Wenn einer wie ich acht Jahre Tag für Tag mit dem Thema befaßt ist, dann kriegt das was anderes. So was Nüchternes. Entsetzlich.»

«Wie wohnen denn Sie?» fragt Ute.

Der Geblümte blickt sie an, sein Gesicht bewölkt sich.

«Reihenhaus.» Es klingt wie ein Todesurteil.

Ich empfehle mich, erklimme das Regal im Kiosk, putze eine Runde. Ich spüre, daß mir Haare im Magen liegen. Mir steht in naher Zukunft ein bißchen Würgen bevor. Ich kann mir Schöneres vorstellen – aber auch Schlimmeres (Streik der Dosenöffner). Außerdem ist es Teil meiner Natur, und niemand zwingt Franz-Joseph, mit einer Zielstrebigkeit, die ihm sonst völlig abgeht, eine Minute später in meinen kleinen Klacks hineinzutreten. Soll er sich doch einen Hund halten, dem kann er eins hinter die Ohren hauen. Hunde können das ab, ich nicht. Ich habe jedesmal, wenn sie wütend in meinem Nackenfell herumgeknetet haben, das Ganze unter «grobe Zärtlichkeiten» abgeheftet. Schläge habe ich bis heute nicht erhalten. Ich werde auch höchstens zweimal das Opfer von Schlägen sein: zum ersten- und zum letztenmal. Wenn sie sich dazu hergeben sollten, dann gehe ich durch die geschlossene Tür ab, dann quäle ich mich durch den Briefkastenschlitz, dann verlasse ich sie.

Solche aufregenden Gedanken springen mich bevorzugt an, wenn ich zusammengerollt auf das Hinüberdämmern zum anderen Ufer meines Bewußtseins warte. Ute und Franz-Joseph sind schon ganz in Ordnung. Die 60 bis 70 Fehler, die sie haben, fallen kaum ins Gewicht. Die wiege ich auf mit meiner ausgleichenden, überlegenen Art. Allein, daß sie sich für eine Katze entschieden haben und nicht für einen Hund, beweist doch schon, daß sie auf dem richtigen Weg sind. Zwar noch ein bißchen ungeschickt und tapsig (wie neugeborene Katzen). Aber unter meiner diskreten Anleitung besitzen sie eine reelle Chance, in einigen Jährchen zu passablen Revierbewohnern heranzuwachsen. Ich muß sie jedoch im Auge behalten. Bloß nicht die Zügel schleifen lassen! Menschen können so was nicht ab. Sie werden leicht übermütig (Rinderknochen) und rücksichtslos (Brekkies), bevor sie – leider viel zu selten – zurückfallen ins Stadium des Seelengleichklangs (Leckertöpfchen). Dann ist es endgültig da, dieses Wesen, das sie Benny immer als «Sandmann» verkaufen wollen. Ich halte die Geschichte für Humbug, aber irgendwo könnte natürlich schon jemand sitzen, der uns Lebewesen in regelmäßigen Abständen für ein Viertelstündchen das Licht ausknipst.

Schon bevor sie den Mund aufmacht, spüre ich mit allen Fasern meines Körpers, daß etwas auf mich zukommt. Ute hat dieses Wissende im Blick, dieses vorfreudig Erregte, Spitzbübische, bei dessen Anblick, wenn Benny ihn im Gesicht spazierenträgt, sie ihn schon mal vorbeugend ermahnen, keinen Scheiß zu machen. Ich traue diesem Gesichtsausdruck nicht.

Ich habe nicht mitgezählt, aber es ist mir nicht nur gut ergangen, wenn einer der Aufrechten so guckte. Meistens haben sie etwas auf Lager, das *sie* für spannend oder «humorig» oder katzengeeignet halten. Weit und breit also kein Grund in Sicht, warum es *tatsächlich* für uns geeignet sein sollte.

Ute schleicht um mich herum «wie eine Katze um den heißen Brei» (Zitat Franz-Joseph). Ich kann dazu nichts sagen, weil ich noch nie einen heißen Brei erlebt habe. Allerdings wüßte ich auch nicht, warum ich um den Brei herummarschieren sollte, während er abkühlt. Die Zeit könnte ich besser nutzen, indem ich beispielsweise eine Runde schlummere. Ute hat was. Es hat mit mir zu tun, das spüre ich. Als ich die Guckerei nicht mehr aushalte, verkrümele ich mich. Das ist nicht leicht, weil Ute ständig hinter mir herhechelt. Sie sucht meine Nähe, ein durchaus positiver menschlicher Grundzug. Aber sie findet meine Nähe nicht, weil sie dazu aufs Regal klettern müßte. Und das möchte ich erst sehen, bevor ich es glaube. Aufrechte sind Bodenwesen. Mit mittleren Höhen haben sie Probleme. Alles an ihnen scheint sie nach unten zu ziehen. Am wenigsten noch bei Benny, aber die Größeren sind schon sehr hecklastig. Franz-Joseph besteigt gerade noch eine Leiter. Wenn er jedoch höher hinauf muß als zwei Stufen, stützt er sich an Regalen und Wänden ab. Ute hat beschlossen, nie weniger als zwei Füße auf dem Fußboden zu behalten. Vorhänge abnehmen, Glühbirnen wechseln – das sind Franz-Joseph-Pflichten. Allerdings sind Aufrechte von Natur aus recht groß. Wenn sie ausgewachsen sind, müßten sich drei Katzen übereinander stellen, um ihnen ins Auge blicken zu können. Die Zweibeinkonstruktion, die mir zuerst launisch und bedrohlich erschien, beherrschen sie nach einigen Jahren aus dem Effeff. Leider konnte Benny schon aufrecht gehen, als ich ins Revier kam. Als dann doch einmal so ein Krabbelmensch ins Revier getragen wurde, sperrten sie mich sofort aus, bevor jemand das kleine Ding aus seiner Kiste herausholte. Das Frauchen schien mir ein bißchen hysterisch. Sie tat so, als ob ich mich morgens, mittags und abends von neuen Menschen ernähren würde. Das ist zwar irgendwo ein Kompliment, aber im Normalfall kann man mit mir doch reden. Wenn sie mir nicht dumm kommen, haben Aufrechte eine reelle Überlebenschance. Ach, das tut gut. Manchmal brauche ich solche Gedankengänge einfach. Sie spülen die Gehirnwindungen durch, schaffen Platz für die Frustrationen der Zukunft.

Vorne Lärm. Benny? Eigentlich ist es noch nicht seine Zeit. Auch besitzt der Lärm eine gewisse Gedämpftheit. Damit ist bewiesen, daß es sich nicht um Benny handeln kann. Oder Benny fühlt sich schlecht und wird ins Revier getragen. Nichts wie hin. Als ich um die Flurecke biege, sehe ich gerade noch, wie Liane im vorderen Trakt verschwindet. Ja, warum sagt mir das denn keiner? Liane ist schon einen kleinen Galopp wert. Aber...??? Terror!

Ich reiß dir den Arsch auf!

Gib, daß es nicht wahr ist!

Auf sie mit Gebrüll, Sicherheitsabstand, Sicherheitsabstand, Regal, wo ist das Regal, festgewachsen in der Erden, du mußt etwas tun, du mußt sofort etwas tun, hier habe ich das Sagen, mach daß du wegkommst, ich warne nur einmal, die Folgen hast du selbst zu tragen, ich kann fürchterlich sein, mach sie alle! Was du heute kannst besorgen... du bist stark, du bist gut, du bist unbesiegbar. Das ist mein Revier, das bleibt mein Revier. Was ist das für ein Tag? Nichts wird mehr sein wie früher, nichts mehr, nichts...

«Siehst du», sagt Liane besorgt, «Nele ist stinkig.»

«Das gibt sich», sagt Ute munter und kriegt es fertig zu lachen. Na, warum nicht? Sie haben es ja auch fertiggekriegt, mir das zuzumuten! Sie haben eine Katze in mein Revier eingeschleppt! Das war noch nie da! So was darf nicht passieren. Ich habe Konkurrenz bekommen. Entsetzlich. Ich muß sie sofort von diesem Stück Teppich wegbeißen. Die kriegt es fertig und glaubt, sie habe ein Anrecht auf das Stückchen. Sie hat überhaupt kein Anrecht, auf Teppich nicht und auf den Rest schon gar nicht. Aber wo geht sie hin, wenn ich sie verscheuche?

Woanders hin. Sie wird wieder ein Stück Revier besetzen. Praktisch sitze ich schon draußen vor der Tür. Na, warte...

«Da! Der erste Schritt aufeinander zu», sagt Ute mit völlig unangebrachtem Optimismus, denn dieser Schritt ist der Beginn eines Gemetzels, an das sie noch lange denken wird. Sie sollte lieber den Teppichreinigungsdienst alarmieren. Am besten einen, der sich auf die Entfernung von Blut spezialisiert hat. Blut und Fell. Blut und Fell und herumliegende Knochen. Und dann macht die Katze einen Satz und haut mir auf die Nase!

Hinterher behaupten alle, es sei knapp ein halber Tag gewesen. Das ist eine Lüge! Es sind diverse Tage (10 oder 20), die ich auf dem Regal verbringe. Wie leichthin reden wir immer von «Schock» oder «prägendem Erlebnis» oder «Was uns nicht umbringt, macht uns stärker». Aber sei du mal eine Katze und erlebe das, was ich erleben muß, dann weißt du: Es gibt für das, was ich erleide, überhaupt noch gar kein Wort. Dieses Gefühl, dieses ein und alles, das dich einhüllt, da kannst du froh sein, wenn du mit der Bezeichnung auf Sichtweite herankommst an das, was du beschreiben willst. Höchstens die einzelnen Bestandteile: Scham, Niederlage, am Boden zerschlagen, Schmach, nicht mehr Erster sein, nur noch Zweiter sein (Zweiter = Letzter), Schande, trostloser Vertreter meiner Rasse, Feigling, Schlappschwanz, Maulhure, Phrasendrescher, dekadente Sofarolle mit vier untergeschnallten Beinen, Katzenattrappe, Steiff-Tier-Kandidat, Stubentiger, große Klappe – nichts dahinter, Nele = Verbindungsstecker zwischen Katze und Lacherfolg, Nele sehen und vergessen; nichts – rein gar nichts – Nele; hat vier Beine und ist noch schwächer als Veronika 2. Ich kann mich nirgendwo mehr sehen lassen. Ich möchte unsichtbar sein. Wahrscheinlich bin ich bereits unsichtbar. So ein mickriges Stück Leben wie ich, da machen sich die Augen doch gar nicht mehr die Mühe, es wahrzunehmen.

«Gab es in dieser Wohnung früher nicht mal so eine Art Katze? Bis gestern zum Beispiel? Das muß ein Irrtum sein. Ich erinnere mich auch schon gar nicht mehr daran, wie sie aussah.

War sie nicht grün? Oder blau? Oder schwarz-weiß-rot ka-
riert?»

Schimpf und Schande über mich. Ich bin ausradiert, aus der
Welt geworfen, erledigt. Von diesem Bahnsteig fährt kein Zug
mehr ab.

«Na, Nelchen, nun komm doch wieder runter von da
oben.»

Ach, diese Stimme. Diese Wärme, diese Augen. Guck woanders hin, Liane. Beleidige deine hübschen Augäpfel nicht
mit dem Anblick von so etwas wie mir. Aber immerhin: Offensichtlich sieht sie mich ja. Ich bin also noch vorhanden, irgend etwas von mir jedenfalls. Die Hülle. Wenn die Aufrechten einen Kasten Bier leergetrunken haben, bleibt ja auch was
übrig, auch wenn alles, was gut ist, längst durch die Kehlen
gluckerte:

Flaschen, eine Menge Flaschen. Vielleicht bin ich auch was
anderes: ein Hosenknopf, ein halber Marienkäfer, ein Glas-
untersetzer. Jedenfalls bin ich keine Katze mehr. Als Katze
habe ich aufgehört zu existieren. Da!!! Da ist sie wieder!!!
Kommt in den Raum getrottet und schubbert sich an Lianes
Beinen. Ich klebe unter der Decke. Ich bin ein Ballon. Wegflie-
gen, das wär's überhaupt. Fenster auf und raus. Aus den Augen, aus dem Sinn.

Und dann will das Vieh am Regal hochklettern! Während
ich schockiert miterlebe, wie sich mein Herz überschlägt,
pflückt Liane das Vieh glücklicherweise noch rechtzeitig vom
Holzpfosten.

«Du bleibst hier, Elly. Sooo gut versteht ihr euch noch
nicht.» Ein erster, ein allererster fadenscheiniger Hoffnungs-
schimmer! Elly! Das darf ja wohl nicht wahr sein. Ich hoffe
inbrünstig, daß es wahr ist. Elly! Wo hat das Vieh dieses Selbstbewußtsein her, wenn es Elly heißt? Es? Sie! Elly ist eine Kat-
zenfrau. Auch das noch. Eine wie ich! Was soll das grausame
Spiel? Warum werfen sie mich nicht kurz und trocken aus dem
Fenster, wenn sie mich loswerden wollen? Warum dieses
Psychogemetzel? Es ist, als wenn Ute eine ihrer tropischen

Früchte von innen auskratzt, bis am Ende nur noch die labberige Schale übrigbleibt. Und ein dicker Kern, aber den habe ich auch verloren. Hätte ich mein Fell nicht, das mich zusammenhält, ich hätte längst die Gestalt einer Pfütze angenommen.

«Ach, Nele, nun mach doch keinen Zwergenaufstand.»

Auch du, mein Frauchen Ute! Immer hinein mit dem scharfen Schwert in meine kleine, verletzte Seele.

«Das war's dann wohl», sagt Liane, das Vieh an sich pressend.

«Das kommt ja gar nicht in Frage», begehrt Ute auf. «Ich habe mir keinen Tyrannen herangezogen, sondern eine Katze mit sozialen Fähigkeiten. Die soll sich nicht so anstellen. Das wird ja wohl noch drin sein, zwei Wochen mit Elly.»

Ich muß schleunigst ein paar grundsätzliche Fragen klären. Frage eins: Will ich noch weiterleben? Frage zwei: Wo halte ich mich in den kommenden zwei Wochen auf? In meinem Revier ja offensichtlich nicht, weil sie es diesem Ding da auf Lianes Arm in den Rachen geworfen haben. Wie das aussieht! Getigert, viel weniger stabil als ich, sowohl was das Nettogewicht betrifft als auch vom ganzen äußeren Eindruck. Das Ding wirkt einfach spiddelig, als wenn es gerade eine schwere Krankheit durchgemacht hat. Da muß nur ein Windzug kommen, und sie fällt um, ich meine natürlich: *Es* fällt um, das Ding fällt um. Bloß keine Vertraulichkeiten in die Sprache einschleichen lassen. Darauf wartet die Aufweichung ja nur, tut harmlos, pfeift ein Liedchen und zack besetzt sie dein Hirn. Was haben sie vor? Wollen sie testen, wie weit sie mich belasten können, bevor ich alle fünfe von mir strecke? Muß Franz-Joseph für sein Radio eine Sendung unter dem Titel «Katzen am Rande ihrer Existenz» schreiben? Ist mein Revier klammheimlich zu einem Labor umgerüstet worden? Da! Ute streichelt Elly! Utes Finger, wie sie über Ellys Fell gleiten, sind die Entsprechung der Drahtbürste, die mir an meinen Därmen entlangreißt. Sie wollen mich umbringen, wieso habe ich überhaupt noch Zweifel? Adieu also, es war eine schöne Zeit. Für euch wahrscheinlich schöner als für mich, aber auch für mich nicht direkt unerträglich. Noch ein, zwei Jährchen, und ihr hättet euch zur Prüfung anmelden können, Fachrichtung: Katzenliebhaber, erster Grad (das ist der niedrigste).

«Guck doch mal, Nelchen. Ist sie nicht niedlich?»

Ich starre Ute an. Ist das noch Ute? Oder ist das der Wirtskörper für eine fremde Macht, die auf der Seite der Ellys steht und Ute von innen ausgehöhlt hat? Denn natürlich ist sie, ist *das* nicht niedlich. Sie machen mich ganz wirr im Kopf. Außerdem habe ich Hunger, brüllenden Hunger. Das passiert mir immer, wenn mich etwas aufregt. Aufrechte neigen ja dazu, von einem Darmverschluß befallen zu werden. Ich bekomme Hunger, ich will fressen – sofort. Meine Güte, sieht dieses Etwas verhungert aus. Aber nicht wie ein Katzenkind, dafür hätte ich noch Verständnis. Elly ist erwachsen, so ein Gesicht hast du nicht als Kind. Da müssen erst Zeit und Lebenserfahrung zwischen Augen und Schnauze gefräst werden. Leider nicht genug Erfahrung. Sonst hätte Elly davon Abstand genommen, mich mit sich zu überfallen. Stichwort Solidarität. Das gibt es jetzt wohl auch nicht mehr. Was soll aus der Welt werden, wenn jetzt nicht einmal mehr wir Katzen zusammenhalten?

Ich fange einen Blickkontakt zwischen den Frauen auf. Dann verlassen sie den Raum, das Ding immer noch auf Lianes Arm. Kann wahrscheinlich immer nur fünf Minuten auf ihren spiddeligen Beinchen stehen. Schafft es wohl nicht mal, Brekkies zu knacken, weil sie sich dabei die Zähne ausbricht. Ob sie schon alleine auf die Toilette gehen kann? Apropos Toilette. Da ich nicht annehme, daß Ute oder Liane auf mein Klo... Ich hechte vom Regal. Ein Blick um die Ecke: Es kann ja wohl nicht wahr sein! Elly setzt einen rauschenden Strahl in mein Klo! Offenbar fühlt sie sich schon wie zu Hause. Dann bin ich ja überflüssig, dann kann ich ja gehen.

Und da! Das Klackern von Brekkies. Elly stellt die Ohren hoch. Immerhin, das kann sie, ohne daß ihr jemand dabei hilft. Ute erscheint mit den Körnern. In der anderen Hand hält sie eine dieser geblümten Untertassen, von denen Franz-Joseph bisweilen eine zerstört, was ihm Ute als Absicht unterstellt, weil Franz-Joseph es nicht leiden kann, daß ein früherer Franz-Joseph von Ute dieses Geschirr… aber jetzt muß ich aufpassen. Brekkies in meinen Napf und Brekkies auf die Untertasse. Die Katzenattrappe baut sich breitbeinig vor den Gefäßen auf und spachtelt los. Warum hilft mir denn keiner? Danke Ute, sie schiebt das Ding zur Seite, so daß ich an meinen Napf herankomme. Dann beginnt ein Wettknacken, daß meine Ohren dröhnen. Ich kenne das noch vom Bauernhof. Wenn eine Katze in der Nähe war, fraßen wir fünfmal so schnell. So mächtig ich auch reinhaue, für einen flüchtigen Seitenblick reicht es allemal. Ich bin schneller! Na bitte, noch nicht mal ordentlich fressen kann das Ding.

«Nele dreht ja völlig durch», sagt Ute mit bekümmerter Stimme im Hintergrund.

Falsch. Ich lege artgerechtes Normalverhalten an den Tag. Diese gammelige Elly neben mir, die immer erst dreimal tief einatmen muß, bevor sie es schafft, ein Korn zu zerbeißen, über die sollten sie gemeine Kommentare loslassen. Mich sollten sie loben und preisen.

Und dann kommt Elly und schubbert sich an mir! Fellmäßig bin ich im nächsten Moment ein Igel. Faß mich bloß nicht an, du! Ich drehe Elly mit meinem stählernen Blick durch den Wolf. Wollen doch mal sehen, wie lange sie das aushält. Das Knurren kommt nicht von den vorbeifahrenden Lastwagen, es kommt aus meinem Inneren.

«Donnerwetter, so kenne ich Nele ja noch gar nicht.»

War auch bisher nicht möglich, Liane. Bis heute hattest du nicht den grandiosen Einfall, mich mit einer Elly an die Wand drücken zu wollen.

«Ach komm.» Ute dreht sich um und geht in den vorderen Trakt. «Laß die beiden sich doch hier hinten regulieren. Das braucht eben Zeit.»

Genau – und zwar eine bis zwei Minuten. Genauso lange, wie ich brauche, um aus dieser Gestalt, die da vor mir hockt, einen Patienten mit dem Selbstbewußtsein eines Marienkäfers zu machen. Ich werde sie einschmelzen, auf kleiner Flamme garkochen, miniaturisieren. Los, du Aas, winde dich! Ich will Wirkung sehen. Unwohlsein, Schwindel, Übelkeit, irgendwas in dieser Preislage. Jetzt werden die Karten gemischt. Hier ist Nele, hier tanze! Mein Knurren erfüllt den Flur mit einer Ahnung von Grauen. Vorne plappern die Frauen, hinten tragen zwei andere Frauen den Entscheidungskampf aus. Geplapper contra Existenz. Ich fühle mich der Aufgabe gewachsen. Elly guckt mich an, zwei Schritte, ich spüre ihre feuchte Nase an meiner Nase.

Ich bin entsetzt. Dieses Vieh strahlt eine Arglosigkeit aus, daß es dir die Schuhe auszieht (Umgebung prägt die Bilderwahl). Das ist eine gute Voraussetzung, um sie zu verprügeln. Schneller Schritt, ein schöner Schwinger – es zischt, als meine Krallen die Luft durchschneiden. Doch ich wollte nicht die Luft zerstückeln, sondern Elly. Sie sitzt einen halben Meter weiter hinten. Gut reagiert. Lassen wir also die Sandkastenspiele, gehen wir in die vollen. Ich produziere den Buckel meines Lebens. Mein Schwanz nimmt den Umfang von Franz-Josephs Waden an, und die sind nicht dünn. Steifbeinig nähere ich mich der Zerstörerin meiner Seelenruhe. Elly kommt ebenfalls in die Hufe. Sie weiß, was die Uhr geschlagen hat. Zack! Zack! Eine Rechts-Links-Kombination. Zwar witscht Elly weg, aber ich hatte Körperkontakt. Ich habe eine Marke gesetzt.

Ich folge Elly ins hintere Zimmer. Anstatt daß sie aus Büchern und Kissen eine Barrikade gegen meinen nächsten Angriff baut, sitzt sie an der Balkontür und macht einen langen Hals. Vielleicht hält sie es für Tollkühnheit. Ich halte es für mutwilliges Spiel mit dem Leben, zumindest mit der körperlichen Unversehrtheit. Und dann geschieht etwas, das ich nicht verstehe, nie verstehen werde! Eine Macht, die stärker ist als ich (ich wußte bisher nicht, daß es außer Hunger so etwas gibt), zieht mich in die Nähe der Neuen – aber nicht, um sie zu liquidieren. Nebeneinander sitzen wir vor der Balkontür. Elly blickt mich an, ich gucke scharf zurück – kein Zweifel: der fehlt was. Der fehlt die Stelle, wo die Gemeinheiten sitzen.

Überhaupt das Gesicht: Es hat so was Offenes. Du guckst Elly vorne ins Gesicht und hinten durch den Kopf wieder raus. Wo bleibt das Unergründliche, das ewig wabernde Überraschungsmoment von uns Katzen? Ich rücke ein Stück weg. Dann der nächste Schlag! Elly schnurrt. Guckt mich an und schnurrt. Warum zittert sie nicht vor Angst? Warum bietet sie mir nicht ihre Kehle an zum Zeichen der Unterlegenheit? Warum hockt sie nicht oben im Regal, gegen die Wand gedrückt, kläglich winselnd? Nein, sie schnurrt. Erschüttert blicke ich über die Wipfel der Bäume im Hinterhof. Was für ein Tag! Was für ein Leben! Dieses Ding neben mir, das gehört also zu Liane. Sie muß es auf der Straße gefunden haben. Oder jemand hat es unter der Tür durchgeschoben. Zweifellos sind bei uns Katzen einige Ausfälle zu beklagen (Perserkatzen!). Aber überwiegend bieten wir doch erhebende Anblicke. Ich will gar nicht von mir sprechen. Es mag auf der Welt durchaus die eine oder andere Katze geben, die es in der Kombination von Charakter und Outfit mit mir aufnehmen kann. Da muß Liane doch nicht zum Äußersten greifen: zu Elly. Ignorieren? Nicht schlecht. Aber noch besser wäre natürlich... batsch hat sie sich ein Ding eingefangen. Heißa! Die Welt ist schön! Der Tag ist gerettet. Danke für den Punchingball, Liane. Darauf war sie nicht gefaßt, das Ding mußte sie voll einstecken. Kein feiges Wegducken oder tückisches Zur-Seite-Springen. Die Krallen kamen, die Krallen saßen! So lobe ich mir das. An der Schnauze habe ich sie erwischt, es sieht fast so schön aus wie die vier Punktwunden bei Chris (Ob er noch lebt? Bestimmt hängt er am Tropf. Oder er ist Großwildjäger geworden, um die Schmach zu kompensieren.).

Elly ist verschreckt, ich liebe diesen Anblick. Und dann schlägt sie wieder mit dem Blick zu! Er lautet etwa «Warum tust du mir das an?» Entsetzlich, eine Untergrabung aller Spielregeln. Sie guckt wie «Du tust mir weh, und wir kommen doch alle aus einem Stall.» Unruhe treibt mich aus dem Raum. Fangen wir jetzt auch schon mit den Spielen der Menschen an? Reicht uns die klare Sprache von Sieger und Besiegtem nicht mehr? Gibt es eine neue Entwicklung, die ich verpaßt habe? Vielleicht ist Elly auf dem neuesten Stand, und ich bin von vorgestern. Wundern würde es mich nicht. Katzenkommunikationsmäßig lebe ich hier ja in der Diaspora. Um die Skrupel zu tilgen, kehre ich um und donnere ihr noch einen rein. Das entschlackt.

«Na, Nele, Frieden geschlossen?»

Liane ist ein wenig naiv, das macht sie mir sympathisch. Ute ist kein bißchen naiv, das macht sie gefährlich.

«Nele!»

Wäre vielleicht nicht falsch, jetzt einen taktischen Rückzug durchzuführen. Während Ute nach hinten stürzt, gefolgt von einer verwunderten Liane, überschlage ich die nicht besonders große Zahl meiner Fluchtburgen und begebe mich sodann ins Schlafzimmer, wo ich unterm Bett meinem beschleunigten Herzschlag lausche. Hinten hebt Getöse an!

«Nele, du Mistvieh!» brüllt Ute im Flur. Sie läuft an mir vorbei nach vorne. Schnelle, trampelnde Schritte, Verrücken von Möbeln. Sie guckt hinter Sessel und Sofa.

«Komm raus, du feiges Vieh!» Feige! Vieh! Alle halbe Jahre einmal ein instinktmäßig gebotenes Verhalten an den Tag gelegt und ich bin ein Vieh!

Liane folgt mit langsameren Schritten.

«Hat sie dich gehauen», murmelt sie.

Ich will spontan verneinen, als mir gerade noch einfällt, daß sie wahrscheinlich mit Elly spricht. Ich würde das nicht «hauen» nennen. Ich habe die Verhältnisse zurechtgerückt. Zwei Beine stürmen ins Schlafzimmer, ein Körper wird zusammengeklappt, Utes empörtes Gesicht blitzt mich an. Sie beginnt, auf dem Fußboden liegend, mit einem Arm nach mir zu greifen. Das tut sie immer, wenn sie wütend ist, und sie hat mich noch nie erwischt. Diese Tatsache bietet ihr nicht Anlaß zum Nachdenken, sie erhöht ihre Wut.

«Na los, komm da raus», stöhnt sie. Dann fliegt mir ein Schuh um die Ohren.

«Laß sie doch», kommt Lianes Stimme von der Tür. «Nele

ist das nicht gewöhnt. Die fühlt sich bedroht. Ich nehme Elly wieder mit. Vielleicht kann ich sie ja bei Chris lassen.» Augenblicklich ist mir Ellys Schicksal ans Herz gewachsen. Chris! Chris und eine Katze! Liane, wo hast du diesen gallebitteren Humor her? Wenn Elly solch Schicksal droht, bin ich selbstredend bereit, den größten Sprung meines Lebens zu machen: den Sprung über meinen Schatten. Ich muß nur noch schnell Ute abwehren. Sie liegt bereits halb unterm Bett. Wenn ich friedlich auf der anderen Seite rausgehen würde, sähe sie alt aus. Ich bleibe also sitzen und gebe ihr Gelegenheit, sich abzureagieren.

Ute läßt es bald sein. Ich mache, daß ich nach hinten komme. Keine Elly. Ich renne nach vorne, da hockt das Persönchen auf dem Sofa und sieht noch kleiner aus als vorher. Ich hole tief Luft, bin mir der Größe des Augenblicks bewußt und trete stolz auf sie zu. Ich werde ihr die Pfote reichen. Elly sieht mich kommen, irgendwas in ihrem Gesicht wird nicht unbedingt ruhig – und dann knallt sie mir eine.

Kein Zweifel: Elly mag mich. Sie mag mich mehr als ich sie. Das ist allerdings eine leichte Übung, denn ich mag sie so gut wie gar nicht. Hätte ich mich nicht in einem Akt sozialpädagogischer Verantwortung zu ihrem Retter vor Chris aufgeschwungen, hätte ich die unbedeutende Ballade längst vergessen. So aber geht es heute schon in die zweite Woche: dieser Druck auf allen Därmen und im Kopf, der entsteht, wenn du dein Revier mit einer Elly teilen mußt; dieser vorurteilsfreie, offene Blick (wie ein Scheunentor) geht mir ungeheuer auf den Pinsel. Sie kommt auch ständig an und will, daß wir irgendwas zu zweit machen: Toben zum Beispiel. Oder durch die Wohnung stromern oder nebeneinanderliegen. Beim bloßen Gedanken daran wird mir ganz anders. Ich bin eine Katze und keine Mücke. Die treten bekanntlich in Schwärmen auf. Ich habe meine Gewohnheiten. Ich habe die nicht auf der Straße gefunden, sie sind aufgrund eines gründlichen, nachdenklichen Lebens entstanden. In diesen Gewohnheiten ist keine zweite Katze vorgesehen.

Daß Elly überhaupt noch lebt bzw. äußerlich bis auf die paar lumpigen Schrammen unversehrt ist, halte ich für mein äußerstes Zugeständnis. Ich erwarte nicht, daß die Aufrechten das würdigen. Aber ich erwarte, daß Elly Bescheid weiß. Mag sie so klein und verhutzelt sein wie sie will, unterm Strich geht sie als Katze durch – und das heißt: sensibel sein, Stimmungen erfühlen; heißt vor allem: den Schwanz einziehen, wenn Nele des Weges kommt. Und ich komme in diesen Tagen ständig des Weges, praktisch ununterbrochen. Der bloße Gedanke, daß sich Elly in diesem Moment an einem Ort aufhalten könnte, an dem sie nichts zu suchen hat, treibt mich um. Ruhelos. Tag und Nacht. Ich bin ein Schwerarbeiter, urlaubsreif. Keiner hilft mir. Ute und Franz-Joseph beschränken sich darauf, Kommentare vom Niveau «Na, vertragt ihr euch auch schön?» abzugeben. Ein kleiner Trost ist Benny, immerhin. Der heimtückischen Weise, in der er am ersten Tag Elly in seiner Höhle einkesselte und sie am Schwanz in die Höhe hielt, will ich meinen Respekt nicht versagen. Ich hätte darauf verzichtet, sie danach dreimal in die Runde zu schwingen wie ein Lasso, aber es handelte sich um Elly und nicht um mich. Natürlich tat es mir leid, als ich Ellys Schreie mitanhören mußte. Aber nachdem ich durch schnellen Galopp mehrere Zimmer zwischen sie und mich gelegt hatte, hörte ich sie kaum noch. Mehr Gemeinheiten hatte Benny auch nicht parat. Denn kurz darauf erwischte er Elly auf seinem Bett liegend. Seitdem schlafen die beiden jede Nacht miteinander. Hätte ich das gleiche versucht (ich kann mich beherrschen), sie hätten mich mit Gewalt vom Fußende geprügelt. Wenn sie jetzt abends an Bennys Tür schleichen, haben sie Tränen der Rührung in den Augen.

«Ist doch schön, Kinder und Tiere. Das gehört einfach zusammen.»

Während sie mit ihrer albernen Psychoeisenbahn spielen, checke ich das Revier durch und beseitige alle zwei Stunden die schlimmsten Spuren von Ellys Anwesenheit. Zum Beispiel haart das Tier schlimmer als Franz-Joseph. Ich hätte nicht gedacht, daß so etwas technisch möglich ist. Offensichtlich müssen die Hunderte von Haaren, mit denen Elly um sich wirft, ja in Windeseile nachwachsen. Andernfalls wäre sie splitternackt. Das würde ich gerne sehen. Franz-Joseph hat mir so was mal unter die Nase gehalten. «Guck mal, Nele, so siehst du aus, wenn du dir das Fell wegdenkst.» Es war keine Katze, es war ein Kaninchen. Sie haben es hinterher aufgegessen, und ich bekam ein paar Knochen ab.

Katzen haben sie noch nicht gegessen, jedenfalls nicht, seitdem ich im gleichen Revier lebe. Vielleicht tun sie's heimlich. Solange sie mich nicht essen, können sie ruhig zulangen. Ich kenne mich doch aus im Kreislauf der Natur. Fressen und gefressen werden. In den gleichnamigen Fabriken werden kleine Futterdosen geboren. Die werden von anderen Dosen weggespachtelt, die dadurch groß und kugelrund werden, bevor wir Katzen kommen und sie auffressen, wodurch wir stark und gutaussehend werden, bevor wir ... genau das ist es. Uns frißt ja keiner! Sollten wir schlecht schmecken? Das halte ich für ausgeschlossen. Klar, solche Vertreter wie Elly, an denen ist natürlich nichts dran. Aber zum Beispiel mein Vater. Wenn sie dem das Fell ausziehen würden und ihn nett zubereiten, könnte er bestimmt genauso lecker schmecken wie die großen Vögel, die in meinem Revier alle Jubeljahre auf den Tisch kommen.

Elly hat wieder an meinem Sessel gekratzt, Elly ist ein Stinktier. Was das schlimmste ist: Sie gehört zu Liane. Ich bemühe mich, über diese Verbindung nicht nachzudenken. Ich habe den Verdacht, die Antwort wäre nicht schmeichelhaft für Liane. Eine sonderbare Frau. Wie kann sie gleichzeitig mich und Elly mögen? Gut, sie hat darauf verzichtet, zu einer Perserkatze zu greifen. Aber das beweist nichts. Wer eine Perserkatze nimmt, scheidet aus dem Rennen aus. Ich will mir gar nicht vorstellen, wie es in solchen Revieren zugehen mag. Wahrscheinlich haben sie überall kleine Regenrinnen verlegt, damit die Soße abfließen kann, die den Viechern ununterbrochen aus Augen und Maul läuft. Die Spiegel haben sie verhängt, um der Perserkatze den Schock fürs Leben zu ersparen. Besuch von anderen Aufrechten bekommen sie nicht mehr, weil sich Widerwillen nicht ausschalten läßt wie eine Lampe. Und ständig begegnen sie der Perserkatze! Zehnmal, hundertmal am Tag. Und jedesmal fürchten sie sich vor dem nächsten Mal. Darauf hat Liane verzichtet. Aber jetzt lebt Elly bei ihr. Irgend etwas tief in mir signalisiert: Du bist nur sauer, weil du jetzt nicht mehr so einzigartig für Liane bist. Sauer! Ich! Ich?

Da! Der Blumentopf stand vorhin noch nicht so verschoben. Und der daneben erst recht nicht. Wahrscheinlich hat Elly Trampeltiere in der Verwandtschaft. Und sie läßt sich von jedem Aufrechten auf den Arm nehmen! Sie macht keine Unterschiede, nimmt die Aufrechten, wie sie kommen. Bei mir versuchen sie das gar nicht erst. Ich habe lange gebraucht, aber heute habe ich sie soweit. Elly hat keine Hemmungen. Sie giert danach, sie sitzt im Flur und wartet darauf, daß jemand vorbeikommt. Und in die Betten geht sie auch. In der Toilette saut sie unheimlich rum (jeder hat ein Klo. Das ist ja wohl das wenigste). Eigentlich kann ich nichts an Elly leiden. Kleiner Trost: Ute und Franz-Joseph mögen mich immer noch mehr als Elly. Ich habe auch nichts anderes angenommen, so sehr kann ich mich nicht täuschen. Seitdem Elly das Revier mit ihrer Anwesenheit verunziert, ruhen meine Augen häufiger als sonst mit einem gewissen Wohlwollen auf Ute und Franzi. Falls Elly auf den Gedanken kommen sollte, die Machtfrage zu stellen, brauche ich sie nicht selbst rauszuschmeißen.

Ute kommt überhaupt nicht mehr an mir vorbei, ohne stehenzubleiben und mir ein-, zweimal übers Fell zu gehen. Na gut, es ist nicht weltbewegend, aber ich erkenne die Absicht hinter der kümmerlichen Geste. Und ich würdige sie. Pluspunkt, Ute, Pluspunkt. Jetzt wieder zum Beispiel. Ute wirft ihr Ausgehfell um und steigt in ihre Fußstabilisatoren. Sie greift Schlüssel und Netz, und sie ist bereits an der Tür, als sie kehrtmacht und mir einen Streichler verabreicht.

Ich bin mit Elly allein im Revier. Sie kommt mir im Flur entgegen. Ich überlege, ob ich ihr zur Auffrischung des Gedächtnisses mal wieder einen verpassen soll, da bemerke ich etwas Empörendes. Anstatt angstvoll an meinen Augen zu hängen, blickt sie an die Decke. Falsch, nicht an die Decke, an die Küchentür. Und dort schwerpunktmäßig auf den Türdrücker. Ich wende mich ab, da ertönt ein liebliches Geräusch hinter mir. Ich schieße herum – es kann ja wohl nicht sein: Elly hängt mit den Vorderpfoten am Türdrücker, baumelt hin und her. Sie fällt herunter, wirft mir einen Blick zu, konzentriert sich, springt erneut. Sie schwingt hin und schwingt her, und dann hat Elly die Tür geöffnet. Unwillkürlich blicke ich zur Wohnungstür. Doch ich weiß ja: Wir sind die einzigen Lebewesen im Revier (Veronika 2 ist ein Sonderfall). Elly ist verschwunden, in der Küche rumort's. Ich stehe im Flur, und ich weiß, daß ich im Begriff bin, etwas noch nie Dagewesenes zu tun. Allerdings stand auch noch nie die Küchentür offen. Ich habe es nie geschafft, sie aufzukriegen. Dann kommt so ein Hänfling von Katze des Weges und knackt das Hindernis, ohne daß es wie Anstrengung aussieht.

In der Küche scheppert es. Vorsichtig gucke ich um die Ecke. Elly sitzt auf der Anrichte neben dem Herd und ist halb in einer Schüssel verschwunden. Schmatzende Geräusche ertönen. Also ich weiß nicht, ich weiß nicht, ob das alles so ganz richtig ist. Wie das riecht! Nele, du hältst dich zurück. Elly schmatzt, ich stehe mittlerweile an dem Schrank, der oben von der Anrichte abgeschlossen wird. Eine innere Stimme meldet sich zu Wort: Verfressenheit ist kein Argument. Du hast einen Ruf zu verlieren. Willst du das sensible Gleichgewicht in deinem Revier zerstören? Geht es dir nicht gut? Hast du nicht alles, was du brauchst, kalorienmäßig gesehen? Überlegenswerte Einwände, zweifellos. Leider komme ich nicht dazu, sie zu befolgen, denn eine zweite Stimme ertönt: Hast du in den letzten Tagen Radio gehört? Würdest du darauf wetten, daß die Dosenfutterindustrie nicht vom schlimmsten Streik seit Jahrhunderten heimgesucht wird? Und das Geräusch gestern abend in der Küche. So hört es sich an, wenn ein Dosenöffner zerbricht – die Übersicht über die Wochentage hast du auch schon lange verloren. Bei deinem Talent folgen jetzt vier Feiertage Schlag auf Schlag. Nele, du bist vom Hungertod bedroht!

Zwar will Stimme eins etwas einwenden, aber so lange kann ich nicht warten. Elly rückt bereitwillig zur Seite. Sie verzichtet sogar darauf, von mir einen anerkennenden Blick oder sonst ein Lob einzufordern. Das finde ich sehr anständig von ihr (sie hätte auch lange warten können). Donnerwetter, welch prächtiger Anblick! Da haben die Aufrechten wieder eine leckere Fresserei für ihresgleichen in die Wege geleitet. Es ist Fleisch, es riecht himmlisch, und es ist nicht mehr viel da, weil Elly das Freßtempo einer «Siebenköpfigen Raupe» (Zitat Ute in Richtung Benny) an den Tag legt. Traumhaft! Warum lasse ich mich mit diesem gammligen Dosenfutter abspeisen? Typisch Aufrechte. Bloß nicht häufiger als zweimal im Jahr ein paar Bröckchen für die Katze unter den Tisch fallen lassen. Ich verstehe, warum «Abschmecken» die Tätigkeit ist, die Ute und Franz-Joseph vereint wie sonst nur Paaren und Bausparen. Elly beim Fressen zuzusehen ist genauso unangenehm wie ihr beim Einatmen oder beim Herumliegen zuzusehen. Dieses Abgehackte, Hektische, als wenn sie hinterher noch einen Termin hat. Während wir das Fleisch verputzen, ist mir die Unrechtmäßigkeit meines Tuns durchaus präsent. Jedenfalls, wenn man die Maßstäbe der Aufrechten anlegt. Dazu neige ich, der Umgang färbt ab. Ich könnte auf Anhieb nichts nennen, was sie heutzutage tun oder unterlassen, weil sie mich als leuchtendes Beispiel vor Augen haben. Manchmal führen sie mich stolz anderen Aufrechten vor. Ihre Wertwelt lasse ich kalt. Ich dagegen, ein wildes Tier, frei geboren, niemandem Rechenschaft schuldig, mit blitzsauberen Instinkten und glänzendem Fell – ich habe offensichtlich ein schlechtes Gewissen zu entwickeln. So war die Reviergemeinschaft nicht gedacht, daß ich mir von menschlichen Kriterien in meine Existenz hineinpfuschen lasse. Elly schlingt das Zeug rein, als ob sie seit einer Woche am Rand des Hungertods entlangbalanciert ist.

Wir erreichen das Stadium der Sauberleckerei. Diese Schüssel können sie hinterher in den Schrank stellen, sie ist praktisch abgewaschen. Gerade will ich mich der Verdauung hingeben, da drängt sich wieder diese innere Stimme in den Vordergrund: Sie können die Schüssel auch dazu benutzen, um sie dir über deinen verfressenen Kopf zu schlagen. Der letzte Bissen rutscht mir etwas zögerlich durch die Speiseröhre. Elly hat die Ruhe weg. Sie beginnt noch auf der Anrichte mit dem Putzen. Ich spüre Unruhe. Mir ist mein Revier plötzlich zu klein, einige Kilometer mehr Auslauf könnten nicht schaden. Sie würden es den Aufrechten erschweren, mich einzufangen. Das gibt doch jetzt einen Aufstand. Toben werden sie und schreien und strafen, und selbst wenn sie nicht schlagen, werden sie die Stimmung vergiften. Wo ich doch so auf gedeihliche Stimmung angewiesen bin. Elly, du Mistvieh! Du bist schuld. Wie kommst du dazu, mich in deine schmutzigen Geschäfte hineinzuziehen? Glaubst du, es sieht besonders eindrucksvoll aus, wenn so eine Mickerkatze am Türdrücker baumelt? Das viele Fleisch, ogottogott. Aber das fehlte ja noch: erst fressen, dann feige sein. Wer hat denn kürzlich die Ära des wilden Katzenlebens eingeläutet? Ich stehe zu meiner Tat! Ich muß ja nicht unbedingt in der ersten Reihe stehen. Ich werde Elly vorschicken. Wenigstens, bis Franz-Joseph seine Hausschuhe geschleudert hat. Denn in dieser Preisklasse wird er etwas unternehmen. «Dosenembargo» gellt durch mein Bewußtsein. Sie werden mich auf Sparflamme setzen, das sieht ihnen ähnlich. Sie werden mich von der weiteren Essenszufuhr ausschließen – einen ganzen halben Tag oder auch doppelt so lange. Höhnisch lächelnd werden sie mitansehen, wie ich verfalle. Ich habe mich hinreißen lassen, darauf werden sie mich abfahren lassen, eiskalt. Ich hätte gute Lust, Elly zu verprügeln. Latscht mit ihrem Mondgesicht über Töpfe und Tassen, um einen Nachschlag zu suchen. Ich suche mit. Wenn ich schon mal hier bin, kann ich genausogut die Gelegenheit nutzen.

Mit vollgehauener Plauze reduziert sich die sagenumwobene Küche auf eine Ansammlung von mysteriösen Gerätschaften, mit denen Aufrechte offensichtlich etwas anzufangen wissen. Auf dem Balkon entdecke ich den Eimer, in dem mein früheres Lieblingsgewächs lebt. Wehmut schleicht mich an, die Erinnerung an einen schönen Traum, der der Realität nicht standhalten konnte. Etwas raschelt, Elly ist auf den Hängeschrank gesprungen. Keine Ahnung, wie sie das geschafft hat. Keine Ahnung, was sie da oben will. Ich springe von der Anrichte. Eine Ladung Luft schießt aus dem Magen hoch. Sie riecht säuerlich, wie das? Das Fleisch roch nicht säuerlich. Es roch, es roch, also es roch... mit wackligen Beinen stakse ich aus der Küche – und reihere den Flur voll, daß ich denke, mir krempelt's die Speiseröhre um. Es zuckt und drückt den Brei heraus, mehr und immer mehr. Das tut weh, es soll aufhören, und es geht immer weiter. So viel habe ich doch gar nicht gefressen. Der Haufen ist ungeheuer groß, es sieht aus wie durch den Wolf gedreht. Wie Dosenfutter. Wird auf diese Weise Dosenfutter hergestellt? Mit einem kapitalen Rülpser drückt es mir den letzten Klacks heraus. Ich bleibe vor dem Haufen sitzen und warte, bis ich wieder zu Atem komme. Elly schaut kurz bei mir vorbei. Sie schnuppert am Haufen, sie schnuppert an mir. Dann geht sie davon.

Als sich der Schlüssel im Loch dreht, schleppe ich mich um die Flurecke. Dort sacke ich zusammen, nehme das folgende nur noch durch Nebel wahr.

«O Gott, Franzi, sieh dir den Haufen an.»

So nähert sich Unheil.

«Franzi, das war Nele.»

«Ja, mein Schatz. Da wir beide in der letzten Stunde zusammen waren, muß es wohl Nele gewesen sein.»

«Franzi, sie ist krank. Wir müssen sie suchen. Bestimmt geht es ihr schlecht.»

Schritte poltern nach vorne. Ich war auf Wut gefaßt und nun das: Besorgtheit. Ich kippe seitwärts weg. Gut, daß mich keiner sieht. Ich habe einen Ruf zu verlieren, und wenn er noch so leise ist.

Schritte.

«Vorne ist sie nicht.»

«Dann ist sie vielleicht hinten.»

«Ha ha, sehr witzig.»

«Ute, darf ich dich darauf hinweisen, daß die Küchentür offen ist?»

«Ich habe jetzt andere Sorgen als...»

«Und das Filetfleisch ist verschwunden.»

Endlich hat das Kind einen Namen. Filet war es, was fünf Minuten als Gast in meinem Magen weilte.

«Franzi nein!»

«Hat Liane nicht gesagt, daß ihre Katze Türen aufkriegt?»

«Schon, aber das heißt doch nicht, daß...»

«Genau das heißt es.»

Schritte kommen um die Ecke.

«Franzi, hier ist sie.»

Ute bückt sich, streichelt mich, zum Glück vorsichtig. Jede heftigere Bewegung würde unter Sachbeschädigung fallen. Nicht auf den Bauch! Bloß nicht auf den Bauch! Auf meinen Bauch müßte sich jetzt nur eine Fliege setzen... ich darf gar nicht daran denken.

Franz-Joseph ist knallhart: «Na, du Vieh! Hast du die gerechte Strafe erhalten?»

Inhaltlich unter Umständen nicht ganz falsch, dennoch darf ich im Augenblick ja wohl etwas Mitgefühl erwarten. Wenn er im Frühjahr und Herbst mit seiner obligatorischen Grippe durchs Revier hustet, pinkle ich ihm ja auch nicht noch zusätzlich gegen das Bein.

«Franzi, sie hat eine ganz heiße Nase.»

«Ist eben anstrengend, so eine kannibalische Fresserei.»

Darauf kannst du einen lassen, das ist es. Er muß es wissen. Er macht es ja zweimal pro Woche.

«Aber warum hat sie alles wieder erbrochen?»

«Weil deine Katze verwöhnt ist. Sie kann nur noch den Plastikfraß aus der Dose ab.»

Es reicht, Franz-Joseph, es ist genug. An dieser Stelle könntest du Schluß machen. Es wäre überhaupt das beste, wenn ihr mich jetzt allein lassen würdet. Könntet ihr nicht eine Woche verreisen? Vergeßt Benny nicht. Und nehmt vor allem Elly mit. Futter brauche ich nicht. Ich kann mir nicht vorstellen, jemals wieder Hunger zu haben. Ich weiß kaum noch, was das war, Hunger. Hatte er nicht irgend etwas mit Dosenfut... es schüttelt mich.

«Franzi!» Sehr alarmiert, wie nett. «Sie hat Fieber. Schüttelfrost. Wir müssen mit ihr zum Arzt.»

«Quatsch.»

Und dann will er mich umbringen! Packt mich voll in den Bauch, wirbelt mich durch die Luft. Alles dreht sich, ich schließe die Augen. Immer weiter drückt er in meinem Bauch herum, legt mich auf seinen linken Unterarm und sticht mit seinen rechten Fingern in mir herum. So ist noch nie jemand mit mir umgegangen. Über mir bricht alles zusammen. Wahrscheinlich bin ich jetzt ohnmächtig.

«Die wird wieder», behauptet er voller Optimismus. «Sie braucht jetzt Ruhe. Und danach kriegt sie ihre Abreibung.»

Franz-Joseph lacht wohl, jedenfalls wackelt sein Körper. Ich mache mir nicht die Mühe, ein Auge zu öffnen. Oder? Da sitzt Elly wie das strahlende Leben und sieht mir dabei zu, wie es mir schlecht geht. Ich schließe das Auge. Heute ist nicht mein Tag.

Natürlich kriege ich hinterher keine Abreibung. Das war nur «Humor» von Franz-Joseph. Ute mixt mir einen Brei an. Ich verzichte. Es gab Tage, da wäre mir Verzicht schwerer gefallen. Das beste wird sein, ich vergesse diese Geschichte. Zwar schwebe ich nicht mehr in akuter Lebensgefahr, aber ich fühle mich unendlich schlapp und absolviere die folgenden Stunden im Liegen. Ich kann mir nicht vorstellen, jemals im Leben wieder zu galoppieren. Schon gar nicht werde ich diesen Aufwand an Energie für Liane investieren. Ich muß nur Elly angucken, dann bin ich bedient. Die Selbstverständlichkeit, mit der dieses Tier die Lücke zu schließen versucht, die mein zeitweiliger Ausfall kilometertief im Revier aufreißt! Wenn die Aufrechten einen Arm in der Gegend herumhängen lassen, ist Elly mit affenartiger Geschwindigkeit zur Stelle und hält sich hin. Wie sie läuft, tapp-tapp-tapp, wie aufgezogen, die Schritte sind viel zu klein und kommen zu schnell hintereinander, es ist nicht, als wenn sie läuft. Es sieht aus, als wenn sie rollt. Sie rollt handgerecht in Reichweite der Aufrechten. Sie haben es nicht gern, wenn sie sich beim Streicheln verrenken müssen. Sie würden wahrscheinlich auch ein Krokodil streicheln, wenn es um die Hüften ein Katzenfell tragen würde. Oder eine Bisamratte. Leute, fallt nicht von mir ab! Wir wollten doch niemals auseinandergehen. Ute hat einmal von Menschen erzählt, die tote Tiere ausstopfen und auf den Schrank stellen. Das ist eine Handlung mit Zielrichtung Ewigkeit, obwohl ich nicht genau weiß, was ich davon halten soll. Ich habe mehr als einmal daran gedacht, wie es wäre, wenn Ute, Franz-Joseph und Benny vor mir sterben. Das Leben geht ja weiter für mich, und ich werde sie auch bestimmt freundlich im Gedächtnis behalten. Aber ausstopfen? Die stauben doch ein, und sie bieten ausgestopft wirklich nicht viel Grund, um sich mit ihnen zu beschäftigen. Gut, ich könnte endlich an ihnen hochklettern, ohne daß sie schreien. Und ich wollte schon lange meine Nase ausführlicher in Utes Haare stecken, als sie mich läßt.

«Bei Frau Wery tagen sie jetzt», sagt Ute leise.

«Piffer», zischt Franz-Joseph.

«Es ist das erste Mal, daß sie ohne uns zusammensitzen.»

«Aber nicht das letzte Mal.»

«Franzi, du bist häßlich.»

«Danach ist mir auch gerade. Was bilden die sich eigentlich ein? Ich habe es nie am rechten Glauben fehlen lassen, solange ich dabei war. Aber alles hat seine Zeit. Der Geist weht, wo er will.»

Das tut mein Geist auch gerade. Ich kann ihn kaum mehr sehen, so weit entfernt weht er.

«Bist du traurig, Franzi?»

«Wieso?»

«Weil es jetzt mit Baden-Baden doch nichts wird.»

«Du Dummchen.»

Das läuft auf eine Paarung hinaus, da wette ich meinen Freßnapf drauf. Wenn sie anfangen, in so einer Pittiplatsch-Sprache zu reden und dann noch leise, als wenn bei lauten Wörtern die Bilder von den Wänden fallen, dann gehen sie in absehbarer Zeit in den «Infight» (Zitat Franz-Joseph).

«Der Verzicht auf Baden-Baden fällt mir kein Fitzelchen schwer.»

Wundert mich nicht, er steckt ja auch den Verlust seiner kleinen Katze bemerkenswert cool weg.

«Ich habe mir dafür einen feinen Ersatz eingehandelt. Nämlich ein Häuschen im hohen Norden.»

«Und es... es fällt dir auch nicht schwer, daß du dann nicht Tür an Tür mit Christel wohnst?»

«Nein, mein Schatz. Ich habe ja einen guten Ersatz.»

«Ferkel.»

«Nervensäge.»

Warum lassen sich Ohren nicht herunterklappen? Dieses Gesülze verlangsamt meinen Genesungsprozeß. Gesundheitsschlaf will mich umfangen. Bevor ich wegsacke, werfe ich einen vorletzten Rundblick – und falle voll in Ellys Mondgesicht. Wenn die dich anguckt, glaubst du, daß Nase, Schnauze und Ohren mitgucken. Vielleicht ist Liane diese Elly doch nicht passiert, wie man in einen Hundehaufen tritt. Vielleicht hat Liane dieses Wesen sehenden Auges ausgesucht. Vielleicht sollte ich aufhören, die menschliche Seele bis auf den Grund ausloten zu wollen. Ich habe ein großes Herz. Ein großes Herz und einen winzigen Magen. Er ist so groß wie eine Murmel. Was wird aus meinem Magen werden? Was wird aus mir? Lohnt das, was noch folgt, die Mühen des Lebendigbleibens? Oder kommen jetzt nur noch Reste, Krümel, Brosamen, Abfälle? Viele Fragen und nur eine Antwort: Ich bin ja so müde. Im Hintergrund wechselt Franz-Joseph die Sitzgelegenheit. Ute quickt zwei-, dreimal, Franz-Joseph grunzt, und Elly guckt zu. Ich falle in ein tiefes, tiefes Loch. Und während Franz-Joseph «Ich komme» ruft, gehe ich.

«Guck mal, Nele, Großvater Herbst ist im Anmarsch. Wer jetzt kein Haus hat, wird nie mehr eins haben.»

Franz-Joseph und ich stehen an der Balkontür und sehen dem wirbelnden Laub zu. Die Wolken rasen von links nach rechts am Haus vorbei. Als wenn sie Hunger haben und auf dem Weg zum Napf sind. Ich bin voll wiederhergestellt, woran ich auch nie ernsthaft gezweifelt habe. Zwar werde ich sicher kein rohes Fleisch mehr essen, aber die Welt ist voller Dosen.

Wenn ich mir die Möwen angucke, wie sie sich steil in den Sturm stellen, dann abknicken, senkrecht nach unten stürzen, die Flügel umklappen und elegant zur Seite wegdriften, das hat Klasse.

«Freu dich, Nele. Das ist der letzte Herbst, den du im Fernsehen erlebst. Ab nächstes Jahr gibt's ihn live und original.»

Ich weiß zwar nicht, was das bedeutet. Aber jedenfalls haben sie mich als festen Posten in ihrer langfristigen Planung, das ist beruhigend. Ich gehe zweimal eng an seinen Waden entlang, und er freut sich darüber. Jetzt kann passieren, was will. Für Franz-Joseph ist dieser Tag nicht ganz umsonst gewesen. Ich motze Tage auf. Manche Tage haben mich weniger nötig, da können sich die Aufrechten gut mit sich selbst beschäftigen. Manche Tage würden sie ohne mich nicht überstehen. Seitdem sie allerdings ihrem Haus hinterherjagen, sind solche Tage seltener geworden. Ständig steht einer in der Wohnungstür und treibt den anderen zur Eile an. Sie fahren dann irgendwohin, wo ein Haus steht, in das sie mit Sack und Pack und Benny und mir einziehen wollen. Benny muß immer mit, obwohl es ihn langweilt.

«Nicht schon wieder Haus angucken», greint er dann. «Haus angucken ist doof. Hier ist alles viel schöner.»

Sie verständigen sich über seinem Kopf mit Blicken. Dann hockt sich einer vor Benny hin. Damit er nicht flüchtet, halten sie ihn an den Armen fest.

«Benny, ein Haus ist ganz, ganz toll. Da hast du viel mehr Platz.»

«Ich hab genug Platz hier.»

«Und einen Garten haben wir da. Da kannst du immer hin- und herlaufen.»

«Das kann ich hier im Flur auch.»

«Aber da kannst du es unter freiem Himmel tun.»

«Das kann ich hier auch, dann gehe ich raus.»

«Du kannst alle deine Freunde mitbringen.»

«Tatjana auch?»

«Tatjana nicht. Tatjana wohnt hier und nicht, wo wir bald wohnen.»

«Wenn Tatjana nicht da ist, will ich auch nicht da sein.»

«Aber Benny, du wirst neue Kinder kennenlernen.»

«Ich habe Angst vor neuen Kindern.»

«Ach was. Das ist spannend. Paß mal auf.»

«Kannst du die Kinder nicht für mich kennenlernen? Ich bleibe solange mit Nele hier.»

«Nele freut sich auch. Das wird eine richtige Feld-, Wald- und Wiesenkatze auf ihre alten Tage.»

Danke, vielen Dank. Sehr nett, wirklich.

«Das wäre für ihre schlanke Linie sowieso nicht schlecht, wenn sie ihrem Fressen ein paar Meter hinterherlaufen müßte.»

Seit wann haben Dosen Beine?

«Dann kauft endlich ein Haus. Dann muß ich mir nicht immer Häuser angucken. Das ist doch immer dasselbe.»

«Aber Benny. Kein Haus ist wie das andere. So ein Haus, du mußt dir das so vorstellen, ein Haus, das hat eine Seele, und deshalb...»

Meistens fängt Benny dann an zu weinen, und sie lockern den Griff um seine dünnen Ärmchen und lassen ihn frei. Aber zum Häuser angucken muß er trotzdem mit.

Seitdem Liane mit dem Käfig ankam und Elly hineinstopfte, läßt es sich im Revier wieder aushalten. Es ist das beruhigende Gefühl, daß hinter der nächsten Ecke garantiert *nicht* Elly hockt und mir mit ihrem treudoofen Blick auf den Magen schlägt. Ich bin nun mal ein Gewohnheitstier. Wenn sie mich von Anfang an mit einer Kollegin ins Revier gesteckt hätten, hätte ich mich unter Umständen an sie gewöhnt. Aber zwei Jahre so rum und dann auf einmal ganz anders rum, das wirft ja die Lebensführung total über den Haufen. Die Möwen und Tauben draußen, Friedhelm im Treppenhaus und Veronika 2 in Bennys Höhle – das ist der Kosmos an Kreatur, der mich umgibt. Sie reißen mich alle nicht vom Sessel, aber sie lassen mich alle in Ruhe. Das unterscheidet sie wohltuend von Elly. Mein Verhältnis zu Liane habe ich sorgfältig überdacht. Es ist nicht mehr das, was es einmal war, beim besten Willen nicht. Erst dieser Chris, dann Elly – das steckst du nicht einfach weg, das wirkt nach. Ich werde weiterhin freundlich zu ihr sein, wenn sie ins Revier kommt. Sie ist ja auch freundlich zu mir. Doch das Überschwengliche, Enthusiastische, das ich ihr lange entgegenbrachte, das ist natürlich weg. Ich kann mich nicht künstlich dumm stellen, ich bin kein Hund. Ich bin auch keine Perserkatze (Kennen Sie den? Kommt eine Frau zum Tierarzt. ‹Herr Doktor, Herr Doktor, mir ist da was passiert. Weil mein Perser sich ja nicht alleine das Fell pflegen kann, habe ich ihm den Pelz abrasiert, und jetzt hat er nur drei Beine. Was kann ich da tun?› ‹Ganz einfach, liebe Frau. Suchen Sie die Haare aus der Mülltonne heraus. Und das, was sich etwas härter anfaßt, das ist das vierte Bein.› Geil, was?).

Das Telefon klingelt, Franz-Joseph und ich gehen ran.

«Frowein. – Christel, du?»

Ein nervöser Blick fliegt im Zimmer herum. Wenn Ute nicht zufällig mit Benny unterwegs wäre, würde er sich jetzt wahrscheinlich vor Aufregung mit der Telefonschnur erwürgen. Während er hin- und hermarschiert, nutze ich die günstige Gelegenheit und spiele mit der Schnur Fangen. Dabei muß ich nur aufpassen, daß ich mir keinen Eckzahn herausreiße.

«Natürlich freu ich mich. Aber es ist gefährlich, wenn du … – ja, ich weiß, ich freue mich ja auch. – Ja, ich mich auch. Besonders nachts.»

Franz-Josephs Lachen hat Ähnlichkeit mit dem Grunzen

meines Vaters, wenn er sich damals an die Erhaltung der Art machte. Ich erwische die Schnur und töte sie durch heftiges Hin- und Herschütteln des Kopfes.

«Das ist lieb von dir. – Ja, es war schön, ich denke auch noch oft dran – wie oft? Jeden Tag, fast jeden Tag. – Ich weiß noch nicht. Ich müßte sehen, ob sich da beruflich etwas drehen... Du, ich höre sie gerade an der Tür. Laß uns lieber Schluß... – Genau: die Mutter der Porzellankiste.»

Franz-Joseph wirft den Hörer auf und stolpert über mich. Als Benny ins Zimmer stürmt, blickt er in ein sagenhaft unschuldiges Vatergesicht.

«Wer hat denn angerufen?» kräht Benny.

«Wieso? Keiner.»

«Und warum ist die Schnur um deine Beine gewickelt?»

Franz-Joseph tritt diskret mit einem Bein nach hinten aus. Ich weiß nicht, ob er nur die Schnur abstreifen oder mir ein paar verpassen will. Benny wetzt hin und her und läßt den Großen keine Zeit, das Thema zu vertiefen. So macht sich das Kerlchen um die Harmonie im Revier verdient.

Draußen ist es so kalt, daß die Aufrechten die Heizung andrehen. Das ist eines der Mittelchen, die sie brauchen, um zu überleben. Ihr Gewürge mit den vielen Fellen ist noch nicht genug, sie brauchen auch einen Ofen in jedem Raum. Merkwürdigerweise reicht es ihnen, wenn die Heizkörper im Raum stehen und warm sind. Sie suchen nicht die Nähe von den Dingern. Da ist ihre Katze ganz anders. Ich passe gut unter diese Gebilde drunter. Die Wärme legt sich wie eine Dunstglocke auf mein Gehirn und betäubt es angenehm. Benny schaukelt auf Franz-Josephs Knie und sieht im Fernseher eine Sendung, bei der es öfter mal knallt. Ute hebt dann jedesmal den Kopf vom Strickzeug:

«Muß das sein, Franzi, daß das Kind diese Räuberpistolen sieht?»

Vater und Sohn sagen gleichzeitig «psst», und Benny drückt sich so eng an seinen Vater, daß Ute gleich sieht, wie die Sympathiegewichte zur Zeit verteilt sind. Benny würde auch mit einem Gorilla auf dem Sofa sitzen. Wenn er nur fernsehen kann.

«Eine Katze! Nele, eine Katze!» brüllt Benny los und patscht in die Hände.

Na gut, wenn er drauf besteht. Ich komme unter der Heizung hervor und gucke mir das an. Natürlich ist die Katze angeblich schon wieder aus dem Bild gelaufen. Aber ich bin nicht sicher, daß ich sie erkannt hätte. Ich komme mit diesem Fernsehgerät eben nicht klar. Aber ich bin sicher, auch Benny könnte keinen Aufsatz darüber schreiben, wie so ein Kasten funktioniert. Und ob die ausgewachsenen Aufrechten es hinkriegen, ist ebenfalls noch nicht bewiesen. Die nehmen das hin, die können damit leben. Ich bin da anders, gründlicher. Wie gerne würde ich mal einen Blick in eine Dosenfutterfabrik werfen. Meinetwegen könnten sie mich in so eine Fabrik ruhig übers Wochenende einsperren. Selbst Elly würde mich dabei nicht stören. Überall liegen noch ihre Haare herum.

«Na Nele, toller Film, was?»

Benny suckelt an einem Finger. Franz-Joseph hat seine Pfeife im Mundwinkel hängen, Ute kaut auf einer Stricknadel herum. Wäre das beste, ich würde mir etwas suchen, das ich zwischen die Zähne stecken kann. Franz-Josephs bestrumpfte Zehen schunkeln vor meinen Zähnen herum. Ich kann mich gerade noch beherrschen.

Sie stecken Benny ins Bett und beginnen danach sofort, in ihren Baupapieren zu wühlen. Sie sind regelrecht besessen davon. Ute hat hektische Flecken auf den Wangen. Im Unterschied zu Franz-Joseph spielt sie häufig mit einem Taschenrechner herum. Franz-Joseph ist mehr mit der Möblierung beschäftigt. Beiläufig läßt er in das Baugerede einfließen: «Könnte übrigens sein, daß ich nächste Woche noch mal zum Südwestfunk runter muß. Witzig, was?»

Ute findet es nicht witzig und will sofort wissen, wie und was. Franz-Joseph startet das Ablenkungsmanöver, indem er auf ein Bild mit Möbelstück tippt. Ute starrt das Bild an:

«Nur über meine Leiche.»

Franz-Joseph wehrt sich ein bißchen und gibt nach. Ute freut sich und kommt von Franz-Josephs Dienstreise ab.

Die Hitze unter der Heizung macht dich mit der Zeit völlig rammdösig. Wahrscheinlich fühlen sich so diese halben Hähnchen, die Franz-Joseph ab und zu ins Haus schleppt. Wenn sie satt sind, werfen sie mir mit großer Geste zwei lumpige Knochen hin. Eines Tages werde ich die Knochen nicht anrühren – und dann möchte ich ihre Gesichter sehen (meins auch).

Ich hasse es, wenn man mich im Tiefschlaf überfällt und durch die Gegend wirft.

«Das ist doch eine Schnapsidee, Franzi.» Mürrisch sieht Ute zu, wie mich Franz-Joseph in seiner Armbeuge schultert.

«Natürlich ist das eine Schnapsidee. Das ist ja das Tolle an diesen Ideen.»

Der dunkle Sinn des Satzes bleibt mir verschlossen. Franz-Josephs Gesicht zeigt, daß er vorfreudig erregt ist. Er hat etwas vor. Er trägt mich geraden Weges in das Gefängnis! Ich schreie auf, alles an mir sträubt sich. Aber ich bin zu schwach gegen diesen Riesen, er würde mir die Knochen brechen. Dunkel wird's, im Hintergrund zetert Ute, im Vordergrund riecht alles nach – das ist sie nicht, das ist sie doch: Elly. Iiih, sie haben mich in Ellys Käfig gesteckt! Sie bringen mich zum Arzt. Dabei bin ich bereits kastriert! Sie haben das garantiert vergessen. Sie hat es ja auch nicht so beeindruckt wie mich. Und jetzt zum zweitenmal! Wenn sie nichts finden, was werden sie mit mir machen? Irgendwas werden sie rausschneiden, ich habe eine ganz bestimmte Theorie von Ärzten.

«Huhu, Nele, ist es dunkel da drin?» Bennys Gesicht erscheint vor den Gitterstäben.

Er stochert mit irgendwas herum, eßbar ist es nicht. Außerdem bin ich viel zu aufgeregt, um zu essen. Und dann heben sie mich in die Höhe. Entsetzlich! Ich sehe nichts. Ich kann mich auf keine Gefahr vorbereiten. Ich bin ausgeliefert.

Das darf man nicht machen mit Lebewesen, mit Katzen schon gar nicht, ganz zu schweigen von mir. Ich will runter, ich will raus. Alle poltern mit mir das Treppenhaus herunter. Sie treffen irgendwen, das Gesicht einer Frau erscheint vor dem Gitter. Sie findet mich niedlich. Immerhin, aber es ist der falsche Zeitpunkt. Und jetzt womöglich noch Friedhelm! Der Pudel verpaßt seine Chance. Sie stecken mich ins Auto. Das kenne ich schon. Du steckst sowieso schon in einem Kasten und wirst samt Kasten in einen noch größeren Kasten gesteckt. Hier stinkt's! Ich hasse Autofahren. Das ist kein Stück aus meinem Leben, sie sollen es mir ersparen.

Ute und Franz-Joseph nach vorne, Benny und ich nach hinten. Ständig steckt er irgendwelchen Quatsch durch das Gitter. Dieses Wackeln! Ich habe kein Ohr frei, um ihren Redereien zuzuhören. Daß es Katzen gibt, die Autofahren toll finden, weiß ich ja nun schon. Ich habe so eine Katze noch nicht getroffen. Ist wahrscheinlich eine Perserkatze. Ist garantiert eine Perserkatze. Um diesen Gestank und diese Bewegungen und diese Angst auszuhalten, müssen dir Nase, Gleichgewichtssinn und Hirn gleichzeitig fehlen.

Um mich herum brüllt es. Wer ist nur imstande, solche Geräusche herzustellen? Tiere sind das nicht. Und Benny hört nicht auf, mich mit diesem Quatsch zu ärgern.

«Mami, Nele hat mich gebissen!»

«Ärger sie nicht. Dann beißt sie dich auch nicht.»

«Es blutet!»

Benny hält den Finger hoch, Ute guckt ihn sich an und drückt ihren Mund drauf, ich kann es genau sehen. Danach ist Benny wieder gesund.

Plötzlich hört die Schaukelei auf. Franz-Joseph packt den Käfig, und die Schaukelei geht wieder los. Ich schließe die Augen. Das vergesse ich euch nicht. Und immer ohne Vorwarnung. Aber angeblich in Katzen verliebt sein! Ich lache mich tot! Ich ängstige mich tot! Mir wird auch schon wieder schlecht.

«So, du Tiger, bitte sehr: dein neues Revier.»

Alles ist ruhig. Vielleicht warten sie darauf, daß ich die Augen öffne. Ich finde mich an Franz-Josephs Pullover festgekrallt. Alle strahlen mich an.

Das Haus ist dunkelrot, hat auf dem Erdgeschoß eine Etage sitzen, und im Dach sind auch noch Fenster. Keine Gardinen vor den Scheiben und viel Garten ringsherum. Rechts und links stehen Häuser, aber sie sind weit weg.

«Na, Nelchen, genehmigt?»